漫時光

衙門之下

下卷

天如玉 著

高寶書版集團

目錄
CONTENTS

第二十八章　戰中產子

一陣若有似無的鼓點從外面傳來，棲遲被吵醒了。

房中亮堂堂的，天早就已經透亮。

她慵懶地又躺了片刻，才坐起來，眼下身子越發重了，彎不得腰，只能伸出腳去勾鞋子，垂眼看了看身上，身上只穿著中衣，昨晚也許是伏廷給她脫了外衫。

她隱約有點感覺，夜裡他還是睡在身旁的，只是不知是何時走的。

不禁有些無奈，好不容易到了這裡，居然不知不覺先睡了過去，她心想話也沒能說上幾句。

終於穿好了鞋，她起身去推窗。

這統轄榆溪州的賀蘭都督府也是完好地承接了北地的貧困，描漆的窗櫺早已褪了色，斑駁地裸露在那裡，推了兩下才推動，還發出一陣乾澀的吱呀聲，她一手扶著窗沿往外看，想聽聽那陣鼓點是從哪裡傳來的。

一縷微雲如絲，拖著拽著懸在院牆上方，日已當空。

房門隨即被推開，有人進了門。

棲遲以為是新露，沒回頭，輕嘆一聲說：「我一定睡了許久。」

沒有回音，卻有隻手伸到她身側，抵著她的腰，撐在窗沿上，她一轉頭，入眼便是男人胡服領口翻折的胸膛，眼睛往上，看到伏廷的臉，不禁一怔：「你沒走？」

伏廷說：「走了，又回來了。」一早就去邊境線上巡查了一番，估摸著她該起了，就回了。

棲遲眉梢微挑，眼裡帶了笑，聽這話，無疑在說就是為她回來的。

伏廷手在她眼前遮了一下，看她不自覺地眨了下眼才拿開，她有時候笑得太晃眼了。他的聲音低了些，也認真了些：「我有事要交代妳。」

「嗯？」棲遲收神，看著他，「什麼？」

伏廷看窗外一眼：「聽見那陣鼓聲了嗎？」

棲遲點頭。

「那是報平安的，若有險情，會是又烈又響的急鼓。」

她明白了，難怪與當初在瀚海府中聽過的不同：「還有呢？」

「軍營在城外往西六十里處。」

棲遲仔細記下。

到了前線還是該熟悉些情形，這些都是必須要說的。伏廷說這些時，撐在窗臺上的那隻手臂已完全支撐了她身上的重量，低頭仔細地看了看她的臉，白天才看得清楚，她的下頜還是那麼尖。

肚子已如此明顯，臉上卻沒長肉，他心想難道是吃得太少了不成？

「沒了？」棲遲仰頭看他。

「其餘都交代小義和曹玉林了。」伏廷說完，又看了看她，聲音稍沉，「臨產在即還來前線的，也就只有妳了。」

棲遲眼珠轉了轉，緩緩說：「誰說的，沒聽說過漢代光武帝的故事嗎？他打仗的時候便是帶著他的夫人陰麗華的，陰麗華那時候也懷孕了。」

行軍打仗的事，伏廷自然是知道的。確實聽說過漢代光武帝劉秀行軍期間帶著懷孕的陰麗華，甚至為她還將行軍速度放到最慢，最後陰麗華就是在軍中生下孩子的。

他還沒說什麼，又聽她輕輕接了一句：「你就不能學劉秀對陰麗華那般對我？」

伏廷總覺得她話裡帶了幾分試探似的，故意說：「學他什麼？我記得他有好幾個婆娘。」

棲遲眉頭一蹙，眼掃過他：「你這人真是……」故意來掃她興的不成！

伏廷摸一下嘴，猜她八成又要說他壞，忍了笑站直。

外面突然傳來羅小義的喚聲：「三哥！」

這聲音聽來有些急切，他一下正了色，扶著她站穩：「我該走了。」

棲遲也聽出些不對，點點頭，閒話不再多說。

伏廷動作很快，手鬆開她，大步走到門口，拿了扔在那的馬鞭就出了門。

新露早已在外面守著，隨後進來，手裡端著熱水：「家主，各位都督夫人已等了許久了。」

賀蘭都督府被騰出來給棲遲專住，她們散在城中各處落腳，今日是特地來看她的。

棲遲的目光自伏廷離去的方向收回來：「妳該早些叫我起身的。」

原本便起得晚，方才又耽擱一陣，得叫她們好等。

新露放下水盆，一面絞著帕子，一面笑道：「家主便安心歇著吧，誰會說什麼，都說這時候是最容易倦的，畢竟眼看著就要到生產的時候了。」

棲遲不禁抬手撫了下小腹，扶著後腰過去梳洗，免得再叫她們久等。

幾位都督夫人等待太久，早已圍坐在都督府的前廳裡說起了話。

棲遲剛走到門外，就聽見她們的交談聲——

「別看咱們幽陵府地處邊境，那也是北地八府之一，歷來是交賦的大府，如今已擋了突厥數月，牛羊也快肥了，只要撐到突厥退兵，便可以風風光光地入瀚海府交賦了。」這聲音來自幽陵都督夫人。

「論交賦，下面的七府十四州哪裡比得過首府？聽聞瀚海府今年可是多了好多良田呢，又新來了許多漢民，他們種地可厲害了。」

「附近的僕固部都已先屯了一批肥羊了，我們榆溪州自然也是不能落於人後的。」

「眼看著深秋之後便要入冬，這可是各州要論收成的時候了，突厥有那麼好心，真能乖乖地退兵？」

「能退兵自然是最好的，一想到要打仗我心就突突地跳，想想當年那場戰役多慘。」

「妳這是擔心自家都督吧？」

「誰不擔心，難道妳不擔心呀？」

「哪次作戰不是大都護身先士卒，要擔心也是大都護夫人擔心，夫人那般嬌滴滴的美人，都還沒妳這麼膽小呢。」

頓時一陣轟然笑聲。

棲遲默默聽著，心裡卻有數，這次突厥是掐準了來的，也不知伏廷用了什麼法子威懾住他們，竟拖了這麼久，已是很不易了，但真要不戰而退兵，恐怕很難，畢竟他們那麼費心地挑起事端。

新露先輕咳了一聲，側身在門邊請她進去。笑聲頓停，廳中幾人紛紛起身，面朝門口見禮。

「夫人見諒，我等閒話罷了，還望夫人莫怪。」說話的是賀蘭都督的夫人，雖也是胡姬，卻生得個頭嬌小。

棲遲柔柔笑著說：「豈會，我還等著諸位去瀚海府裡呢。」

賀蘭都督夫人笑著回：「夫人放心，必然會的。」

幽陵都督夫人接著便道：「眼看著夫人好日子臨近，我們特地為夫人送了穩婆來。」

說話間，她朝門外招兩下手，很快有幾個中年僕婦自門外走了進來，畢恭畢敬地向棲遲見禮，大概是特地揀選過的，都是漢人，且本分知禮。

棲遲原本自己是早有準備的，過來時要輕裝簡從便沒帶上，好在她們心細，不等她開口就安排好了。

還未說話，忽又聽見外面傳出鼓聲，她轉頭望出去。

這一次倒不是先前那鼓點，卻也不急切，她在瀚海府聽過，是閉城門的鼓聲。

一剎那，在場的幾位都督夫人都動了腳步。

幽陵都督夫人搶先道：「看樣子是軍中有動靜了。」

眾人不約而同地朝向門口，卻又對著棲遲停了下來。

「夫人，可容我們在閉城前去送行一番？」賀蘭都督夫人小聲問。

棲遲身為大都護夫人，她們自然是萬事以她馬首是瞻。

眼見六雙眼睛同時落在自己身上，棲遲想起羅小義那聲急切的呼喚，還有伏廷快步離去的身影，多少也猜到了些，朝新露看了一眼：「備車，我與幾位夫人同去看看。」

幾位夫人一疊聲道謝。

外面很快備好馬車，近衛調了一批守衛都督府的人馬隨行護車。

棲遲特地交代新露不要驚動李硯，免得他又擔心，只吩咐告訴一聲曹玉林，這才出了都督府。

天氣已轉涼，新露扶著她登車時，先往她身上披了件月白色的緞子披風。

曹玉林很快來了，照舊一身黑衣。

棲遲朝她招了下手，她跟上車說：「嫂嫂這是要去送三哥一程了。」

畢竟是軍人，鼓聲代表什麼意思她很清楚。

棲遲點點頭，指了下外面的幾位夫人：「也免得她們掛念。」

幾位都督夫人倒是著急，都是騎馬來的，出門就直接坐去馬背上，再次騎馬上路。

只有賀蘭都督夫人作為陪同，跟在曹玉林後面，一併登上棲遲的車。

若非身子實在是太重了，棲遲也寧願騎馬，倒還方便些，大概也是被幾人的急切感染了，怕要趕不及似的。

馬車在城中駛出時，賀蘭都督夫人順便與她詳說了一番榆溪州中的情形。

榆溪州聚居著鐵勒諸部之一的契苾部，多為牧民，逐水草而居，因而城鎮也就只有賀蘭都督府所在的這一處罷了。

州中大多是牧場，也是邊境各州中最為薄弱的一處，開闊難守，歷來是突厥最易進犯的地方，因而諸位都督才會跟隨大都護在此處著重防守。

棲遲聽她說時，順帶揭簾朝外看了一眼，恰好看見一間街角的瓦舍，臨街方方正正的小窗被木板條撐開，裡面高大的藥櫃一閃而過，窗前懸著魚形商號的木牌，她看了一眼便放下簾子。

那是她應對瘟疫開的醫舍。

街道空蕩，百姓都已被清走了。城門還未閉，但也沒多少時間了。

城門處有重兵把守，在大都護的近衛的示意下，方才放行。

馬車駛出城門，不多時便停了。

未到軍中，但軍中方向已有大軍自城外而過。

新露麻利地下車，揭開簾子，將棲遲扶下來，曹玉林跟在一旁，也扶了她一把。

棲遲腳踩上灰白的土地，攏著披風看過去，遠處一片開闊的原野，草半青半黃，在風中搖曳。

一行大軍遠遠而來，綿延相接，一望無際，如同一道割開天地的屏障橫擋在眼前。隊伍的最前列，馬蹄聲陣陣，有人策馬而來。

曹玉林抱拳退開，新露也退後幾步。

棲遲轉頭，看見伏廷跨馬而來，眼神落在他身上，頓了頓。

他已穿上鎧甲。玄色的鎧甲覆在他身上，凜冽厚重，可他坐在馬上的身姿筆挺，周身被勾勒得如雕如琢。

她還是第一次見他這般模樣，不禁多看了幾眼：「看你這樣，便覺得要打仗了。」

伏廷抿唇，跨馬下來，幾步走到她跟前，裹著黑色胡靴的長腿停在她眼前：「各州已到收成之時，突厥應該按捺不住了。」

棲遲想起先前幾位都督夫人的閒談，料到了，卻也鬆了口氣，因為聽他這麼說，便是事先防範了，至少眼下還沒攻過來。

「要往哪邊？」

伏廷指了下東北面：「這裡攻不進，他們轉向了。」

棲遲點頭，忽然看見遠處的賀蘭都督夫人立在馬前，一隻手壓在馬上坐著的人胸口處，口中說著什麼，那位應當就是賀蘭都督了。

不僅是她，其他幾個都督夫人也大同小異，各位都督或在馬上，或在馬下，幾位夫人伸著左手按在他們胸前，說著胡語。

「她們在做什麼？」她小聲問。

伏廷轉頭看了一眼：「鐵勒胡部的規矩，女人在男人出征前都會這樣，祈禱平安。」說完他忽而看向棲遲，嘴角一牽，轉身就走，朝那頭的羅小義揮了下手，便是號令軍隊開拔了。

羅小義坐在馬上，眼睛剛從遠遠站著的曹玉林身上收回，乾咳兩聲，轉頭去吩咐。

伏廷一手抓住韁繩，正要上馬，感覺身後有人跟著，回過頭，就見棲遲站在身後。

她眼睛看著他，輕輕抬起一隻手，按在他的胸口。

伏廷盯著她，又看她那隻手。

「怎麼？」她眼神輕動，「我還以為你方才是想要我這樣的。」

伏廷靜靜地站著，眼底眸光沉沉，似已翻湧。

棲遲掌心裡感受著他強有力的心跳，眼睛掃了掃左右：「我該說什麼？」

他不可遏制地笑了：「隨妳。」

棲遲認真地想了想，不好耽誤他時間，迅速地說：「那就平安。」

伏廷頷首，垂眼看了看她的小腹，伸手撫了一下。

棲遲收回手，察覺四周有眼神看過來，耳後有些熱，若無其事地退開兩步。

伏廷翻身上馬，看了曹玉林一眼。

曹玉林會意，朝他抱拳：「我這便送嫂嫂回去。」

他點頭，又看棲遲一眼，打馬往前。

大軍遠去，諸位夫人這才念念不捨地回頭，湧到棲遲身邊，又是一番道謝。

棲遲目送馬上的背影遠去，笑了笑，領著眾人返回。

伏廷去得十分及時，一如先前，橫擋在突厥的突破口處。

據說這次交手，突厥先鋒受挫，撤退幾十里，暫無所獲。

不過數日，曹玉林便探得了這個好消息，帶回都督府裡。

這夜，棲遲坐在床頭，如常端起一碗溫補的湯藥。

新露一字一句地告訴她這個好消息，順帶往她碗里加了勺蜂蜜：「家主可以放心了。」

棲遲緩緩喝完，點了點頭，又漱了口，才安心上床入睡。

既然能抵擋這麼久，這次應當不會有什麼問題。

躺在床上時，她無端地回想起手按在伏廷胸口時的那一幕，心裡迷迷糊糊地想：還挺準的。

因為易乏，她近來睡得多，很快便入眠了。

不知何時，外面突兀地傳來一陣急促的鼓聲。

棲遲被驚醒，睜開眼，又聽到一遍。是一陣急鼓，又烈又響。

眼前迷蒙，似有一層亮光在跳躍。她眨了眨眼，再三看了看那陣光亮，在床帳上拖曳出光影，飄搖躍動。

神思一下清醒了，她立即扶著小腹坐起，披上外衫，赤著腳便下了床，走到房門口，一把拉開門。

一股熱浪撲來，外面火光熊熊。

新露匆忙跑了進來：「家主，走水了！」

鼓聲急促，一陣又一陣。

新露急忙道：「不只一處，城中多處都走水了！」

棲遲往外看，院牆外也有火光，映亮半邊天，不知從哪個方向冒出來的。

很快就有近衛來報：「夫人，是突厥人混入放火燒了城，可要迴避？」

棲遲扶著門框，定了定神，搖頭：「城中防守嚴密，就算有突厥人混入也只是少數，興許是為了吸引兵馬回防的計策，先滅火。」

本也驚異，但聯想到剛收到的消息，細細一想，突厥已到了不得不攻的關口，偏偏被伏廷擋住。他們放火製造混亂，料想是聲東擊西，吸引開前線的大部兵馬，便有機會攻入北地。

近衛抱拳而去。

新露覺得不放心，扶著她的胳膊急急問道：「家主真不用迴避？」

棲遲剛要說話，忽然腹中一陣急痛，頓時握緊門框。

新露忙問：「家主怎麼了？」

棲遲按著小腹，先是以為不過如平常那樣被踹了一腳，繼而就察覺到不對：「好似……提前了。」

怎麼偏偏在這時候。

混亂之際，曹玉林匆匆趕來。

她走得極快，到了門前看見棲遲已被新露手忙腳亂地扶住，腳步更急，兩手架住棲遲：「嫂嫂可要緊？」

新露如見救星：「曹將軍來得正好，家主怕是要生了，我這便去尋人！」

火已快燒到眼前了，大家正忙著滅火，她扯著嗓子喊未必有人聽見，還是親自去得好。

曹玉林聞言也有些慌亂，畢竟沒見過女人生產，只能緊緊架著棲遲。

棲遲這會兒似乎又沒那麼疼了，撐著曹玉林的雙臂，趁著間隙問：「情形怎樣？」

曹玉林在發現起火時就出府去探了，正好帶回消息：「不太好，今夜風大，火勢蔓延得太快。」

棲遲看了遠處的火苗一眼，隔著道院牆躥動著，隨時要翻越過來的模樣。難怪都督府這麼多人守著都能讓火燃得這麼大，恰好趕上乾燥大風的天氣。

新露還未回來，忽有道身影衝了過來：「姑姑！」

李硯自床上剛起來，衣領還敞著，顧不得拉緊。他跑得太急，一到跟前就喘著氣說：「火要燒過來了，姑姑不能待在這裡，得趕緊走！」

曹玉林也道：「不錯，我剛才出去看過，都督府的火是最大的，嫂嫂要生產不是一時半刻，此地不能再待。」

棲遲剛要說話又開始疼了，捂著小腹低哼一聲，險些站不住。

李硯嚇了一跳，才知她竟是要生了，驚駭地想，新露不是說還沒到日子嗎？為何竟提前了？還偏偏趕上他姑父不在，四處起火的時候！

曹玉林當機立斷，將棲遲身上外衫一攏，揹上她便走。

李硯跑進房裡拿了件披風出來搭在姑姑身上，跟了幾步，腳下一停。

「阿硯……」棲遲低低喚了一聲。

曹玉林停下，回頭四顧，才發覺李硯已不知蹤影。

不僅是他，新露也還沒回來。

曹玉林接連叫了兩聲「世子」，都沒有回音。

只猶豫片刻，她咬牙想揹棲遲先行離開，但棲遲按住她的肩頭：「不行，阿嬋，再等等。」

曹玉林一下想起伏廷說過她十分重視這個姪子，只好站定，何況新露也是她的貼身侍婢，料想也是丟不得的。只是心中十分著急，她又轉頭叫了好幾聲「來人」，終於叫來幾名忙著滅火的近衛：「夫人臨產在即，保護夫人！」

近衛皆是伏廷的身邊人，只因棲遲到來，才特地留下守著她的，任務便是保護夫人安全。一名近衛聽令，火速去調人。

就在這時候，忽見火光堵著的廊前衝出個人，不是李硯是誰。他手裡竟還拽著一個人，那是個僕婦，衣袖上沾了火，正嚇得驚叫。

李硯捂著鼻子咳了幾聲，鞋尖上也沾了火屑子，一面踏滅，一面用力拍打掉她身上的火，隨即就將她扯了過來：「我找了個穩婆來，姑姑生產不能缺了穩婆！」

新露緊跟在他後面，嗆得咳了好一陣，都要哭了，踉蹌近前道：「多虧世子衝來，否則奴婢一人真不知能不能帶出人來。」

新露方才去找穩婆時，火已燒上迴廊，截斷了去路。她見不得家主受苦，便想衝過去，李硯跑了過去，先一步將衣裳一裹，埋頭過去了，不多時就扯了個嚇壞的穩婆來。這一遭真是嚇壞了，倘若世子有什麼不測，也是天塌的大事啊。

棲遲伏在曹玉林背上，瞪了李硯一眼：「你……」下一瞬，又疼白了臉，說不出半個字。

李硯忙道：「別說了姑姑。阿嬋姨，快走！」

曹玉林小心托了下棲遲，知道她肚子這樣壓著會不舒服，但這樣會速度快些，迅速走向後門。

近衛先一步安排好馬車，車上墊了好幾層軟墊。棲遲被李硯和曹玉林扶著送進馬車前，扶著車門，終於看清都督府的情形——整個前院已燒著，眼看著火勢就要蔓延到她住的地方，裡面的人還在奔走滅火，剛被滅掉的地方冒著黑煙，四處都是焦糊味。

一個近衛上前來報：「諸位都督夫人趕過來了。」

棲遲扶著小腹倚在車門旁，擺了下手：「叫她們不必過來，突厥人還未清除，一定躲在暗處。一出事她們便往這裡跑，易被看出端倪，反而不利。讓她們各自安排滅火，留心自身安全。」緩口氣，她又說：「城門守好，把縱火的突厥人揪出來。」

近衛領命趕忙去傳話。

棲遲說完，又開始陣痛了。新露趕忙催促要走。

李硯將穩婆拽上車，幾人擠在車上，行駛上路後，直覺便是往火光小的地方去。

「阿嬋姨，妳剛剛看過城中各處，哪裡可以落腳？」

「火從城門處蔓延，燒得最嚴重的便是官署。」曹玉林扶著棲遲說，言下之意去其他官署落腳是不太可能了。

幾人正思索之際，聽見棲遲輕聲道：「去醫舍。」

她方才忍著痛，凝起精神，想了番城中自己的地盤，便想起了臨街看過自己的地方，那間懸著魚形商號的醫舍。

李硯長長地鬆了口氣：「去醫舍好。」

曹玉林點頭，朝外吩咐：「去醫舍。」

醫舍因在街角，逃過一難，此時倒是好好的。

馬車一到，近衛將前後左右團團圍住，裡面的大夫被驚動，慌忙地領路，請眾人進入。

原先醫治過瘟疫病患的幾間房都封住了，要待時日夠久才能再開，最裡面的一間卻是未曾用過的。

新露當先跑進去，整理床榻。曹玉林隨後將棲遲揹了進來。

棲遲剛躺下，李硯已將穩婆推了過來：「快！」

穩婆見在醫舍，心安了不少，這裡有藥有大夫，真有什麼也不必擔心，湊近看了看棲遲的情形道：「夫人這是提前了，一定是遇到走水受了驚才……」

李硯打斷她：「何必廢話，好好接生，若出事唯妳是問！」

在場的人有些吃驚，從未想過他這樣乖巧的少年也會有急到發怒的時候。曹玉林抹了把額上的汗，甚至打量他一番。

穩婆一面戰戰兢兢地回：「是是！」一面忙招呼新露去燒熱水。

只有棲遲忍著痛，朝他搖了一下頭：「莫慌，你先出去。」

李硯抓著她的手，看了看，才終於出去。

新露快步出去燒水時，在門口看到他，停下寬撫了一句：「世子放心，我知道你是擔心家主。」

李硯點頭，垂著頭一言不發。

他母親光王妃便是因生他難產而亡，他雖未到年紀，對於女子生育卻早就知道最壞的一面，何況現在的情形又如此糟糕，怎能不心急如焚。

新露去燒水，他在外面緊緊握著手指，來回踱步，聽著裡面的動靜。

數百里外，前線大軍陣前。

黑夜裡涼風如鐮，營地裡篝火熊熊，軍士巡營而過，齊整無聲。縱使深夜，也依舊兵戈整肅。

一行數人快馬馳回營地，踏出一陣飛揚的塵煙。為首的馬一勒停，其餘紛紛停下。

伏廷坐在前方馬上，一隻手裡還提著刀，隨手一擲，插在地上，下了馬。

後面跟著羅小義和六位都督。

「突厥這次是安分了？竟然一戰之後就縮回去了。」羅小義邊走邊道。

幽陵都督接話道：「也許是覺得討不到好了，聽說此番領軍的又是那個右將軍阿史那堅，以前就沒占過便宜，這回還不該學乖了。」

事。

「阿史那堅？」羅小義「呸」了一聲，心想什麼爛名字，交手數次，從沒將此人大名當回

說到此處，忽見前方伏廷掃了他們一眼，羅小義閉了嘴。

幽陵都督接到這一眼，頓時不多說了，方才所言無疑是犯了輕敵的忌諱。

忽有一匹快馬飛馳而至，馬上的斥候急切喊道：「大都護，榆溪州遇襲！」

一瞬間，眾人腳步停住。

伏廷立在火堆前，冷眼掃去，銳利如刃：「怎麼回事？」

羅小義和幾位都督都聚集過來。

榆溪州是行軍後方，糧草輜重和家眷都在那裡，豈能不著急。

斥候報：「有突厥人潛入城中縱火，多處官署被燒，尤其是都督府！」

「什麼？」賀蘭都督怒喝，那是他的管轄地，是擔著職責的。

羅小義怒喝：「縮回去不動原來是在這裡等著呢！都督府……」他一愣，看向他三哥。

伏廷霍然抽了地上的刀。

眾人一驚，齊齊看向他，他臉上沉冷，不見任何表情，「調撥回援。」

羅小義心中有數，馬上道：「我即刻去撥人。」

「兩千人足夠。」伏廷說，掃了在場的幾位都督一眼，「大部留在這裡，我回來前擋不住突厥軍，提頭來見！」

諸位都督聞言，無不駭膽稱「是」。

誰都看得出來突厥去榆溪州裡縱火是想調虎離山，因此大都護才只帶兩千人手去回援，此地自然需著重防守。

羅小義匆忙領命去辦。

瀚海府裡帶來的精銳集結迅速，兩千兵馬出營上道。

伏廷握著韁繩坐到馬上，無聲揮手。

夜色裡，只有馬蹄聲響，隊伍迅疾如箭，趕往榆溪州。

一路上，伏廷都馳馬極快，甚至要甩下後方隊伍一大截。羅小義數次追趕才跟上他。

「三哥放心，最遲半夜，必然能趕到。」他喘著氣道。

伏廷緊緊握著韁繩，不知為何，這次的消息比任何一次都讓他焦急。

夜風凜凜，在馬上疾奔感受更加明顯，氣候似也在向榆溪州發難。

醫舍裡點滿了燈火，處在僻靜處，外面紛亂之聲似乎聽不見了。

棲遲出乎意料地能忍，這一路下來只是輕哼，但忍到現在，也忍不下去了。

忽地一聲痛呼，李硯在外面立刻轉頭貼在門上。

他貼著聽了聽，又退開，在外面來回走動，一時想著姑父眼下不知如何，一時又想著姑姑在裡面受著痛，焦急得不知該如何是好。

裡面隱約有新露帶著哭腔的聲音：「家主受苦了。」

穩婆沉穩幹練地道：「哭什麼？生孩子哪有不受苦的！雖是提前了，夫人並無異常，肚子養得也不大，好生的。」

李硯聽了胡亂地想：那怎麼還叫「肚子養得也不大」，他記得分明很大了。

似是回應似的，穩婆道：「有些人懷了便是胡吃海喝地補，夫人連身形都沒怎麼變，卻是對的，肚子越大越難生，像夫人這樣才好生。」

棲遲輕聲地哼著，忽然又是一聲痛呼……

過去許久，燭火似乎暗了，李硯已經出了一身汗。

棲遲似是累了，聲音小了許多。

他擔心姑姑，恨不得進去看一眼，腳下已不知走了多少圈。

霍然一聲啼哭響了起來，瞬間一切變了。

屋中傳出一疊聲的恭喜，接著是新露喜極而泣的聲音，曹玉林長舒口氣的聲音，全匯在一起。

李硯一下來了精神，舒出口氣，抬手拍門：「姑姑，可好些了？」

剛拍了兩下，忽然聽見一聲斷喝，隨之一陣兵戈聲響起，外面似乎出事了，他一驚，繼續拍門：「姑姑！」

曹玉林聞聲而出，拉開門一出來，便有一名近衛快步跑入，開口就道：「快請夫人離開，情勢變了！」

風勢轉小，但夜色仍濃，遠處已能見到城中一兩點火光。

伏廷疾奔至此，倏然勒住了馬。

前方有人打馬飛馳而來，背後正是榆溪州方向，聽動靜，好像只有一人。

伏廷抬手止住後方兵馬，朝羅小義揮手。

羅小義迅速招呼上一行人，往前而去。

前方黑影幢幢，雙方相接，卻並未交手。

很快羅小義就帶人原路返回：「三哥，是近衛。」

伏廷手又抬了一下。

隊伍已全拿起兵器，此時才收回。

近衛自羅小義後方打馬過來，剛到跟前就一頭從馬上滑了下來，昏暗的夜色裡，捂著胳膊跪在地上：「大都護，城中情勢突變！屬下特來求援！」

伏廷握緊轡繩：「說！」

近衛身上帶傷，喘息不止，迅速稟明情形——城中本正忙於滅火，清剿混入的突厥兵，忽然城門被攻破，又殺入一批突厥軍，已經與城中的守軍廝殺起來。

羅小義一聽就罵：「突厥軍都被擋在邊境，榆溪州外還有軍營，又來一批突厥軍，是打天上掉下來的不成？」

近衛急忙道：「尚不知緣由，屬下們都保護著夫人待在醫舍，夫人特地下過令要閉城清除突厥人，但城中突厥人還未剿滅，他們就已殺來了，為保夫人安危，屬下才衝出城來求援。」

伏廷手握緊刀柄：「他們有幫手了。」

羅小義悚然一驚：「誰？」

「不管是誰，眼下最重要的是救人。」他冷冷地說：「恐怕這裡才是戰場。」

突厥的調虎離山是反的，在城中縱火讓他們相信是一出聲東擊西，如今他大部人馬留在另一頭，這裡反而成了突厥著重攻擊的目標。

但即使如此，突厥能出現在這裡的人馬必定有限。而他軍營未動，仍紮在城外，他們不會有多少時間，只可能速戰速決。

伏廷又豈會給他們太多時間，立即揮手下令啟程，又掃了近衛一眼：「夫人如何？」

「回大都護，夫人已在生產，一出事屬下便趕出城來，眼下情形未明。」

「什麼？」羅小義當場叫了一聲，「你怎麼不早說！」

伏廷渾身一僵，手上重重地揮了下馬鞭，立即往城中疾馳而去。

醫舍周邊已經混戰成一片。

李硯一頭衝進屋裡，這裡卻還安靜。

棲遲已由新露扶著坐起，穿戴好衣裳，即便已經梳洗過，仍有幾縷鬢髮沾著汗水貼在她額前，臉色還沒有褪去蒼白。

她雙臂收攏在懷間，疲憊地抬起雙眼，看到李硯進來，笑了笑：「來看看你弟弟。」

新露在旁道：「世子，家主生了個小郎君。」

李硯一愣，不自覺走近，往姑姑懷裡看了一眼。

孩子被清洗得乾乾淨淨，用她的披風包裹著，燈火昏暗，看不清楚，只覺得臉皺皺的，紅紅的，在她懷裡看來小小一隻。

他看著這小小的孩子，又看看姑姑，一時竟忘了該說什麼。

但隨即門被推開，曹玉林快步走了進來：「嫂嫂，得趕緊走。」

棲遲朝門外看了一眼，方才已聽見那些響動，不禁將孩子抱緊了些：「外面出什麼事了？」

曹玉林說：「城門開了，殺入突厥軍，各個官署都被襲擊了，外面已動了手。」

兵戈聲已清晰可聞，外面到處是混亂的腳步聲。

原本屋中還有的一絲喜氣蕩然無存，穩婆嚇得縮了好幾步，新露緊緊扶著棲遲，變了臉色。

曹玉林顧不上這些，過來催促：「快，嫂嫂，敵暗我明，趁近衛還在擋著，趕緊走！」

穩婆這才道：「夫人剛剛才生完……」

「那就走，」棲遲開了口，「這裡本也不能久留。」

之前是因為事出緊急，不得不來這裡。但其實在疼痛時她也捏著把汗，這裡畢竟是她的商號，突厥人一旦混入，肆意放火，豈會錯過魚形商號。如今既然多出突厥兵，更加凶險，她已勉強坐正，準備下床。

李硯過來幫忙扶她，新露也忍著驚懼過來幫忙，接過孩子。

曹玉林又將她揹起來，匆匆出去。

棲遲伏在她肩上，聽著那越來越近的廝殺聲，心口突突直跳，轉頭看見新露抱著孩子跟在左右，李硯也寸步不離，才算放了心。

曹玉林自後方出去，摸黑出了醫舍。

棲遲小聲說：「突厥能殺入，恐怕沒有地方是安全的。」

曹玉林心中也有數，但腳下未停：「嫂嫂有何打算？」

棲遲想起伏廷的交代：「去軍營是最安全的。」

曹玉林仔細盤算了下路線，往西去另一處城門口，從那裡出去是可行的。

「好，那就去三哥的軍營！」

城中多處火已滅，百姓被疏散，或是自己逃跑了，遠處街道隱約可聞兵戈相擊聲。

一群近衛跨馬護送馬車往另一頭的城門而去。

車裡，棲遲從新露手中接過孩子。這孩子出奇得乖，竟不哭不鬧。

她倚在車上，壓著紛亂的心緒問：「外面情形如何？」

曹玉林揭簾看了一眼，其實光在車中坐著已經能聽見大概：「近衛說幾位都督夫人都受到攻擊，若叫他們知道嫂嫂在這裡，不會有好事。」

棲遲無言。

外面有近衛報：「前方已到城門。」

車轍碾過大街，那道城門卻是被攻開的，只開了一半，還有兵馬在廝殺。

曹玉林看了一眼，冷肅地說：「只能衝出去了。」

忽地馬蹄踏上了什麼，抬蹄狂嘶。

近衛喊了一聲：「有絆馬釘！」

馬車猛地一顛，棲遲尚未緩過來，抱著孩子晃了一下，手上險些脫力。

曹玉林和新露連忙去扶她，李硯恰在她對面，眼疾手快地接住繈褓，緊緊摟在懷裡：「我替姑姑抱著弟弟。」

即使如此，孩子也沒哭鬧，還睡得安安分分的。

棲遲看他抱得好好的，才鬆了口氣。

馬車停住，再沒有往前，下一刻，外面已經傳來交手聲。

一名近衛顧不得其他，直接揭了簾子道：「夫人快走，遇到伏擊了！」

穩婆已不慎落下車去，害怕得厲害，不知跑去什麼地方。

曹玉林拉起棲遲：「我帶嫂嫂先躲避一下。」

棲遲被她不由分說地揹了出去，一出去就看到近衛在車外殺開一條血路。

遠處有一群騎兵正在湧來，火光裡，衣著似北地胡人的打扮，手持彎刀的身形卻又如同鬼影，來勢洶洶，口中低喝著突厥語。

曹玉林腳步一頓，又猛衝出去，往巷口裡躲避。

李硯和新露緊跟在她後面。

新露腳步慢，眼看著追兵將至，將李硯往前猛地一推，自己落在後面，摔了一跤，連滾帶爬地躲進一堆雜物裡。

李硯被她這一推踉蹌一下，卻也跟著進了巷口，回頭看到她躲了起來沒有被逮到，才趕緊往前跑。

「阿硯。」棲遲在喚他。

「在，姑姑，我還好好的，弟弟也好好的。」他連忙抱著弟弟跑過去，又說：「新露躲起來了，但願沒事。」

棲遲在昏暗裡點頭，已經明白，突厥此番是有備而來，先是縱火，再將人引出後便伺機抓捕諸位夫人作為人質。

「他們或許是有幫手的。」她靠著牆壁，喘著氣。

曹玉林也在喘氣：「我們這樣不行，不知他們有多少人，一旦近衛拖不住他們，誰也跑不掉。」

棲遲手抬了起來，搭在李硯肩上，又緩緩落下，撫在他懷裡的孩子身上。

不能誰也跑不掉，阿硯不能，她的孩子也不能。

「附近除了軍營，還有什麼地方是安全的？」她忽然問。

曹玉林想了想：「僕固部就居住在附近一帶。」

棲遲立即下了決心：「那好，我們先在城中躲避，引開他們，讓阿硯去軍營，我們便伺機去僕固部。」

「姑姑，妳說什麼？」李硯難以置信地問。

遠處還有一縷未滅掉的火光，隱隱約約照出一絲眼前的光景。

棲遲眼睛盯著他：「阿硯，你姑父一定會來的，不管怎樣，你都要好好活著，所以我才把弟弟交給你，明白嗎？」

李硯愣住。

棲遲將軍營位置告訴他。

幾名近衛衝了進來：「快走，此地已暴露！」

曹玉林拔地而起，揹上棲遲就走。

棲遲按著她的肩急急吩咐：「保護世子和大都護的骨血。」

剛出巷口，已有騎兵追來。

近衛聽見夫人的吩咐，頓時卯足了勁抵擋。

棲遲轉頭往後看，李硯抱著孩子跑了出來，倏然調頭往另一邊跑去。

她舒了口氣，他終是聽了她的話，回頭對曹玉林說：「走另一邊。」

曹玉林轉頭跑去，後方騎兵果然追來，又被僅剩的近衛擋住……

一直尋著窄暗處而行，片刻後，終於尋到一處暗角，那裡已倒著幾個死人。

曹玉林揹著棲遲衝過去。

暗角裡是一間沒人的屋子，屋門半掩，門邊的屍體旁落著刀。曹玉林撿起來，放下棲遲，擋著棲遲一同躲在裡面。

再也沒有近衛過來，一定是被突厥兵拖住了。

不知從何處傳來說話聲，隱約難辨方向，棲遲雖不懂，但聽過好幾次，仍是突厥語。

「他們在說什麼？」她的聲音低得不能再低了。

曹玉林回：「右將軍阿史那堅命他們速戰速決。」

棲遲不禁看向她，因為這句話她說得很沉緩，彷彿被什麼重物壓著一般，帶著痛苦，連忙伸手拉她，就見她一隻手捂在胸口。

「阿嬋，妳舊傷又復發了？」這情形與古葉城中所見相似。

曹玉林一手撐著地，很久才道：「對不起嫂嫂，我怕是無法護妳了。」

棲遲打斷她：「先別說這些，好生休息，挨過這一陣便好了。」

曹玉林看著那柄落在腳邊的刀，五指摳著地面，深深抓了一下：「恐怕好不了了。」

「什麼？」

「我受的傷，與嫂嫂所想的不同。」曹玉林頹唐地垂著頭，抬起那隻手，「如今才發現，我怕是……已經無法握刀了。」

棲遲一怔：「為何？」

曹玉林沉默一瞬，卻說了句似乎不相干的話：「我當初，被突厥軍俘虜過。」

另一端的激戰未停，近衛們拖著那群突厥騎兵，吸引守軍趕來。

夜色正是最濃重黑暗的時刻。

幾名突厥兵如同遊魂一般散開，四處搜尋，手中抓著雪亮的彎刀。

他們的目標是不漏掉任何一個官署出來的人，方才伏擊都督府出來的馬車已經叫人逃脫，其餘人馬去追趕，而他們負責搜尋其他漏網之魚。

分散搜尋許久，其中一人發現一處破敗的院落，拖著刀朝那裡走去。

院子雜亂，無人居住，還被火燒過，裡面堆滿了亂七八糟的東西。那人發現院角有一處遮蓋著什麼，頓時舉起手裡的彎刀，上前去揭，忽地沒了動作。

喉嚨被刀鋒割過，一絲聲音也未發出，身體便轟然倒地。

李硯收回手裡的匕首，在衣擺上胡亂擦了兩下，隨即又縮了回去，抱緊懷裡的繈褓。

他往後退，一直退到無處可退，背抵著牆壁，小心地抱著懷裡的弟弟。

懷裡的小傢伙忽地一動，出了聲，他怕引來追兵，連忙把手指遞去給他吮吸。

這是無意中發現的，一定是餓了，這樣就能安撫他。手指上還沾著突厥人的血，但也顧不上了。

「別怕、別怕……」李硯無意識地呢喃，或許不是說給什麼也不懂的弟弟聽的，是說給自己聽的。

這是他第一次殺人，還沾了血，渾身發冷。但他不能退，姑父說過，出事時應該要擋在女人身前，甚至連剛才那狠戾的一招，也是姑父教給他的。

以往總是姑姑護著他，這一次也一樣，姑姑可以拿命護著他，如今他要護著姑姑的骨肉。

人在被保護時還能軟弱，但現在他必須要保護他人，再也不能軟上半分。

沒事，殺了人又如何，他是皇族宗親，是在保家衛國。

「會沒事的、會沒事的……」他緊緊抱著弟弟，握緊匕首輕語，「父王在天之靈會保佑我們的。」

第二十九章 一家團聚

棲遲坐在原地沒動，在恢復體力，也在看著曹玉林。

她剛才說，她曾被突厥軍俘虜過。

「妳的傷，就是在那時候留下的？」儘管此刻不是說話的時候，棲遲還是問了這一句，因為倘若不是如此，曹玉林就不會提起這段往事了。

曹玉林點頭，想起黑暗裡看不清楚，又開了口：「是。」她挪動一下，像遲緩的老人，艱難地伸出手去門口，拖著一具屍體用力一拽，擋在門前。

棲遲看得驚懼，但此時此刻，更擔憂她的狀況。

曹玉林忙完這個，才靠在旁邊接著道：「俘虜我的就是剛才聽到的那個右將軍，阿史那堅……」

那是當年最慘的一戰。

全境八府十四州被瘟疫禍害了一遍，軍民死傷無數，突厥長驅直入攻下四州，將當地洗劫一空，再往前就要深入腹地了。

伏廷領著只有突厥一半的人馬堅守不退，她在去支援的路上遭到重兵埋伏。

為了拖住這股兵力，她帶的人只能力戰到底，最後除去戰死的，她與活著的一百八十六個部下一併被俘。

「他們想從我口中套出軍情，我不說，就在我眼前一個一個虐殺我的人……我只能忍著，眼睜睜地看著。一夜不到，一百八十六人……最後輪到我。」

「阿史那堅羞辱我身為女人領軍，將我賞給虐殺我手下的那些人。我不從，趁機殺了他們其中一個，他們對我舉起了刀……」她的聲音異常平靜，「一刀又一刀……他們說要讓我永遠留著恥辱，在我胸口刻上了突厥文，寫的是突厥奴。」

「最後放話說，若第二天我還活著，等著我的就是被所有突厥人蹂躪，然後……」

「別說了。」棲遲打斷她，聲音發顫，「別說了阿嬋。」

雖然說得簡略，但只這幾句，她也已經聽不下去了。

「然後三哥就來了。」

棲遲一怔，想到那場景，再聽到這一句，彷若轉機，甚至心底振奮了下。

曹玉林似陷在回憶裡，喘著氣說：「是三哥殺入營中救了我。」

身上挨了多少刀已經不記得了，只記得她衣裳破碎，渾身是血。

她被懸掛在營中的高木上，地上到處是與她一同出生入死的北地將士，眼前鮮血模糊，嘴裡含著血肉，不知道是自己的還是敵人的，所有經過的突厥兵都能對著她嘲笑唾棄。

就在當晚，伏廷領著人前來營救。

其實當時他手上的兵力已經不多，為了救人，他讓羅小義率軍假裝襲營，引走阿史那堅。後來曹玉林才知道，那一晚伏廷只帶了二十人，本意是解救他們後，便可以一同殺出來，可是短短幾個時辰，等待他的便是滿營的鮮血和殘軀。

在看到曹玉林的那一刻，他腳下轉了向。

那是曹玉林第一回看到伏廷發怒，他的本意是救人，卻生生變成了屠營。其餘人解下她匆忙出營時，伏廷孤身一人殺回營中，一口氣斬殺百餘人。直至半道，他渾身鮮血淋漓地拖著砍下的突厥軍旗追上來，蓋在她身上。

「曹玉林，可還活著！」

她應了一聲：「三哥，我還活著。」

「好，」他說：「否則我對不起小義。」

曹玉林說：「不要告訴他……」

那之後，她便離開軍中。

所有人都以為她只是作戰受了傷，不得不離軍休養。

傷結了疤，突厥奴的字樣被她自己劃去了，又結了一層疤。胸幾乎毀了，那裡血肉模糊，猙獰可怖，再也不是女人的模樣。但這些都沒什麼，至少她還活著，比起慘死的一百八十六人，已經算好的了。

她的傷好了，卻開始怯步於軍營。

伏廷不只一次說過她隨時可以回到軍中，她都拒絕了。

她以為自己在外面用處還大一些，可以遊走於各處搜集突厥情報，仍可以為軍中效力，仍可以對付突厥。

傷似乎都好了。直到上次在古葉城裡，在確認對方是突厥軍後，又聽到右將軍這個稱號時，她才發現沒有。

縱使她還能若無其事地搜集突厥情報，但只要面對突厥軍，當初的事又湧現於腦海中，所有死去的人似乎還在眼前，身上的傷做疼，提醒她那些都還沒有過去。

她長話短說，靠在那裡，像個枯槁的朽木：「嫂嫂如今知道了，這道關我沒邁過去，已是個廢人了。」

棲遲忽然撐著起來，摸到她的手，很涼，用力拽了一下：「阿嬋，這不是妳的錯。不管妳是不是廢人，我們都得繼續逃命。」

外面一片混亂，有馬蹄聲，有刀兵聲，她們根本沒有時間緬懷過去。

榆溪州的城牆上，火把熊熊。

城有東西兩道城門，西城門已被攻破，東面城門上守城的士兵眼看著城中燃起戰火，卻還得堅守在城頭上，無不握緊手中兵戈。

北地將士，從未畏懼突厥，哪怕只是一屆城頭守軍。但職責所在，他們只能堅守在此處，守著退避到這裡的百姓。

後半夜濃烈的黑暗還未過去，風吹著濃重的煙薰火燎味鑽入鼻孔，忽然城頭有人發出一聲驚呼。

在這寂靜而又沉重的時刻，本不該出聲，但那人不僅出了聲，還推了下身邊的人，示意同伴往前看。

遠處，一道焰火沖天而起。

守城官頓時大喊：「八方令！大都護下八方令了！」

城下遠處，一行黑壓壓的人馬正在接近。

夜色裡，傳來一道高昂的喊聲：「瀚海府兵馬至！」

城門口清空，城門轟然開啟。先頭部隊兩千人馬暗流般湧入，急切的馬蹄聲幾乎要震碎街道上鋪著的磚石。

所有人注意到最前面的黑亮戰馬，馬上的人玄甲凜冽，一手抽出了刀，逕自衝了過去。

城中激戰最嚴重的地方便是各處官署。

守軍本該順利擋住這批突厥軍，但眼下卻投鼠忌器。

煙火浸漫的長道，兩軍對壘，守軍持兵在退，只因眼前突厥騎兵的彎刀下押著三個人。

那是賀蘭都督夫人、幽陵都督夫人和陰山都督夫人。六州都督夫人被抓了一半，他們不得不謹慎。

驀地飛來一支飛箭，正中其中一名突厥騎兵的手臂。

頓時人群鬆動，陰山都督夫人驚呼一聲躲避，守軍趕緊上前搶人。

隆隆馬蹄聲響，前後包抄而至。

仰賴棲遲砸錢，瀚海府擴軍後訓練過一支精銳，個個目力過人，最善多變應襲。今日點來的，個個都是這批人，正好派上用場。

只憑殘餘火光照明，一箭射出，餘箭已至，百步穿楊。

緊隨其後的是倏然齊整的抽刀聲，一波既滅，另一波還未平。

伏廷一手扯韁，一手從一個突厥兵身上抽回刀。

天光將亮，淋漓的鮮血順著刀沿一滴一滴落在石板街上，風捲硝煙裡似在數著流逝的時間。旁邊就是那間魚形商號的醫舍，門扉沾了血跡。

「問清楚了？」他緊著喉問。

羅小義解決手上的突厥兵，喘著氣過來：「問了，追嫂嫂的不是他們，阿嬋一定帶著嫂嫂躲開了。」

「搜！」伏廷聲冷如刀，割開凌晨的涼風，「入城的，一個不留。」

棲遲早已身在城外。

「放我下來，阿嬋。」

曹玉林堅持揹著她，儘管自己已經體力不支，走得踉踉蹌蹌：「不行，嫂嫂，他們追來了。」

在那間屋子沒待多久，追兵就到了，他們刀上一定沾了不少近衛和守軍的血，因為追兵已少了許多，只有十數人。

但這十數人對她們眼下而言，已是致命的。她們幾乎是一路盲奔出了城，往僕固部的方向而去。

馬蹄聲就在身後，曹玉林憑聲音判斷距離，往前奮力跑去。

然而後方傳來突厥軍的恫嚇聲時，她便如同又感受到那些彎刀的利刃、那些突厥人凶惡的眼神、死去同袍的慘狀。

猛地往前一傾，快要摔倒時，棲遲借力從她背上滑下，抓住她胳膊往前拽：「走，阿嬋，不能停。」

兩人跌跌撞撞滑下一處陡坡，下方都是亂石，卻有個深坑，棲遲連忙推曹玉林進去。

深坑裡居然還蜿蜒著個洞，棲遲貼著曹玉林坐下時，她手裡無力拖著的刀落在地上。

就在此時，忽見外面亮起一道焰火。

「那是什麼？」棲遲看見了。

「八方令。」曹玉林喃喃地說：「那是三哥的八方令，以往從未見三哥用過，今日他為嫂嫂用了。」

所謂「八方令」，是當初抵擋突厥入侵時立下的，其實是那時全民皆兵狀態下的無奈之舉。一旦發出，周邊八方州府、胡部，都必須要立即趕來支援，否則會被追責。

伏廷立下後從沒用過，因為太過興師動眾，哪怕他自己涉險也未曾用過，如今擴了軍，更用不著了。但這一次，他用了。

棲遲透過狹窄的洞口看著那片天際，竟有些出神，耳中卻又聽到追兵的馬蹄聲，提提神說：「他連這都動用了，可見我們只要能撐過去就會沒事了。」

曹玉林看著她，想爬起來，又捂住胸口：「就怕來不及了。」她想去堵住洞口。天就要亮了，這裡很快會被發現。

棲遲也沒力氣了，渾身都是塵土泥污，靠在洞中，疲憊地說：「妳可還記得我與妳說過，我曾瞞過伏廷一個祕密？還記得當初我一定要去古葉城？」

曹玉林不禁看向她：「嫂嫂想說什麼？」

棲遲說：「今日我就告訴妳緣由，那家魚形商號是我的。」

曹玉林臉色凝結，眼珠驚訝的不動了。

棲遲故意不去聽外面越來越近的聲響，握緊手心，竟笑了一下：「妳看，我有這麼大的家業，還有沒完成的事要做，現在又多了個兒子，我不想死，也不能死。」

她伸手抓住那柄刀，拖了一下，白著臉說：「倘若他們殺來，我一定會拼力一搏，但我沒有妳的武力，最終可能也只是陪妳一起死。」

曹玉林訥訥無言，手伸出又捂住胸口。

那晚她問伏廷把棲遲當什麼，伏廷說「妳我皆是軍人，我把她當什麼，妳應該懂」。軍人錚錚鐵骨，唯有這條命可以許諾。伏廷是把她當命。

「不，嫂嫂不能死……」曹玉林撐著，喘息道：「嫂嫂是三哥的命，我欠三哥一條命，就要還他一條命。」

棲遲怔了一下，也許是因為她的話，也許是因為她的模樣，忽而低低問：「那妳還能握刀嗎？」

曹玉林看著她的臉，沒有回答。她那張臉蒼白得過分，眉頭卻揚著，神情看起來分外堅毅。

「阿嬋，」棲遲將刀拖著，送到她手邊，「還能不能握刀？」

不想逼曹玉林，但她不甘心。她凡事不認命，不到最後一刻一定要爭上一爭。不甘心死在這裡，也不甘心讓突厥再在曹玉林身上得逞一次，甚至讓她成為第一百八十七條命。

若傷在身上，花再多錢都可以給她治好，但這樣的傷，無人可以幫她，只有靠她自己。

「阿嬋，妳還能不能握刀？」

「能！」曹玉林狠狠按住胸口，手伸出去用力抓住刀柄，額上冷汗涔涔而下，「能！我還能握刀，我是個軍人！」刀拎起來，又脫落，又努力抓起。

她還能握刀，必須握刀。

天亮了。

軍營中的援軍最先趕來，已經將榆溪州各處堵住。

城中街道巷口如同溝渠，大軍猶如潮水，洶湧灌入。很快又有兵馬順著突厥人出城的方向一路追蹤而去。

城門附近，羅小義一刀砍倒一個突厥兵，領著人往前繼續肅清。

忽然幾個士兵提刀往前一路跑去。

那裡是片廢墟，坍塌著燒毀後的殘磚斷瓦，下面一根橫木隔擋，壘在牆角成了漏棚一般，邊上散落著幾名近衛的屍體。

士兵將近衛屍體拖開，伏廷已策馬而至。

他冷眼掃過，手腕一轉，豁然揮刀，劈開廢墟上的一角，立即逼出裡面的人。

那人衝出來抵擋，他手臂抬起，又猛地收住。

那是李硯。他握著匕首，喘著氣，眼神前所未有的凌厲，直到看清眼前情形才緩過神來：「姑父……」

伏廷看到他胳膊上被割開一道口子，還在流血，刀一收，立即下馬，扯了束袖的帶子就要給他包紮：「你姑姑呢？」

「等等。」李硯顧不上回答，攔了一下，轉頭鑽回去，又出來，收著手臂攏在懷間，小心翼翼送到他眼前，「姑父，這是弟弟。」

伏廷眼神一凝。

一旁的羅小義先是一驚，繼而大喜：「三哥！」

伏廷迎風立著，盯著那一處，五指一鬆，刀落在地上，伸出手將孩子抱了過來。

他想了無數種可能，唯獨沒想到，會在這種情形下見到自己的孩子。

羅小義湊過來看，忽然覺得不對：「三哥，孩子怎麼沒聲啊？」

伏廷撥開披風，看著孩子的小臉，才發現孩子嘴上還沾了血跡，閉著眼，一動也不動。

「是了，聽說剛出生的小崽子只要打下屁股就會哭了。」羅小義換了隻手拿刀，照著孩子屁股拍了上去。

並沒有動靜。

伏廷臉色緩緩沉下，單手抱著孩子，又拍了一下。

還是一動也不動。

羅小義渾身僵住了。

李硯陡然跪了下來，眼裡含了淚：「姑父，一定是我沒照顧好弟弟，是我對不起姑姑和姑父……」

他明明很小心的，剛才還好好的。偶爾弟弟會哭兩聲，但只要他遞了手指便穩住了，莫非是哪一次捂著弟弟了，或是餓著弟弟了，還是受凍了，一定是他的錯。

羅小義看了李硯一眼，又看他三哥：「都怪那群突厥軍……」

「閉嘴。」伏廷死死抿著唇，下頜收緊，抱著孩子又重重地拍了一下。

剛肅清的街道，戰火摧毀的殘垣斷壁，血腥味和煙火味混在一起。所有人收了刀劍，默默看著這一幕。

伏廷一身玄甲未卸，抱著剛出生的兒子，一動也不動。

驀地，懷裡的孩子一動，似是嗆了一下，隨即臉一皺，嘴一張，哇地哭了出來。

李硯一下站了起來，羅小義也抬起了頭。

這道哭聲嘹亮，幾乎響徹長街。

頓時陰霾盡掃，三軍振奮，下意識地高呼：「威武！」

伏廷緊咬的牙關鬆開，看著懷裡的孩子，手臂一收，嘴角扯開：「好小子。」

他始終鐵骨錚錚地站著，無人注意到他眼眶的微紅。

眾人山呼聲裡，他扯了披風兜住孩子，繫在身上：「帶你去找你母親。」

十幾個突厥騎兵追到道上，不斷地掃視著。附近地勢開闊，兩側都是綿延起伏的坡地丘陵，青黃相接的雜草一叢一叢地鋪陳而出，一眼就能看個大概。

天亮前還能看見的兩個人影就是在這附近消失的。

一行人下馬，幾句又低又快的突厥語交流後，分頭搜尋……

陽光升起，幾道灰白的人影在坑外晃，每一道人影手裡都有彎刀的輪廓。

接著這些人影散開，其中有一道往下，直往坑裡走來。

坑掩著深而窄的洞口，腳步聲一點一點接近，忽然，裡面揮出一刀。

對方倒地，並未斃命，剛要喊出聲，又是一刀。

曹玉林早已緊緊盯著外面的情形，一下探身出洞口，揮出第一刀時沒能完全握緊刀柄，險些要叫對方發出聲，但下一刀幾乎整個人撲了出來，用了全力。

她抽了刀，將屍首拖進洞中藏匿，再回到洞口時，身體半蹲，手撐在刀上，不住地喘氣，側臉上掛著豆大的汗珠，卻面無表情，蹲在那裡宛如泥塑。

棲遲靠在旁邊，不去看那具突厥兵的屍體，勉強提著精神，拉了衣袖替她擦去臉上的汗，一隻手抓緊衣擺，一隻手按住她的胳膊。

曹玉林對她點了下頭，用極低的聲音說：「嫂嫂放心。」意思是自己還挺得住。

雖然艱難，雖然剛才看到外面那些影子時，手上差點又要脫離刀柄，但最終，她這一刀還是斬了下去。

外面再度響起腳步聲，卻不只一個人的，也許他們都來了。

棲遲不自覺地屏住呼吸，看見曹玉林抓刀的那隻手幾乎扣死了，指節都泛白了。

忽地，一道聲音橫插而入，洞外的腳步聲停住了。

那是年輕姑娘的聲音，說的是突厥語。

曹玉林側過頭，仔細聽他們話中的意思——那姑娘自稱是右將軍府上的人，似乎出示了憑證。

外面安靜片刻後，她問為何只剩下他們幾個，城中情形如何？

一個突厥人回答：他們被一群護衛拖住，損失了很多人。城中情形有變，剛開始他們藉著風勢放火搶了先機，攻破西城門，抓了幾個都督夫人，卻被守軍堵著沒法轉移。而且姓伏的狡詐多端，雖然調走了大部人馬，他們追人出城的時候看見已有大軍從附近趕來支援了，說明他的大營根本沒空。

姑娘質問他們為什麼連一群護衛都奈何不得。

突厥人接連一串突厥語說得急切，甚至帶著憤怒，說那是姓伏的近衛兵，以前不知殺了他們多少探子，又不是普通護衛。

姑娘：那你們追的人呢？

突厥人：還在找，右將軍好不容易打通這條道過來，不抓到人回去沒法交代。

姑娘：哪條道？

忽然沒了聲音。接著便是一聲突厥語的怒吼：妳到底是什麼人？

冷不丁響起刀劍碰撞的聲音，似乎有很多人衝了過來，外面一下變得雜亂無章，呼喊和嘶吼一陣又一陣。

難道是內訌了？

棲遲看向曹玉林，曹玉林也看了過來，彼此對視，都很詫異。

很快人聲漸漸遮蓋下去，歸於平靜，有突厥人的屍體倒入坑中。

隨後有人越過那具屍體進了坑裡，就要接近洞口。

曹玉林橫刀俯身，棲遲挨著她貼住洞壁。

忽然聽到一聲很低的呼喚：「夫人？」

棲遲稍稍一怔，聽來還是剛才那姑娘的聲音，換成漢話，才發現這聲音有些熟悉，貼著洞壁悄悄看出去，看到穿著斑斕胡衣的少女。

「辛雲？」

「是。」

來的竟然是僕固辛雲。她帶著防備，手裡還握著一把短刀，看到棲遲才收起來，轉頭就朝外喚了一聲胡語。

接著她又蹲下，從狹窄的洞口裡鑽進來，上下打量棲遲一遍，見這位大都護夫人眼下如此狼狽，臉色憔悴，與先前在瀚海府裡見到的判若兩人，一時眼神微妙，竟不知該說什麼。

外面陸續有人進來。

「夫人！」僕固京親自入了坑中，尚未見到棲遲就在洞口外跪了下來，「僕固部奉八方令而來，替大都護迎回夫人。」

棲遲聽了頓時轉頭：「看，阿嬋，我就說了，只要撐過去就沒事了！」

僕固辛雲這才驚覺旁邊還有個人，一扭頭就見曹玉林一襲黑衣蹲在那裡，如同影子，手裡握著刀無比戒備的模樣，滿臉汗水，不禁吃了一驚：「曹將軍？妳怎麼了？」

「沒什麼，」棲遲搶先說，又看了曹玉林一眼，「沒什麼。」

曹玉林迎著她的視線點頭：「對，沒什麼。」她撐著刀站起來，先鑽出洞口，再回頭扶棲遲出去。

僕固辛雲也鑽出去，在旁搭手。

棲遲緩緩走出那個坑裡，被亮光晃得瞇了瞇眼，才看清外面浩浩蕩蕩的胡部人馬，男人們穿著胡衣，戴著氈帽，挽弓牽馬，從坡上一直蔓延到眼前，有幾個曾跟僕固京祖孫一同去過瀚海府，她還有印象。

那些追她們的突厥人已被處置乾淨。

棲遲第一次發現他們有這麼多人，或許整個部族都出動了。到了此刻她才算放鬆了些，撐著曹玉林的胳膊，身陡然一晃，軟倒下去。

其實早已虛弱不支，她只不過是強撐到現在罷了，脫了險後便再也撐不住了。

曹玉林連忙伸手扶穩她：「嫂嫂。」

棲遲倚靠在她身上，白著臉，勉強朝她笑笑，低聲說：「別擔心，妳這次護住我了。」

曹玉林臉上沒有表情，心裡卻像是有一處被扯痛了，一直堵在喉嚨處，只能默默提著那柄刀站著。

她最沉痛的莫過於當初沒能護住那些部下，如今總算替三哥挽回了嫂嫂。

其他人不知情，只覺夫人臉色蒼白，身體抱恙。僕固京立即吩咐備車，一面下令，趕緊去報知大都護。

出城二十里，背離城廓的原野裡，一支從城中逃竄至此的突厥兵馬剛被剿滅。

旁邊一條河流貫穿而過，流淌的河水裡混入了血水。

伏廷蹲在河邊，抄著水清洗著刀，後方是還沒來得及休整的大隊人馬。

羅小義自另一頭快步趕來，身上甲冑也染了血跡，抹了下臉上的汗：「三哥，僕固部先一步找到嫂嫂了！」

伏廷立即抬頭，拎著刀起身：「如何？」

「來報的人說嫂嫂沒受傷，只不過眼下身體虛弱，已經被僕固京請去部中休養。」說到此處，羅小義摸了下鼻子，小聲補了句，「阿嬋也沒事，都沒事。」

伏廷神情一鬆，直到此刻才算放心，沒白費他動用一回八方令。

「還有件事。」羅小義貼近，在他耳邊低語了一陣。

伏廷聽完，眼神冷肅：「好不容易打通這條道？」

羅小義道：「突厥人自己這麼說的。」

伏廷頷首，迅速做了決斷，沉聲說：「調一支兵馬，按我吩咐排布，先不要打草驚蛇。」

羅小義不屑地「哧」了一聲：「那個勞什子右將軍的確像條蛇。」

伏廷看他一眼，想起曹玉林，抿緊了唇。

「三哥怎麼不接著說了？」羅小義看向他。

伏廷轉身，臉上沒流露什麼情緒，朝他招一下手：「過來說。」

羅小義湊近過去。

伏廷將安排仔細交代一番，羅小義聽得認真，聽完卻皺了眉，一臉不可思議。只不過對於三哥的吩咐，他一向認真照辦，沒多嘴問什麼，領了命令就離開辦事了。

伏廷看他走了，喚來一個兵吩咐：「即刻派快馬去僕固部報平安。」李硯和孩子都在他這裡，他怕棲遲擔心。

吩咐完，他越過大隊人馬，往後走去。

河流後方不遠就是一片放牧人臨時居住的胡帳。伏廷走到帳門口，說了句胡語。

帳門隨即掀開，一個胡人婦女走出來，將懷裡的孩子遞到他跟前，帶著笑說了兩句，又指指孩子，說的是：這孩子可真能吃啊，餓壞了吧？

伏廷抱過孩子，小傢伙已經睡著，剛被餵了奶水，吃飽喝足後很安逸，小小的嘴唇還習慣性地吮動。

他謝過胡人婦女，將孩子小心裹好，綁到身上。

胡婦見了頗為不忍，下拜說願為大都護照料孩子，請大都護專心應戰。

伏廷又道了聲謝，直接走了。

這孩子好不容易才到他身邊，交給誰他都不放心，情願自己帶著，直到帶去棲遲跟前。

另一間胡帳裡，李硯也吃了些東西墊了墊肚子，得知姑姑安全的消息就急匆匆地走了出來，胳膊上的傷早已包紮好了。

伏廷朝他點了下頭，示意上路。

剛回到馬旁，有斥候快馬到了跟前，朝伏廷抱拳道：「大都護，又發現一批逃竄的突厥軍。」

伏廷眉眼微凜，一手托住懷裡的孩子：「繼續清剿。」

雖想立即趕去僕固部，但他還是這北地的大都護，擺在眼前的敵軍不能視而不見。

僕固部雖然是遊牧部族，卻有自己固定的草場。

大片胡帳挨個紮在山腳之下，高山就是天然的屏障。遠看一片萬仞峰壁，一頂頂的胡帳似山巔上的雪白雲頭落了下來，在地上落碎四散而成。

快馬加鞭送消息入僕固部中時，棲遲已經身在此處。

正中一間胡帳裡，僕固辛雲正站著，看著旁邊的胡床。

胡床上躺著棲遲，她剛用了些軟食，身上蓋著一層羊毛毯子，得到姪子和兒子都平安的消息後，終於澈底放鬆，合眼休息。

僕固辛雲看著她，方才他們僕固部裡的大夫來了一趟，給她看了身體，說她產後不久便驚憂奔波，亟待調理休養，切不可再驚動了。

棲遲卻在睡下前又提出要派人再去城中魚形商號的醫舍裡尋個大夫來瞧瞧。只因那裡的大夫都是特地從中原請來的，個個醫術高明，她比較放心，順帶也請他們幫著尋一尋她的人。

僕固辛雲倒是沒對她這嬌貴的做派意外，意外的是剛得到的消息——

她竟是剛生產完不久，她與大都護已經有了孩子。

自瀚海府一別，許久不去留心大都護府的消息，原來他們一家人已如此美滿了。

棲遲忽然睜開了眼。

僕固辛雲目光還定定地落在她身上，一下沒避開，直直地與她的眼神撞上。

「有件事我要問妳。」棲遲此時說話沒多少力氣，但得知伏廷他們都平安，神情很安穩，輕聲慢語地問她道：「先前妳與那群突厥人在洞口外說了什麼？」

僕固辛雲還在想她與大都護的孩子長什麼模樣，一下被問起這個，回了神，一五一十地說：「大都護下了八方令後，命一名近衛來我部中傳話，讓我們設法打入那些突厥人當中，弄清楚他們是如何進入榆溪州的。」

棲遲想了想就明白了，僕固部是原屬突厥的一支，要打入他們倒是容易許多。

突厥狡詐，曾在古葉城外能以死傳假消息給伏廷，也就難怪伏廷會用這法子了，怕是抓住突厥俘虜他也很難相信他們說的話，情願自己打探。

想到此處，她不禁奇怪：「那妳是如何叫他們信任妳的？」

僕固辛雲從懷裡摸出個圓珠墜子：「這是羅將軍當初從一個突厥女探子身上搜出來的，說是突厥右將軍府上的憑證。」

棲遲看了看，認了出來，她也見過，是當初那個挾持她的突厥女身上的，的確是羅小義搜出來的，竟還有這個用途。

僕固辛雲將事情原委說了一遍——

他們離得最近，接到八方令和這特殊的任務，趕去也是最快的。

也是巧了，棲遲和曹玉林正往僕固部而來，他們在路上恰好遇到追著她們的那十幾個突厥人。

僕固部族中所帶的女子大多太過年長，僕固京便讓孫女拿著這東西去試一試，話也是老爺子教好的。

可惜一問到他們右將軍打通了哪條道，突厥人便立即察覺到不對，當場動了手。

棲遲聽完心中便有數了，他們說的這句話，一定和突厥人忽然出現在城裡有關。

僕固辛雲沒再多說，此事已經報知大都護，他一定會處理。她看著棲遲，說了句題外話：「想必大都護現在很高興，雖然有戰事，但夫人已為他生下子嗣了。」

棲遲看她一眼，笑了笑，什麼也沒說。

僕固辛雲也沒什麼想說的了，轉身默默退出帳。

兩個時辰後，僕固部派去城中的人回來了。

儘管城中仍混亂不堪，但突厥人都被剿滅了，去魚形商號的醫舍裡請個大夫倒是沒費多少波折。

一輛馬車遠遠駛到草場中，車簾掀開，新露從車裡跳下來，臉上還帶著煙灰，轉頭就招呼車上的人：「快，快些！」

揹著藥箱的大夫跟著下了車，來不及站穩就隨她往前走。

二人快步跟著趕車的僕固部人，一路走至一間胡帳前，新露顧不得禮數，揭簾便喚：「家主！」

帳中用具俱全，只是有些陳舊。

棲遲正閉目養神，睜開眼看到她，臉色頓時鬆緩下來：「妳沒事就好！」

新露正想說這話，回頭又喚一聲大夫，快步過來在她床前跪坐，後怕地捂著心口：「真是嚇壞奴婢了，還好奴婢當時趁亂跑回醫舍，否則僕固部來請大夫時便碰不上了。」

「可有遇險？」棲遲問。

新露看她臉白成這樣，哪裡還願說那些驚險的回憶，直搖頭：「沒事，待回去了還能與秋霜吹噓上一回呢。」

棲遲不禁笑了笑。

大夫過來請脈，弓著身，手指搭在她腕上細細診斷，很快看完，說的話無非還是那幾句：「夫人身體底子好，但臨盆是大事，經不住這樣折騰，此番切記好生休養。」

「那是自然，」棲遲從不會拿自己的身體開玩笑，點頭說：「用最好的藥，只要好得快，好得澈底。」

誰都知道北地的情形，大夫聞言不免驚異於她的語氣。

一旁的新露道：「你放心照做就是了，沒有我家家主用不起的藥。」

大夫稱「是」，剛要告退，棲遲留他一下：「我還有些事要請教你。」

說完這話，她將新露也打發出去。

曹玉林就在隔壁胡帳裡坐著，歇了片刻後，剛準備去探望一下棲遲，大夫到了帳門前，說要給她把脈，是夫人吩咐的。

聽說這是棲遲的好意，曹玉林便沒拒絕，坐了回去，讓他進來。

大夫入帳，麻利地到近前，為她搭脈看診。

曹玉林順口問：「夫人眼下如何？」

大夫實言相告：「夫人虛弱，需要好好調理休養，另外……也沒什麼了。」

曹玉林做探子做習慣了，敏銳察覺出他最後一句有遮掩之意，冷著臉道：「夫人的安危非同小可，你若不想他日被大都護問罪，就將夫人的情形統統說出來。」

大夫一聽，哪敢隱瞞，忙道：「也沒什麼，只是夫人明明瞧著並無外傷，卻忽然問我可有祛除刀傷疤痕的良藥，也不知是不是自己要用……」

曹玉林倏然沒了言語。

大夫給她看完了，只說沒事，請她安歇，多餘的話不敢說，便匆忙告退了。

曹玉林安靜坐了片刻，起身去隔壁帳中。

棲遲睜著眼，並未睡著。

曹玉林進去，一看到她就說：「我記得嫂嫂並沒有中過刀傷。」

棲遲看向她：「嗯。」

曹玉林心裡明白得很，站在她床前說：「那些陳年舊傷，我並不想讓嫂嫂為我破費。」

方才大夫說的話，她一下就聽明白了，棲遲之所以要特地去醫舍裡請醫術好的大夫來，想來並不全是為了自己調養，也是為了她。

棲遲看了看曹玉林，她們明明年歲相當，但曹玉林一直是個實誠人，實誠得叫人心疼。

「阿嬋，」她輕聲說：「我知道那些傷痕未必能都祛掉，何況就算去掉了身上的，也還留在心裡。我只希望妳不要再說什麼妳已不是女人這種話。妳做到天下女人都做不到的事，有不輸於男人的氣魄，是北地的英雄，那些疤痕不是恥辱，是妳的功勳，既然如此，我為一個女英雄治下傷又如何？」

曹玉林竟被她的話弄得垂了頭：「我沒嫂嫂說得那麼好。」

「自然有，而且遠遠不止。」棲遲朝她笑笑，忽然問：「妳覺得妳比伏廷硬氣如何？」

曹玉林被問得一愣：「自然比不上三哥。」

棲遲說：「那便是了，他再硬氣，我也照樣給他治傷了。」

曹玉林這才明白她是什麼意思，心裡一暖，卻不善表達，再也說不出話來。

朗朗白日，又是於途中追剿突厥兵的一日。

李硯在臨時駐紮的營帳中待著。所謂臨時營帳，不過就是一張遮風避雨的行軍毯，由幾根杆子撐著遮在頭頂，兩旁是豎著的軍旗。他坐在裡面，懷裡抱著安穩睡著的弟弟，左右皆是守衛的兵馬。

另一頭卻不太平，離得這麼遠都能聽見喊殺聲，此刻動靜漸漸小了，料想逃竄至此的一小支敵兵也被除去了。

約莫半個時辰後，大部人馬轟隆踏蹄而來。

伏廷打馬到了跟前，先收刀，又拿布巾擦了手，而後自馬上稍稍俯身，朝他伸出手。

李硯立即起身出帳，將弟弟送過去。

伏廷接了孩子，抱在懷裡，對他說：「上馬。」

李硯聽話地爬上後面的馬匹。

伏廷低頭看孩子一眼，一個時辰前剛吃了一頓，這小子居然還睡得這麼沉。

羅小義打馬湊過來看了一眼：「呵，這小子果然能吃能長，簡直一天一個模樣。」

前一刻還在跟突厥兵拼殺的一群大男人，此刻又自然而然地圍著個孩子轉了。

伏廷懷抱著孩子，單手扯韁：「走。」

接著往前而行，這一路幾乎都是這麼過來的，所有人也習慣了。

羅小義跟在伏廷旁邊，走了一段，怕擾著孩子睡覺，悄聲說：「三哥，人馬都按你的吩咐調動了。」

伏廷「嗯」了一聲，隨後又道：「盯好動靜，也許很快蛇就出洞了。」

天氣反覆無常，說變就變。嗚咽的涼風吹起來時，棲遲已經能下床走動了。

她掀開帳門，往外看了看頭頂灰藍的穹廬，算著日子已過去了多少天。

新露端著藥過來，身上早已換上僕固部裡的胡人服飾，看到她立在帳門邊，趕忙道：「家主已能走動是好事，不過還得小心些，最好還是多躺著，可別吹風。」

棲遲站在門口沒動，開口就問：「今日可有消息送來？」

新露搖頭：「大都護的人馬應該還在路上。」

棲遲沒說什麼，接過那碗黑漆漆的藥，擰眉，一口氣喝了下去。苦得要命，但為了能早日好起來，這點苦她寧可忍了。

外面忽而傳來僕固辛雲和僕固京的說話聲。

棲遲將藥碗遞給新露，理了理衣裳，往外走出兩步。

她身上穿的也是胡衣，據說是僕固部裡最尊貴的身分才能穿的，湛藍錦面上繡金線的雲彩，這件衣裳大概是窮了好幾年的僕固部的珍藏，因她來了，僕固京獻了出來。

新露見她出去了，連忙追上去，給她披了件毛領的厚襖衫。

棲遲覺得披著這個太厚重，推掉了。

僕固京祖孫倆遠遠站在草場的空地上，身前是一輛馬車，車上是送來的藥材，皆是她這陣子需要用的，自然是從魚形商號裡送來的。

送藥來的不過是個醫舍裡的小夥計，僕固京卻顯得特別客氣，甚至要招待這小夥計用了飯再走。僕固辛雲也頗有些和顏悅色的意思，還吩咐身邊人，等小夥計走的時候一定要送行。

棲遲看到這情形，便想起僕固辛雲曾說過的話，她說過倘若他日魚形商號的人入僕固部，一定會好生禮待，原來真是說話算話的。

原本還想過去詢問一下那小夥計外面的情形，此時看這祖孫二人如此盛情，棲遲也不好上前，不動聲色地回過頭，入了帳門。

一陣風入帳，送來了疾馳而來的馬蹄聲，緊接著是男人的聲音：「棲遲！」

棲遲以為聽錯了，轉頭看了出去。

遠處，灰藍的天似往下沉了些，日頭發白，照著朗朗大地，一線烏泱泱的人馬正在往這裡行進。

近處，一人一馬遙遙領先，正在向這裡馳來。

她定定地看著，忽然提了衣擺跑了出去。

新露追了出來，僕固辛雲也詫異地看了過去。

遠處高山巍峨，開闊的草場上，棲遲一路小跑，前方是疾馳而來的高頭黑馬。

馬上的人玄甲烈烈，勒韁停住，長腿一跨便下了馬，大步走過去，一把將她抱住。

僕固辛雲看出來，那是大都護。

棲遲沒想到一到跟前就被他一把抱住。她甚至沒來得及看他現在的情形一眼，臉貼著他胸膛堅硬的鎧甲，一顆心跳得混亂。

伏廷一手抱著她，稍稍退開些，將另一隻手裡抱著的孩子遞過來。

棲遲怔了怔，伸手去接。

孩子身上還裹著她那件月白緞子的披風，最外面一層卻又裹了他玄甲外的紅披風，厚厚實實好幾層，好似長大了一點，小臉不再皺著，也白了許多，大概是被這一下弄醒了，小傢伙睜開眼，緩緩眨了兩下。

她覺得不可思議，輕聲說：「這幾日都是怎麼過的？若非長得像你，我都要認不出來了。」

伏廷低頭看了看，其實覺得孩子長得更像她，低沉地一笑：「北地男兒，吃了北地的百家飯。」

第三十章　九死一生

曹玉林聽說兵馬趕來的消息，從胡帳裡走出來，一眼就看見門口站著的人。

羅小義胳膊裡挾著自己的盔帽，正站在那朝帳門探頭探腦的，撞見她出來頓時一愣，接著訕笑：「阿嬋。」

曹玉林點了下頭，上下打量他一番，他還是跟以前行軍打仗時一樣，除了打仗什麼也顧不上，好歹是個將軍，滿面塵灰也不管，髮髻也亂蓬蓬的。

羅小義被她看著，侷促地整了整身上的甲冑，往帳門口走了兩步。眼看著天色就要晚了，風漸大，她也沒邀請他入帳去坐，他只能走近兩步避一避，免得跟傻站著吹風似的。

站定了，他又看看曹玉林，她身上穿著胡衣，卻束著漢人男子的髮髻，不倫不類的，不過他早已看習慣了，找話道：「聽聞這回妳是單獨帶著嫂嫂逃出來的，所以我來瞧瞧妳。」

「也不算，」曹玉林道：「有三哥的近衛拼死拖著，我們才得以逃脫。」

羅小義知道她從不邀功，想到折損的近衛也不是滋味，嘆口氣道：「跟隨三哥出生入死的近衛折損了大半，也難怪三哥這麼快就做了安排，肯定不會放過那群突厥人……」

曹玉林打斷他的話：「這些不必與我說，我已不在軍中，你該知道規矩。」

戰事之前，有什麼計畫和安排都是主帥與將士的事，她只在周邊負責搜尋情報罷了，不能知道太多。

羅小義脫口道：「我正是想來與妳說這事的，妳就沒想過回軍中？」

曹玉林問：「三哥叫你來問的？」

羅小義撇了撇嘴，的確是伏廷叫他來問這句的，路上的時候就說了，多餘的半個字也沒提。「也不能這麼說，我自己也想問的。」他乾咳一聲，接著道：「畢竟都在陣前了，妳那麼有本事，埋沒了多可惜。」後半句跟欲蓋彌彰似的，說完自己在心裡「嘖」了一聲。

曹玉林沉默，右手下意識地握了一下。

這隻手的確又握起了刀，握起時重有千鈞，揮出時如纏泥沼，但抓緊後，斬下時，又如釋重負。可她還不能確定是否可以再面對突厥大軍。

她心裡清楚，伏廷既然讓他來問自己，便已是信任，又握了下手，搖頭。

羅小義笑起來，倒好似輕鬆了些似的：「也好，不打仗還平安些。」

曹玉林目光在他身上停留了一下，半個字也沒有說，轉頭便走了。

羅小義對她這冷淡模樣早已習慣了，盯著腳下的土地回味一下自己方才的話，總覺著沒一句說得能對得起自己這張嘴皮子，抬手就抽了自己嘴巴一下。

冷不丁冒出一道聲音：「小義叔。」

羅小義一愣，轉頭。

李硯自後方走來，莫名其妙地盯著他，顯然看到他剛才抽自己那一下。

羅小義摸了下臉，擺兩下手：「將我教你的拳腳多練幾回，我還有事，先走了。」

李硯見慣他玩笑模樣，難得見他這麼一本正經的，愈發覺得奇怪，目送他遠去，心想這是怎麼了？

帳中兩道人影緊挨著，棲遲稍稍昂起頭，眼睛掃到胡床上安穩睡著的孩子，又掃到一旁的銅鏡，裡面映著擁著她的男人的身影。

伏廷抱著她，從她的唇親到她的頸邊，她只能昂著頭，被他泛青的下巴磨蹭得又麻又癢。直到她胸口起伏，軟綿綿地靠在他身上，一手抵著他身上厚重的鎧甲，才喘氣道：「你這樣我沒法再說下去了。」

原先正在說逃出來的經歷，他忽然親上來，就說不下去了。

伏廷適可而止，手臂攬著她的腰，低頭問：「身體怎樣？」

「要暈了。」她故意說。

他動了下嘴角，知道她還在休養，按著她在胡床上坐下，看了看她的臉，又看了在她身側睡著的孩子一眼，抿了抿唇說：「不用再說了。」

本是想知道前後情形，但聽她說了個大概便不想再問了。她身嬌肉貴的，嫁了他卻連生孩子都沒有安穩的環境，再說下去他心裡更不舒坦了。

棲遲也不想說了，再回想一遭都覺得驚險，在這裡安定下來後的頭兩晚還做了噩夢，只是沒提而已。

她抬眼看向伏廷，手摸到孩子的繈褓：「若我沒能逃掉，或者孩子……」

「別問這些。」伏廷沉聲打斷。他想都不敢想。

棲遲也覺得這麼說不好，不吉利，笑著說起別的，「你可還記得那個箜篌女？」

伏廷看著她，不知她怎麼在這時候又提起這個人，「怎麼？」

「她曾與我說，世上凡事有因必有果。」棲遲倚在床頭，緩緩道：「邊境醫舍綿延，你軍中兵強馬壯，是我種下的因，如今才有我又一回逢凶化吉的果，這也是因果，所以我必然是沒事的。」

伏廷抿唇，竟然覺得挺有道理的。有時候的確挺佩服她的，一顆心能如此有韌性，不等別人來安慰，自己便先將自己安慰好了。

棲遲坐著，他站著，她的手指挨著他玄甲的前襟。鎧甲通體鐵質，十分厚重，她用手指撥了下上面冷冰冰的鐵片，問：「為何還不卸甲？」

伏廷看了她一眼，沒說話。

棲遲一下明白了：「隨時還要回前線是不是？」

他頷首：「突厥還會有動作。」

戰事還沒有結束，他是特地為了她和孩子才趕來的。

棲遲也明白，見他肩頭的鐵甲片上沾了乾透的血跡，便知他一路過來一定與突厥兵交手多次，跟著便想起僕固辛雲的話，深思後道：「他們這次入侵得太過蹊蹺了，像是有幫手，時機又尋得這麼準，倒像是沖著你我來的。」

伏廷沉默一瞬，說：「我心中已有數，只是不敢確定。」

不是不確定，而是不敢確定。棲遲察覺到這細微的差別，不禁看了看他。

伏廷卻沒再說下去，伸手扯了羊絨搭在她膝上：「歇著，這些事都交給我。」

棲遲「嗯」一聲，雖然他剛說過「不敢確定」，這一句話卻還是讓她心定了許多。

「大都護，有軍報送到。」帳外一個近衛低聲稟報。

伏廷立即正色，站直了，說：「我先出去，讓李硯進來，他該急了。」

霸占她到現在，也該讓他們姑姪說說話了，趁機將戰事的話題轉開。

棲遲看著他走出去，緩緩坐正，早已掛念著姪子。

李硯後腳就進來了，身上雪白的錦袍已經髒了，一條手臂上還包紮著布條，一看到她竟然什麼也沒說出來，站在帳門口安安靜靜地看著她。

短短幾日，他已瘦了一圈，棲遲看著心疼，招了招手。

李硯緩步走近，才開口道：「姑姑，我一路上挺好的，沒遇著什麼凶險，弟弟也乖。」

「真的？」棲遲覺得他只是不想讓自己擔心。

李硯點頭，看了床上的弟弟一眼：「真的，就算有凶險，逃過了也就不算凶險了。」

棲遲撫了下他胳膊上的傷，朝他微微笑起來：「你已長大了，是真正的光王府世子了。」

若她哥哥能看見他如今的樣子，不知該有多驕傲。

天黑如墨，穹窿似蓋，籠罩著廣闊的草場。

大都護攜子前來，對一方胡部而言是莫大的榮耀。僕固京不敢怠慢，少不得要著手慶祝。幾個部族裡的男子擼起袖子，興沖沖地在草場上要宰羊，忽然有個兵小跑著過來傳話：「大都護下令不必費事，戰事當前，一切從簡。只需要為夫人多找幾個僕婦照顧孩子即可。」

僕固京原本還在旁親自指揮，得了這命令只好作罷，感慨一句：「大都護實在節儉，為了北地連頭一個孩子也顧不上。」說完他連嘆兩聲氣，擺了擺手，遣散族人。

僕固辛雲站在他身旁，朝遠處亮著燈火的胡帳看去，想起那位夫人一向手筆很大，大都護如此在意她，豈會不慶祝呢，說不定是自己慶祝了吧。

胡帳裡，燈火燃了好幾盞，照得亮堂堂的。帳門拉得緊，桌上擺著裝著熱水的木盆。

新露抱著剛洗完澡的孩子送到棲遲跟前，嘆息著道：「若是在都護府裡，從出生到現在，哪一日都該是熱鬧的，可現在三日早過了，才得以為小郎君行三朝禮。」

棲遲接過孩子，無奈一笑：「那也沒法子，誰叫這孩子會挑時候來呢。」

三朝洗兒是生子三日後的禮節，原本不管是洗澡水還是行禮的人都有講究，洗澡水要用桂花心、柑仔葉、龍眼葉、石頭仔及十二枚銅錢煮成，親朋好友都得出席。可現在是在前線，走一個形式罷了，只有往洗澡水裡扔錢的那一步，棲遲沒略過，是自己來的。

通常是扔碎錢，她沒碎錢，身上倒是有些飛錢，也沾不得水，最後新露洗一下她便壓一張飛錢。帶著的全都給了，若非只帶了這些，怕是還要繼續。

新露直感慨說：「家主這是想將全部身家都給小郎君了。」

棲遲也是心存愧疚，這孩子一出生就遭了回罪，便想給他所有。

桌上還放著僕固部送來的兩身小衣服，趕不及做，是別的孩子的，有些大，但還能穿。

新露不禁又嘀咕，想她和秋霜為家主的孩子做了多少小衣服，皆是上等名貴的綢緞製成的，不想遇上這種凶險，一件也沒帶上。

「這下連衣服也是百家的。」棲遲笑著說。

剛給孩子換上衣裳，帳門掀開，伏廷走了進來。

新露立即見了禮，退出去了。

棲遲看著他：「你回來晚了，錯過一回禮。」

伏廷看了孩子一眼，小傢伙躺在胡床上，穿著寬大的胡衣，動了動小胳膊。

他第一回當父親，哪裡知道這些禮數，料想都是貴族裡注重的。

「那就下回，」他說：「下回不會錯過了。」

棲遲看他在鎧甲外又配上了刀，心裡有數：「軍報送到的消息不好？」

「突厥有動作了。」他說。

棲遲也猜到了。

外面傳來兩聲腳步聲，但沒出聲。她已聽見了，問伏廷：「這是又有人來找你了？」

「嫂嫂，是我。」外面羅小義低聲回，「沒事，妳與三哥說話吧，我等著就好。」

伏廷看了看孩子，轉過身，一手握著她的胳膊輕輕一拽，攜著她走到床尾，離帳門遠了，才低下頭問：「大夫說大概要休養多久？」

「至少也得下個月。」棲遲說。

伏廷想了一下，說：「我將兵馬留在附近，也會交代僕固部，待妳休養好了，我再來接妳去我營中。」

如果不是知道她現在需要靜養，他甚至想現在就帶她走，此後只將她放在身邊。或許真該像她說的那樣，學一學漢光武帝劉秀，將陰麗華直接帶在身邊。

棲遲聽了這話，便知他馬上要走了，眼睫垂下，點點頭，想想還是叮囑一句：「小心。」

「嗯。」伏廷看她垂著眼，自然而然盯住她的唇，又想起先前親她的模樣。

棲遲抬頭看他，他臉一半在明一半在暗，漆黑的眼珠斂在深深的眼窩裡，一時想不到該說什麼。

忽而床上的孩子哼哧兩聲，好似要哭，一下把兩人的神思拉了回來。

伏廷手掌在她腰上輕輕摩挲，心想這小子真是選了個好時候，眼裡竟帶了點笑。

羅小義在外面等了好一會兒，帳簾總算掀開了。

他立即迎上去，壓低聲說：「按照三哥的排布，果然有動靜了，也許是那蛇出洞了。」

伏廷點了下頭，回頭又看帳門一眼，往前走：「馬上走。」

二人穿過草場前行。

伏廷走在前面，沒聽見羅小義再說半個字，扭頭看他一眼：「曹玉林沒答應？」

羅小義頓時回了神似的訕笑：「嗨，三哥真是料事如神！」

他沉沉低斥一句：「說你慫貨還不認。」

羅小義又不作聲了，總不能死纏爛打，讓人家不快活吧。

伏廷點到為止，這種事情，他畢竟插不上手。

北風吹過，氣候已寒。

榆溪州城外，賀蘭都督一遍又一遍地踱著步，憋了一肚子的氣發不出來。背後是被大火燒了一半的城池，一旁是幾具排在一起的屍首。

他在前線與幾位都督奉命抗敵時，忽然接到大都護軍令，命他個人返回榆溪州善後，方知突厥竟殺入城中，擄劫了好幾位夫人，連同他自己的夫人在內，甚至連大都護夫人也險遭毒手。

遠處，一隊人馬疾馳而來。

賀蘭都督舉目望去，臉色一正，連忙快走幾步迎上前，掀了衣擺跪下。

快馬至，齊齊勒停。

伏廷一馬當先，居高臨下掃了周圍情形一眼，問：「查清了？」

賀蘭都督皺眉稟報：「回大都護，查清了，當日縱火的就是身後這些人。」

「自盡了？」伏廷冷眼看著，那一排屍首五六人，每個人嘴邊拖著黑血，有服毒跡象。

賀蘭都督回：「正是，他們早有預謀，一暴露便自盡了，和城中被俘的那些突厥兵一樣，說好了似的，全自盡了。」

伏廷打馬上前，繞著那排屍首緩緩走了一圈，抽出腰後的刀，刀背貼著其中一個屍首的臉一撥，打量一番五官，說：「這不是突厥人。」雖也是胡人面貌，但與突厥人特徵不同，尋常人看不出來，他卻一眼就能分辨出來。

羅小義跟在後面道：「怎麼回事，這幾個胡人跑進城來幫突厥人放火？」

賀蘭都督心裡又躥出氣來，不好在大都護跟前發作，忍著道：「是，這幾人是打後方來的，正是因為他們來處不是境外，才得以順利混入城中……」

他越說越氣，榆溪州前方是邊境，後方自然是北地和中原。城中守軍見這群人自榆溪州後方而來，還以為他們是自己人，念在他們是因戰事被困走投無路才收留的。沒想到他們入城後竟趁夜放火，引發混亂，以至於讓後到的突厥軍有了攻開城門的機會。

放他們進入的幾個守軍得知消息後，自認愧對北地和百姓，當即就拔劍自刎了。

什麼也沒問出來，又遭受如此損失，還折損了幾員守軍，叫賀蘭都督怎能不氣憤。

伏廷一言不發，收刀入鞘。

賀蘭都督深感瀆職，上前戰戰兢兢聽命。

伏廷這才開口：「重整榆溪州，收斂犧牲將士，待戰後厚葬。」

一連好幾句，都沒提到處分他的事，賀蘭都督便知是要戰後再說了，垂頭領命。

羅小義正想上前與伏廷商量這事，遠處有斥候快馬趕來報信——

「大都護，前線諸位都督受到突厥進攻了！」

伏廷策馬就走。

羅小義會意，只好暫時收聲，跟他前往戰場。

幾位都督所在地位於榆溪州東北方，而伏廷的軍營橫擋在榆溪州正西方。

除此之外，伏廷還叫羅小義抽調兩支人馬於暗處排布，此事其他人尚不知曉。

幾方人馬如四方之足，環繞榆溪州分布。

天陡然陰沉下來，雲往下墜，北風轉烈，呼號而起。

就在東北方各位都督率軍抵擋的時候，另一支突厥騎兵悄然躍進邊境，往軍營處襲來。

軍營中旌旗如常，甚至連造飯的炊煙也如常。

鐵蹄毫不留情地衝了進去，彎刀起落，劈開營帳，突厥語的喊殺聲四起，隨即又徘徊四顧。

營中根本一個人也沒有。旌旗，炊煙，不過是假像。

接著另一股喊殺聲便傳來了。浩浩蕩蕩的塵煙自遠處壓近，此地如瀚海，那裡便如海上掀來的一道風浪。

對面高處，伏廷正坐在馬上。馬匹也覆上了鐵甲，他的手按在刀上，眼看著遠處。

衝過去的「風浪」是他軍中的步兵，快馬近前後立即翻身而下，個個手裡提著長柄雪刃的快刀。那是陌刀，用於斬馬，專為對付突厥戰馬而製。

橫刀掃過，馬蹄斬斷，騎兵傾倒，優勢不再。

塵煙裡送來血腥味。

羅小義戴上盔帽，問：「三哥，這批騎兵不多，應當只是先頭部隊，我們可要動手？」

伏廷緊盯著下方，雙眼如鷹：「再等。」

話音剛落，遠處馬蹄隆隆，又來一隊騎兵。

羅小義罵了一句：「這狗突厥總是這麼狡詐，這麼多年還是花樣百出！」

伏廷不語。

突厥既然先火攻榆溪州，必定早有一支部隊在榆溪州境外盤桓等待，到時便能裡應外合。

可惜榆溪州未能拿下，但他們的大軍也不會白放著，還是會攻進來，只不過改成了現在的突襲軍營。

忽然，伏廷看見隊伍中舉著的旗幟，用突厥文寫就的「阿史那」的姓氏。

兩軍交鋒，卻見對方新到的這支騎兵當中有人下了馬，竟也拿出了陌刀，揮向他的騎兵。

「他們怎會有我朝的陌刀！」羅小義驚詫大喊。

伏廷冷聲：「上！」

一聲令下，後方一支隊伍馳出，漫坡往下，如一股黑色湍流傾瀉而下，席捲而去。

羅小義也想策馬而去，卻被伏廷按住：「別急。」

他們還需等待。

羅小義道：「三哥何必攔我，我是瞧見那條蛇了。」

下方陣中，廝殺之時，對方隊伍後方坐在馬上的主帥暴露在旗下。那是個利眼白面的男人，身服突厥褐甲，盔帽下壓著辮髮，一雙眼陰沉沉地往上，盯著伏廷。

伏廷也看到了他，遠離百丈遠，那人被左右包圍保護得密不透風。

「阿史那堅那條蛇。」羅小義不屑道。

伏廷抽出刀，忽然說：「你要記著他這張臉。」

羅小義一愣，一張蛇臉，記他作什麼？

阿史那堅是突厥王族，伏廷以往並沒有注意過他，直到數年前那一戰，才將這個突厥右將軍放入眼裡。從那之後，所有探子與進犯的事，都與此人脫不了干係。或許從頭到尾與北地主戰的都是此人。

然而只是遙遙一眼，阿史那堅便往後退去，突厥騎兵立即包湧過來，拼死抵抗，護衛著他退離。

是因為又從側方殺入一支兵馬。

這是伏廷叫羅小義安排的人馬之一，只待見到阿史那的旗幟便動手。

小股作戰，很快就見分曉，伏廷的兵馬增多，占據多數，又以逸待勞，突厥騎兵已經受挫。

他算得很準，唯一沒想到的是，敵軍陣中竟然也會有陌刀，那是嚴禁外流的兵器，何況還是流去突厥。

「把他們的刀都留下。」

斥候領令，策馬揮旗，軍中戰鼓擂響，所有人馬下了死手。

阿史那堅往邊境的退路被堵死了，無法原路退回，最後更換了方向，拖著塵煙往另一頭疾馳離去。

「就是此時。」伏廷立即振馬而出。

剩餘人馬盡數跟上。

羅小義緊跟而上，終於明白了，他三哥是想生擒那條蛇。

既然在此處偷襲失利，阿史那堅必然會退往另一頭的前線，畢竟他大軍的主力正在那裡與各位都督交戰，他需趕過去會合。

然而若是沿著邊境線走，那裡皆是北地駐守的兵馬，或許有人多人少的分別，卻絕對各處關卡都有人在。

所以他這支只剩了千餘人的偷襲隊伍唯有及時調轉方向，改為繞過整個榆溪州城池，再往東北向而去，剛好可以從後方夾擊幾州都督的兵馬，與他的大軍主力前後形成夾擊之勢。

羅小義一邊快馬跟著伏廷，一邊喘著氣說了以上想法：「三哥，我覺著，那阿史那蛇一定是這麼打的主意。」

果然，阿史那堅與他所想一致。

他在後方緊跟著的時候，親眼看見前方人馬急而有序地竄士進了榆溪州城外的荒野，遠處已能看見榆溪州城被燒壞的城樓一角，風裡還有殘餘的煙薰氣味。

「你瞧是不是，蛇都是遊著走的。」

伏廷顧不上他瞎叫，眼睛牢牢盯著前方的人影：「專心追，他或許會繞更大的圈子。」

看得出來此人領兵有一手，折損到只剩千人，便立刻判斷出形勢，及早抽身，而即使在逃，也臨危不亂。為了進入北地，怕是下了不少功夫。

羅小義本沒明白他的話，在遠遠繞過榆溪州的城池後，出乎意料的一幕發生了——

阿史那堅的兵馬奔過荒野，卻沒有往另一頭的前線戰場而去，而是接著繞行，繼續往榆溪州城的側後方疾馳而去，那可不是回突厥的路，還真是繞了個更大的圈子。

羅小義先是驚訝，接著就想起他三哥叫他排布兵馬的事，那兩支人馬中的另一支，就排布在榆溪州的側後方。

隨即又想起那幾個縱火自盡的胡人也是自後方而來，他想，這其中莫非有什麼關聯？阿史那堅的幫手難道來自後方，他們北地自己人的地方？

這裡一片無人荒原，卻並不平坦，溝壑叢生，且被荒草掩蓋，馳馬速度自然而然地變慢。

伏廷的人馬已經趕上，立即殺入其中。

阿史那堅的隊尾被纏住，隊形被切斷，但他仍被剩餘的人馬護擁在最前端。

離著很長的距離，他忽然回頭，隔著廝殺的人群看向伏廷，露出一絲意味不明的笑。

羅小義說得沒錯，這人的確像條陰冷的蛇。

伏廷看見他嘴唇翕張了幾下，比出句話。如果沒看錯，那是句漢話，說的是：瀚海府，今非昔比。

比起當初，不知多了多少兵力來抵擋突厥，甚至可以兵分幾路了，的確今非昔比。但緊接著，阿史那堅便又動了動嘴，比出了另一句話：遲早滅之。他伸出手，先按了下拇指，再是無名指，最後是小指。

突厥人把拇指代指父母，最邊兩根代表妻兒。他的意思是，皆滅之。

羅小義也看到了，如此囂張的挑釁，氣得他想罵人，一扭頭，看見伏廷已是冷臉肅殺，渾身殺氣。

伏廷一刀解決一個靠近的突厥兵，偏頭朝他低語一句，手腕一轉，刀柄緊握，策馬衝殺入陣，直取中樞。

突厥騎兵猛然抵擋，卻仍被他生生殺出條血路。

距離縮短，抵抗越強，眼看著伏廷就要殺到阿史那堅身前，霍然，其後方湧出一批弓箭手，霎時間一陣箭雨朝伏廷兵馬襲來。

眾人迅速俯身躲避，羅小義抱著馬脖子抬眼去看，那批人身著胡服，看起來像是北地胡民的打扮，也像那日殺入榆溪州城中的突厥兵的打扮，彷彿一群尋常的獵戶平民，但那絕對不是獵戶平民該有的身手。

羅小義再去看伏廷，就見他背對著自己，右手一揮。他立即高喊：「出！」

早已埋伏在此地的那支兵馬從側翼拔起，彎弓對空，同樣一陣箭雨回敬過去。

羅小義早就想動用這支人馬將阿史那堅一網打盡了，但伏廷剛才對他低語了句：等看到阿史那堅的幫手出來了，再動用我們的伏兵。

風起，雙方在這種地方交戰，塵煙瀰漫。

那群突然出現相助阿史那堅的弓箭手沒料到北地軍中會在此地設有伏兵，隊伍一下鬆散，竟有了倉皇之感，被殺得七零八落。

阿史那堅囂張的底氣已失，終於抵擋不住繼續逃出。

「留下活口。」伏廷命令完，剛要去追，被羅小義攔住。

「三哥，你受傷了。」

何止是他，許多人都受傷倒地。

伏廷順著他的視線看了自己的手臂一眼，小臂上只綁了軟皮護臂，沒有鐵甲覆蓋，被支箭擦中，並不深。他咬牙拔出來，拿在手裡，發現不是突厥的箭，再在手中一轉，看見沾血的箭尖泛著黑，眼神微變。

但只一眼，他便抬頭去看戰局，那些幫手已被伏兵俘獲，被刀押住時，忽然紛紛抽了羽箭在手，刺向自己的脖子。

羅小義這才反應過來：「糟了，箭有毒！」

大半個月都要過去了。

僕固部背山而居，感覺不到外面的動向，一派風平浪靜。

胡帳裡，棲遲端坐著，看著懷中的孩子，這張小臉已經長開了不少，睜著黑白分明的眼睛，看著這個新奇的世界。

「還是沒有消息？」她看向對面。

面前一張胡楊木做的條几，一臂來寬，僕固京恭恭敬敬地坐在對面，稟報道：「是，夫人，前線戰報是不會送到僕固部中來的，我們自己去打探也打探不到，或許可以請曹將軍去走一趟？」

「不用。」棲遲不想讓曹玉林那麼快又去面對突厥人，還是讓她好生歇一陣子再說。

僕固京摸了下花白的鬍鬚，臉上堆出笑，寬撫她：「夫人放心，連日來部中祭司占卜的都是好結果，一定不會有什麼事的。」

棲遲從不信什麼占卜鬼神之事，只覺得以伏廷的為人不該這樣，他親口說的話，不會食言。他明明說過些時日就來接她，眼看著便要到日子了，竟然一點音信也沒有，不免有些奇怪。

帳門揭開，曹玉林從外面走了進來：「嫂嫂不必對我掛憂，我可以出去探一探消息。」她早已到了帳外，方才那兩句話都聽到了。

棲遲看了看她，乾脆抱著孩子起身：「罷了，我們自己去他營中好了。」

伏廷留的人馬還在附近，在此吃的都是僕固部中的糧草，再待下去有些不合適。

僕固京連忙道：「夫人何不再等等，或許大都護很快就來了。」

正說著，外面竟然真有了馬嘶聲。

曹玉林立即出去看了一眼，轉頭回來說：「嫂嫂，的確是三哥的人馬。」

棲遲起身，一旁立著的新露立即從她手中接過孩子。

她走出帳外，看著陽光下馳馬而來的人影，離近了才發現是羅小義。

「嫂嫂，」羅小義抱拳，還未下馬就道：「我來接嫂嫂。」

棲遲朝他身後看了看：「他人呢？」

羅小義欲言又止：「三哥……眼下不太好。」

一輛馬車自遠處駛來，一路駛入軍營。

僕固京領著大半族人隨行而至，前後還有駐紮的大隊兵馬壓陣。

車一停，羅小義從前方馬上躍下，快步走到車門旁，揭開簾子：「嫂嫂。」

新露先從車裡下來，兩手扶著抱著孩子的棲遲下了車，又將臂彎裡掛著的絨領披風給她罩上。

一旁立即有僕固部裡的僕婦上前來，接過孩子照料。

披風的帶子尚沒繫好，棲遲便對羅小義道：「走吧。」

羅小義當先領路，往中軍大帳走去。

軍營裡遭過一場突襲的痕跡已經沒了，軍帳按序重新駐紮，全員整肅，兵馬休整，持戈的士兵往來穿梭巡邏，看起來並沒有什麼異常。

唯有邊角幾間軍帳裡不斷有人進出，那裡面安置的是受傷的士兵。

中軍大帳鎮守正中，守門的兩個兵見到羅小義過來便動手揭開帳門。

棲遲在帳門口停了停，走了進去。

入門兩排武器架，地圖架橫擋在前，繞過去，後方是一張行軍榻。

伏廷仰面躺在榻上，身著軍服，搭著薄被，雙眼緊閉，一隻手臂搭在榻沿，上面綁著厚厚的布條，滲出血跡。

棲遲站在榻前看著他，眉心不自覺地蹙緊了。

一路上她都在想著羅小義說的「不太好」是怎樣的情形，卻沒想到這麼嚴重，分明已經昏睡，何止是不太好。

羅小義在旁說：「三哥原本是想自己去接嫂嫂的，但突然躺下，只能由我去……」

他將事情經過說了一遍——

那日發現那些箭上有毒後，伏廷當即就扯了袖口束帶緊紮住胳膊，又割了傷口放血，而後仍下令繼續追擊阿史那堅，控制戰場，直到回營，才招來軍醫診治。

棲遲光是想像著那場面都覺得不舒服，再看伏廷那條手臂上厚厚的布條，不知道他到底流了多少血。

「他是不要命了嗎？」

羅小義恨聲道：「別的都好說，與突厥有關，三哥必要盤查到底，何況那阿史那堅還刻意挑釁。突厥害了三哥的父母，還想害嫂嫂母子，三哥又豈能饒他們。」

棲遲目光落在伏廷臉上，也許是因為失血太多，他嘴皮發白，乾澀地起了皮，她想用手指去撫一下，聲音輕飄飄地問：「軍醫如何說？」

「軍中祛毒為求乾淨不留病根，歷來都是刮筋傷骨的法子，尋常人根本扛不住，三哥雖然能扛，但本就失血過多，撐了幾日，還是躺下了。」羅小義儘量將話說得輕巧，「軍醫說多虧三哥處置得及時，否則恐怕就不是昏睡如此簡單了。」

言下之意，這已經算是好的了。

棲遲點頭，捏著手指藏在袖中，默默站著。

榻上這副身軀如此高大強健，竟然也有躺著一動也不動的時候。

「這都不算什麼，」羅小義咬牙切齒道：「三哥不是因為殺敵傷成這樣，而是被自己背後的人害的，簡直可恨！」

棲遲沉默著，看著伏廷軍服衣袖上沾著的血漬，乾了後成了褐紅色的一片，那都是他自己的血。

她忽然轉頭，快步走出帳外，喚了聲「新露」，讓她去將自己帶來的中原大夫叫來。

羅小義看她臉色平靜，有些不可思議，卻又暗自鬆了口氣，畢竟三哥已倒下了，他不希望嫂嫂也跟著慌亂。

新露是跑著去的，來得也快。大夫揹著藥箱跟隨她過來，一腳跨進帳中，向棲遲見了禮便趕緊去了榻邊。

棲遲站在帳門口，隔了一丈遠，看著伏廷的脈搏被大夫搭住診斷，隨即又被安排施針。

這一切看起來分外不真實，她轉頭，緩緩出了帳門。

曹玉林在帳外站著，眼睛盯著帳門，黝黑的臉上有種木然的哀沉。

羅小義跟在後面出來，本還撐得好好的，見她這般模樣，忍不住扭過頭吸了下鼻子，手指在眼下重重一捏，若無其事地道：「三哥什麼風浪沒見過，哪回沒挺過來，妳這是做什麼？」

曹玉林凝滯的眼珠動了動：「說得對。」她看棲遲一眼，似乎想安撫兩句，但也許是找不到該說的，最後只說，「嫂嫂放心。」說完便轉頭走了。

羅小義看她走遠，回過頭來也寬慰道：「沒錯，嫂嫂放心就是了，三哥剛有了個小子，如何捨得出事？妳也知道，他是頂能扛的一個人。」

棲遲不作聲，被這一句牽扯起先前的話，掀眼看過來：「你剛才說，突厥害了他的父母？」

羅小義愣了一下，才想起自己是說了這句，一時激憤說出口，沒想到她記住了。

「是，」他看了看垂著的帳門，將兩個守門的兵遣退了，這才低聲道：「三哥的父母確實是被突厥人殺的，那會兒他還不到十歲，過了幾年就入了營。」

棲遲眼神怔忪：「從未聽他說過。」只知他父母雙亡，還以為是自然的生老病死，誰知道如此慘烈。

「三哥不提是有緣由的。」羅小義嘆息，「據說他父親當初只是個微末小吏，母親一個尋常婦人，一家人就靠那點微薄薪俸勉強糊口。那年正趕上突厥糾集勢力捲土重來，氣焰正盛，一路殺入北地，屠了城，他父母連屍首都沒能留下。」

「後來三哥建功立業，只能立兩個衣冠塚。但那時候他已被突厥人恨上了，接連派探子來毀了墳，想激怒他。三哥不願耗費兵力為自家守墳，乾脆用胡人的方式將墳頭踏平了，我便是因此事才知道這些的，從此後他就再也沒提過父母的事了。」

棲遲縮了下手指，她從不知道他有過這樣的過去，也不知道他是如何一步一步走到今日。

「他當初，就是因為這個從軍的？」

羅小義點頭。

棲遲心中忽有一處沉沉地墜了下去。

這世上哪有生來便有的家國大義，有些人先有家仇，而後才撐起了國恨。伏廷便是如此。

可這些事，她竟是至今才知曉。

羅小義再進去一趟，大夫已經開好藥方，走了出來，面朝棲遲又見一禮：「軍醫醫治得很澈底，為今之計，唯有等大都護醒。敢問夫人，可還是要按您先前的要求來配藥？」

棲遲眼睛動了動：「自然，只要他能醒。」

大夫稱「是」，匆匆退去準備了。

羅小義知道這話裡的意思，勉強擠出絲笑，故作輕鬆道：「有嫂嫂在我是最放心的，都說有錢好辦事，三哥肯定會沒事的。」

這話說著倒像是給自己定心，因為棲遲看著比他鎮定多了。

棲遲點頭，像是聽進去了，又像是根本沒在意，轉身揭簾，回到帳中。

裡面多了一股藥味，她腳步輕淺地走到榻邊，低下頭看著他。

「三郎。」

低低的一聲呼喚，沒有回音。

她手扶在榻邊，緩緩蹲下，盯著他的側臉。

原來這樣一個可以給她依靠的男人，也有可能會失去，說不定一個凶險，他便不在了。

一陣北風吹過營地。

李硯坐在火架旁，遠遠看了中軍大帳一眼，又低頭看了看腳下灰白乾裂的土地。

從沒想過有朝一日姑父也會倒下。

姑姑曾跟他說，要把姑父當作父王看待，這麼久以來，似乎真習慣了將姑父看作父王般的存在，如今看見他受傷，只覺得說不出的難受。

李硯拿出伏廷送他的那柄匕首，割開胳膊上纏著的布條，那點傷快好了，他不想再纏著包紮了。

衣擺上忽然落了一副黑乎乎的藥貼，他抬頭，看著來人，知道她是僕固部首領的孫女。

「祖父讓我拿來的。」僕固辛雲在部中從未與他說過話，只記得他是大都護夫人的姪子，什麼世子。她正情緒不佳，也沒見禮。

眼下人人都擔心著大都護，僕固京也是想給她找點事做，剛好看見李硯坐在這裡，便打發孫女來送一張部中的藥貼。

李硯將藥貼遞還給她：「多謝，我不用了。」

僕固辛雲心不在焉，已經想走了，沒接：「用就是了，漢人一點傷總要養很久。」

李硯覺得這話是在說他太過嬌貴，但他經歷此劫，便再不想嬌貴下去了，放下藥貼說：

「不是所有漢人都那樣，我姑父就是最好的例子。」

聽他說到伏廷，僕固辛雲眼睛泛了紅，看遠處的大帳一眼，囁嚅道：「大都護不一樣，他是頂天立地的英雄，是北地的天，是天上的鷹……」話到此處，她一扭頭走了。

李硯卻聽明白了，她是想說，他姑父是不會說倒就倒的。

他又看向大帳，棲遲站在裡面側影纖秀。他身體微動，想起身去與姑姑說幾句話，卻又坐了回來，還是覺得讓她陪著姑父更好。

遠處，僕固京拍著孫女的肩，用胡語低聲寬慰她，擔心她還惦記著大都護。

僕固辛雲搖頭，大都護連孩子都有了，她還惦記什麼呢？但這樣的英雄怎能倒在毒上，不可能也不應該，更不值得。

大夫接連診治了好幾番，送藥的快馬伴隨著送軍情的快馬終日不停地踏入營中。

入夜時分，又是幾個派出營地的斥候快馬返回。

羅小義剛躺下就聽見動靜，馬上起身，一邊套著甲冑一邊走出營帳，外面斥候已經等著了。

「有什麼事快報！」如今伏廷躺著，他便暫代一切軍務，不得不雷厲風行。

斥候一抱拳，當即接連稟報——沒有追到突厥右將軍阿史那堅；諸位都督仍在前線與突厥作戰；外面有傳言說大都護久不露面是受傷不治而亡了，突厥恐有反撲態勢。

「狗突厥，這不明擺著動搖軍心！」羅小義朝中軍大帳看去，帳中仍然亮著燈火，他嫂嫂連日來就住在帳中，三哥還沒醒。

他一咬牙，發話道：「去前線傳令，就說我即刻領兵去支援，奉的就是大都護的軍令。」

斥候領命而去。

中軍大帳裡多添了一張小榻，燈一直點著，是怕伏廷隨時會醒來。

棲遲睡不安穩，翻了個身，看了伏廷躺在那裡的身形一眼，他身上的軍服已褪去，穿了乾淨的中衣。燈火照在他鼻側和眼窩，那張臉一半覆著陰影。

她看著，不知怎麼竟心裡一慌，起身走過去，俯下身，貼在他胸口聽了聽。

聽見他心跳還在，她才安了心，輕輕舒出口氣。

外面傳來羅小義的說話聲，棲遲回了神，拉好衣裳，走去帳門邊，揭開門簾看出去。

夜色中火把熊熊，一隊人馬軍容整肅，手持兵戈，牽馬整軍。羅小義甲冑加身，舉著火把在旁清點，似要準備出營。

曹玉林不知從何處而來，衣裳齊整，顯然還沒睡。她走到帳門外，看了羅小義那裡一眼，低聲道：「嫂嫂不必在意，眼下突厥還沒撤兵，這是他們的職責。」

棲遲便明白是怎麼回事了，看了看她：「替我去送一送小義吧。」說完便放下門簾回去了。

曹玉林猶豫了一下，還是走了過去。

羅小義一手牽了馬，回身要拿自己的刀時，正好看見她站在身後，不禁一愣，接著才道：

「外面都開始傳三哥的壞消息了，我得替三哥穩一下軍心。」

曹玉林語氣平淡地道：「阿史那堅十分謹慎，戰局不對就不會久留，沒抓到他就一定是逃回突厥了，但他對北地圖謀已久，不會善罷甘休，消息可能就是他放的。」

羅小義也不是沒想到，只是詫異她竟對阿史那堅如此瞭解，眼睛一眨也不眨地盯著她：「妳特地來就是要告訴我這些？」

畢竟是仇人，曹玉林早已將此人查過好多回，但她沒直說：「我在外走動這麼久也不是白走的。」

羅小義手上擺弄著韁繩，壓低聲音說：「如今三哥躺著，有妳在營中，也算好事。」其實伏廷麾下將領很多，用不著她做什麼。但這話叫曹玉林想起過往一同追隨伏廷的歲月，不禁看他一眼，握了握自己的右手：「三哥醒之前，我會守著這裡。」

「那我就放心了。」羅小義打馬要走。

曹玉林沉默一下，又說：「小心。」

羅小義應了一聲，朝身後兵馬一招手，領軍出營。

直到出去很遠，他坐在馬上，忽然一愣，才意識到她居然叮囑他一句「小心」？回頭去看，哪裡還有曹玉林的身影。

羅小義離開後的第二日起，戰場上接連送了幾份戰報入營。

但能看的人還沒醒。

棲遲按送到的時日整理過後，擺在中軍大帳的小案上，轉過頭，看著大夫將一碗黑乎乎的藥汁灌入伏廷口中。

據說箭簇上淬毒是難有久效的，那些人在箭筒底部注入毒汁，這樣插在其中的每支箭便一直泡在毒中。

正因如此，被俘的人成了屍首，箭筒卻還在，裡面的毒汁也還在，軍醫來才得以對症下藥。

新露昨日告訴她說，秋霜來了封信詢問她的情形，邊境有戰事已人盡皆知了，本就擔心著，商號裡近來花了幾筆又都是在醫藥上的，讓她很不安。

棲遲只讓新露回覆她是因為孩子出生的緣故，叫她放心，只要人還好好的，什麼都不算事。

帳外有陽光，只是風大，一陣一陣地捲著帳簾，帳中光亮時增時減。

藥用完了，大夫行禮退去。

棲遲走到榻邊，看了看伏廷的臉，他嘴邊殘餘著一滴藥汁，她用手指抹去了，摸到他下巴，上面已經冒出鬍茬。

外面，新露哄著哭著的孩子去找僕固部裡安排的僕婦餵奶了。

她直起身，在案頭上找到一把小刀，是伏廷慣常用來刮鬍子的，在水盆裡浸了水，走回榻邊蹲下，給他細細刮著鬍子。

他本就兩頰如削，最近只能吃流食，又瘦了一些，眼窩也更深了。

棲遲一隻手捏著刀，不大會用，小心控制著力道，刮得分外緩慢，另一隻手輕輕扶著他的臉頰。這張臉看了這麼久，好似還是第一次這樣摸上來，竟然覺得格外親近，有種別樣的感覺。

刮得不算乾淨，但她已盡力，拿了帕子給他擦了擦下巴。

手下的臉忽然動了一下，她一怔，停下手。

伏廷睜開了眼。

她以為看錯了，低頭靠近：「三郎？」

他的眼珠動了一下，看著她，又是沉沉然地一動，身體迅速復甦，喉結滾動，聲音沙啞低沉：「妳在。」

棲遲忽覺心口一鬆，似有什麼一直提著懸著，到了此刻才從她肩頭四肢上落了下去，周身一輕。

「我在等你回來，」她輕輕地說：「等到了。」

第三十一章　北地生機

僕固京來過一次，得知消息後立即告知整個部族——大都護已經醒了。

李硯、曹玉林聞訊到帳外轉了一圈，想進來探望，又怕打擾他休息，最後確定他已無事，還是先離開了。

伏廷已坐起，身上穿戴整齊，下巴上的鬍茬最後自己又刮了一遍。戰事當前，他的身軀似乎仍在應戰狀態，醒了就沒再躺著，何況也睡夠了。

他眼睛看向帳門，棲遲立在那裡，剛從新露手裡接過孩子。

睜眼的時候還不太確定是不是真的看到了她，如果不是那聲「三郎」，他大概還要多看好幾眼。

「我睡了多久？」他問。

棲遲抱著孩子走過來：「不算久，可你食言了，未去按時接我便罷了，連孩子的滿月禮也錯過了。」她這話多少有些故意，說完還看著他。

伏廷想起自己說過的話，抿唇點頭：「嗯，我食言了。」

棲遲見他這樣反倒不好說下去了，心想這麼認真做什麼，她又沒怪他。其實哪有什麼滿月禮，他都躺著了，誰還有心思去操持這些。

伏廷伸手拉了她一下，讓她挨著自己坐下，低頭看她懷裡的孩子，小傢伙吃飽了，又睡著了，看著很安逸的模樣，他心裡卻有些不是滋味：「算我虧待了他。」

棲遲心裡一動，不知怎麼就想起他父母的事，羅小義說他踏平父母的衣冠塚後就閉口不提往事，她便知道他一定也是帶了愧疚的。

她眼睛看過去，目光落在他挺直的鼻梁上，有些後悔剛才故意說了那話，柔聲道：「你沒有虧待過任何人。」

伏廷不禁看住她。

「除了你自己，」她眉頭輕輕挑了一下，站起來，提醒他，「所以你還是該歇著。」

伏廷的眼睛追在她身上，她抱著孩子出了帳門，他便看著她出了帳門。直到再也看不見她的身影，他才低頭自顧自地笑了笑。

男人最招架不住的便是這種不經意間的柔情，他領略到了。

外面進來兩個士兵送水送飯，請示更換他臂上的傷藥。

伏廷活動下雙腿，站起來，先去案頭上拿軍報翻看。

前線突厥殘餘兵力還在進攻，陣前有關他的消息大有演變成噩耗的趨勢。他一份份看完，丟開，順帶一隻手五指張握幾下，恢復著身上的氣力。

只可惜，要叫突厥失望了。

大都護醒了，整個軍營頓時活絡了起來，營中進出奔走的人馬都多了。

天黑後，棲遲將孩子交給新露，再返回帳中時，還在帳門外就聽見大夫的說話聲，無非是恭維他非常人般的體魄，恢復速度驚人，竟能安然熬過這一關……

她想等大夫走了再來，便原路又回新露的小帳。

新露剛將孩子安頓好回來，僕固部裡的那幾個僕婦照顧孩子有經驗，有她們在一點也不用操心。

她打了熱水來給棲遲梳洗，說著貼心話：「家主也該注意自己身子，您剛休養好，可別又累著。」

棲遲隨口應一聲，倒沒覺得累。伏廷比她想得還能扛，說醒就醒了。這時候她又心安了，這樣的男人哪是會說失去就失去的。

忽然外面傳來一陣馬蹄聲，緊跟著聽見伏廷問：「夫人呢？」

棲遲剛接了擦手的帕子，立即放下來，起身出去，正好看見一隊人馬離了營。

「夫人，」留守的一個士兵過來朝她見禮，「大都護趁夜出營了，留話請夫人安心等候。」

棲遲走向中軍大帳，揭簾一看，榻上空了，案後也空了，哪裡還有人在。

難怪剛才有大夫在，原來他是在問能不能出去。

整條戰線如今縮攏至東北方這一處。

日頭西斜，殘陽如血，灑在邊境線上，和噴灑在地上的血混在了一處。

塵煙瀰漫，殺聲震宇。突厥騎兵特地拖到此時才衝殺過來。

六州兵馬分作三支，呈左中右三路盤踞應敵。中路由幽陵都督與陰山都督率領，急出迎戰，然而一擊便調頭轉向。

突厥緊追，踏過原野荒草。忽然先頭一排馬蹄落空，連人帶馬往前跌去，那裡馬蹄踏過的地方是被雜草掩蓋的一條深深的壕溝，是羅小義來後帶著人連夜挖出來的。

先頭殺入的跌入壕溝，被埋於其中的釘蒺藜簇所傷，後方而至的突厥騎兵卻可以踏著同伴的屍首殺過壕溝。

溝後右路兵馬殺來與中路會合，左右撲殺。

連重整榆溪州的賀蘭都督也現身了，六位都督分頭部署，各司其職，誰也不敢鬆懈，畢竟讓突厥人進入可是要掉頭的罪名。

羅小義馳馬奔走在戰場上，特地觀察一番，這回沒再見到突厥人有陌刀，想來他們得到的只有那日偷襲軍營時見到的那一批，雖然為數不多，且被他們攔截回來了，但想起來終究還是叫他心裡不痛快。

喊殺聲稍小了些，擊退一次進攻，幾位都督打馬過來。

「羅將軍認為他們還會攻幾次？」問話的是賀蘭都督，戰事在他的地界上，他自然更為關切。

羅小義道：「看樣子還有些日子，有人告訴我那個阿史那堅是不會善罷甘休的。」說話間眼神已向遠處掃去，他知道阿史那堅一定就在對面。

「我看他們是想藉大都護受傷的時機鑽空子，到現在還不死心，甚至有人傳大都護已喪命了。」幽陵都督左肩受了傷，沒法穿鎧甲，只穿著胡衣，怕被將士們聽見，說話時壓著聲，哼哧兩聲粗氣。

羅小義本就掛念著伏廷安危，聽了氣不打一處來：「放屁！一點小毒就想要三哥的命，當我們北地男人是紙糊的不成！」

話音剛落，鼓聲擂響，突厥軍又攻了過來。

早在戰前，幾位都督就跟隨伏廷演練過數次，對於突厥的數度進攻都按計劃行事，哪怕是這種車輪戰式的進攻，也不至於焦慮，耐著性子應對。

眼下更擔心的還是軍心，就怕是突厥故意在拖耗軍中士氣，連日來越來越多的不利消息塵囂日上。

果然，這回突厥攻的是左側，領兵的主將剛入陣便狂笑著用漢話大喊：「姓伏的已死了，看你們還能瞞到幾時！」

當頭劈來一刀，差點削掉他一隻耳朵，羅小義瞪著眼，恨不得把他大卸八塊。

左側兩州人馬已衝殺上來。

眾人正全力抵抗之際，斥候快馬自後方而來，手中揮舞令旗。

羅小義看得一愣，放棄纏鬥，抽身回馬。那旗語是：援軍來了。

他從馬上看過去，天際邊拖曳出紛揚的塵煙，鐵蹄振振，兩杆大旗迎風招展在最前面，一面玄底繡赤，赫然振動「瀚海」二字，另一面上是走筆如刀的一個「伏」字。

早有眼尖的都督先一步喊了起來：「大都護來了，是大都護來了！」

一句話，叫戰場裡廝殺的形勢起了微妙的變化。突厥領軍的主將看過去時，差點被一刀斬下馬。

視野裡，黑亮的高頭戰馬當先，踏塵裂土，馬上的人玄甲烈烈，手臂自腰後抽出，殘陽反射著刀口上的寒光。

舉著戰旗的士兵策馬隨後，高聲吶喊：「奉大都護令，擊退敵寇！」

眼見這熟悉的身影再現戰場，三軍振奮，戰鼓催揚。

伏廷縱馬躍入戰場，羅小義立即飛奔近前，驚喜難言：「三哥！」

任何話都比不上他親自現身有說服力，羅小義從未如此激動過。

伏廷點了下頭，目光遠眺，越過戰場，越過壕溝，看向遠處豎著的阿史那軍旗。

戰旗下徘徊著幾個馬上的身影，皆是突厥軍指揮此戰的將領，但沒有看見他要的目標。

羅小義看了他手中的刀一眼就知道他在想什麼，帶著氣道：「阿嬋說得一點也不假，那條蛇謹慎得很，躲著不露面了。」

伏廷抬起握刀的手，緊了下袖上的束帶，眼中殺意未滅：「不用急，遲早的。」話畢，眼神落回戰場，「也該送他們回去了。」

* * *

「突厥被滅了兩支先鋒，折損三員大將。」

軍營裡，棲遲坐在帳中，懷裡抱著孩子，聽曹玉林說著剛帶回來的消息。

她早就猜到，伏廷是去前線了。

孩子越大越精神，這會兒沒睡，睜著眼睛，看著帳頂，時不時哼唧一句，像是在應和曹玉林說的話似的。

曹玉林不禁看了小傢伙一眼，被他的模樣弄得眼神暖融了許多，接著道：「這其實是前陣子的事了，突厥先頭詭計沒有得逞，這支兵馬光靠強攻占不了先機，近來應當是在掃局了。」

棲遲問：「何為掃局？」

「就是到了戰局最後了。」

棲遲明白了，心定了許多：「那便是好事了。」

正說到此處，李硯忽然跑了進來，身上穿著水藍底繡雲紋的胡衣，身量襯得高了許多，一臉的笑：「姑姑，姑父勝了！」

棲遲一怔，看著他：「你從哪裡知道的？」

「僕固部的人說的，」李硯喘口氣，眼神都是亮的，「他們已有人看見大部人馬回營了。」

話音剛落，外面傳來快馬帶來的高喊——「突厥退兵，我軍勝！」

營中頓時一陣山呼。

懷裡的孩子被驚動，撇著小嘴想哭，守在帳門邊的新露連忙過來將他抱了過去，一面輕輕拍著哄，一面笑著對棲遲道：「家主，多巧，眼前就送來好消息了。」

棲遲與曹玉林對視一眼，同時出了帳。

營外已有一隊兵馬先行返回。

棲遲看著最先疾馳入營的人——

戰馬跑得太快，又身披鐵甲，勒停後如喘息般甩著脖，馬上坐著的伏廷除了盔帽，解了佩刀，悉數交給馬下兵卒，一躍下馬，看向她。

除去下巴上又泛了青，他和走時沒多大區別，棲遲沒在他身上見到有新傷的樣子，想來一切順利，也不好當著這麼多軍士的面說什麼，默默轉身，又回了帳中。

曹玉林看看她背影，又看看伏廷。

羅小義偷瞄曹玉林時剛好看見這幕，對伏廷道：「嫂嫂這是怎麼了，莫不是氣三哥了？畢竟你可是一醒就上戰場了。」

伏廷沒說話，看著棲遲的身影入了帳。

得了勝，例行要犒勞三軍，營地裡很快就忙碌起來。

僕固京為給軍中省一筆開銷，特地命人回去運了幾頭肥羊來。火頭軍們架火烤肉，埋灶做飯，難得的奢侈。

從午後一直忙到日暮，天冷了，人不自覺地聚集到篝火旁。

氣氛如此熱烈，就連李硯都加入進來。他坐在羅小義跟前問：「小義叔可有受傷？」

羅小義搭著他的肩：「沒白教你一場，還是你小子心疼人，我以後要生兒子就生個像你這樣的。」

李硯都被他說笑了：「小義叔想娶妻生子了？」

羅小義「嘖」一聲：「隨口說一說罷了。」眼睛卻下意識地掃來掃去，曹玉林遠遠坐在另一頭，和僕固部的人坐在一處，他看了幾眼，訕訕轉過了臉。

天色暗了，愈發熱鬧，篝火又添了好幾叢。

伏廷從一間空軍帳裡沖了個澡出來，收束著身上的軍服，抬手抹了下濕漉漉的臉。

兩名近衛守在帳外，他吩咐幾句，讓他們去傳令幾位都督善後事宜。

近衛領命走後，他腳步轉向，避開篝火人群，走向早就想去的軍帳。

棲遲剛好從帳中出來，一抬頭就看見立在外面的高大人影。

「夫人。」僕固辛雲忽從人聲熱鬧的那頭走了過來，離了幾步遠，恭順地說：「曹將軍惦記夫人，祖父也讓我來問一問，夫人可要去營前同賀？」

棲遲作為大都護夫人，露個面也沒什麼，但她先看了那裡的高大人影一眼。

伏廷站在她對面，背臨著另一間軍帳，周身披著暮色，軍服蟒黑，以至於僕固辛雲從他前方過來，完全沒留意到他。他不動聲色地站著，忽然臉朝中軍大帳的方向偏了一下。

棲遲攏著手，又看了一眼。

他臉又往那裡一偏，退後兩步，從兩間軍帳中間穿過去走了。

棲遲將目光轉到僕固辛雲身上，看著暮色裡少女朦朧的臉，找了個理由說：「不了，我近幾個月都要少吹風。」

僕固辛雲突然反應過來，她雖已出了月子，可先前產子畢竟遭了場罪，應當是體虛，不自在地道：「是，辛雲冒昧，我去轉告曹將軍。」

棲遲目視她轉過軍帳，往篝火旁去了，轉頭朝前走。

一路到了中軍大帳前，守門的士兵已不在了，她的手在簾縫處摸了一下，掀開些，走了進去。

一進去差點撞上男人的胸膛，伏廷就立在門邊等著她。

「生氣了？」他低沉的聲音從頭頂上傳下來。

棲遲反問：「氣什麼？」

他走前還特地問了大夫，有理有據的，她還能說什麼。說到底也是為了北地，難道要說他浪費她花的錢不成？何況他還好好的，也不能算是浪費。

「那就是沒氣了。」伏廷一隻手臂伸過來，「幫我一下。」

棲遲低頭看了一眼，帳外篝火的光亮映進來，他捲著衣袖，小臂上包紮的帶子散了，另一隻手繫著，早已不再滲血，只是還有些腫。她咬了咬唇，終是抬手幫他繫上了。

伏廷那隻手臂送到嘴邊，咬著帶子扯緊，另一隻手摟住她的腰，手臂一收，就將她抱住了。

棲遲一下撞進他懷裡，心口也跟著撞了一下。

他頭低了下來，含住她的唇，剛包紮好的手伸出去，拉上帳門。

棲遲抱住他的腰，感覺帳門始終沒能拉好，外面有巡邏的士兵經過，眼角餘光甚至能從簾縫裡瞥見他們手裡的兵戈，心跳得更快了。

終於，他將帳門拉上了，兩隻手在她腰上一托，將她整個人抱了起來。

棲遲不想他手上吃力，雙臂摟住他的脖子，腿不自覺地纏上他的腰。

伏廷攪著她的舌，她呼吸急促，從舌根到頭頂都是麻的。

帳外僕固京的聲音在問：「大都護呢？」

身上胡衣被拉扯半褪，伏廷的唇舌落在她胸口。

棲遲想起他曾說過營中能聽見，緊緊纏在他身上，咬著唇，摟緊他的脖子，貼著他頸邊的側臉微熱。

熊熊火光在軍帳上投出帳外經過的一道道人影，腳步聲混著說話聲，外面無比熱鬧。

伏廷將她按向自己的腰，抱著她往榻邊走。

忽明忽暗的光亮描摹著彼此。棲遲越發緊攀住他，短短幾步，到那張行軍榻前，身已軟綿無力。

伏廷將她放在榻上，卻又生生停了，銜著她的耳垂低聲說：「再多休養一陣子。」他可以在她面前拋去自制，也可以為她全然克制。

棲遲雪白的手臂露了出來，摟著他的頸，撫著他結實的肩背，埋首在他肩頭，一口一口地呼吸。

軍中禁酒，儘管如此，熱鬧也持續了大半夜。

第二日一早，棲遲自榻上起身，發現原本兩張分開放的行軍榻是並在一處的，合成一張床一樣。

不知伏廷是何時弄的，竟沒察覺，只記得昨晚被他抱著睡了一夜。

身旁已空，他已經起了。

她穿好衣服，掀簾出去，外面人馬忙碌，往來穿梭，輜重糧草已收整上車，戰馬被陸續牽出，還有不少人在收拾營帳。

伏廷在營地另一頭與曹玉林說著話，眼睛一看到她就停了，朝曹玉林點了個頭。

曹玉林抱拳，轉身走了。

伏廷轉身朝大帳走來，站定了說：「就要走了。」

棲遲「嗯」一聲，看他下巴刮得乾乾淨淨，身上胡服緊束，袖口也繫得好好的，剛好將她昨晚給他包紮的傷處遮蓋住。

「好像我起得最晚。」

伏廷低聲說：「那又如何，大都護夫人不走，誰敢走？」

棲遲目光微動，抬手撩了下鬢邊髮絲，藏了唇邊的點點笑意，轉頭回帳，去準備啟程。

天色陰沉，風呼凜凜，全軍拔營。

等棲遲繫上披風坐入車中時，新露已經抱著孩子等著了。

李硯打算騎馬隨軍而行，牽著馬過來，探身進車逗弄一下裹成小粽子似的弟弟，對棲遲道：「姑姑，應當不久就能回瀚海府了吧？」

棲遲眼一動，想起瀚海府裡的事，若無其事地朝他笑笑：「應該是。」有伏廷在，再回去她倒沒那麼擔心了。

馬車外，眾人上馬啟程，踏過荒原，先往榆溪州方向而行。

伏廷打馬在前，羅小義跟了上來，環顧左右後低聲道：「三哥，這場仗是打完了，可那幕後的『幫手』呢，就這麼算了？」

與突厥從對峙至今，大半年都過來了，論打仗卻就這麼幾場，可錯一步便凶險萬分，榆溪州中還遭了這樣的重創，若非有人相助突厥，以瀚海府如今兵力，豈會讓突厥如此倡狂，想想便可恨。

伏廷沉聲說：「當然不能就這麼算了。」何止，還必然要揪出來。

羅小義朝左右看了看，歪著頭靠過來：「三哥可是有計較了？否則你當時何必叫我突然去榆溪州城的後方安排一批兵馬埋伏呢？現在越想越覺得你是算好的。」

伏廷問：「你覺得他們是如何憑空出現的？」

羅小義轉著眼珠盤算：「突厥軍都被擋在邊境，前面進不來，又不能飛進來，總不會是……」話到此處一頓，他眼珠瞬圓，「莫非是從後方？」不然他三哥何必在榆溪州的後方設伏兵馬，還一攔一個準。

伏廷頷首。

羅小義額上都要冒出汗來了，扯著馬韁，挨他更近：「可是後方是咱們北地腹地，再往後就是中原，他們如何能越過咱們這關進入那裡再過來？」

「還有別的地方。」伏廷說。

「別的地方？」羅小義望天，回憶著榆溪州的地圖。

榆溪州地勢狹長，縱呈三角與突厥交界，其後背倚北地大片疆土，連通中原要道，而三角的另一面也算是個邊界，搭界的也是自己人的地盤。他恍然道：「還有別的都護府。」

伏廷看他一眼：「一個能給他們提供陌刀、人馬接應的勢力，必然有兵馬。」

羅小義一驚，下意識道：「他們怎麼敢？這可是叛國重罪啊！」

「死無對證，什麼也沒搜出來，又如何說人家叛國？」

羅小義皺緊了眉頭。

伏廷說：「我已叫曹玉林暗中查探，未出結果前不要聲張。」

原本他也沒想到。幫助突厥混入城中縱火的是自後方而來的胡人，倒還能說成是北地自己出了內賊，但見突厥軍中有了陌刀，又多出那群弓箭兵相助阿史那堅，他便知道沒那麼簡單了。

羅小義不禁朝前看了一眼，曹玉林換回了慣常穿的黑衣，正騎著馬在馬車旁前行。這事關係重大，的確不能隨意聲張，對方都護府的名字都含在嘴裡了，他又忍回去了。

看到馬車，他忽然想起前事：「對了三哥，先前瀚海府也混入了突厥人行刺，這兩件事可有關聯？」

伏廷果斷說：「沒有。」

「三哥為何說得如此篤定？」

「因為一個要我贏，一個要我輸。」

瀚海府裡的事直接推在突厥身上，不管當時行刺是造成棲遲出事還是李硯出事，都會讓他更恨突厥，勢必會英勇殺敵。而幫助突厥卻是明擺著要他輸去這一戰。二者之間也許有關聯，但幕後主使的目的截然不同。

伏廷看了馬車一眼，心想這件事也必須要揪出來。

好在不管如何，北地終是擋住了突厥軍，讓全境安然度過收成期。

人馬過了荒原，上了寬闊平整的直道，暫時停住。

後方一路送行至此的僕固部該辭行歸部了。

僕固京領著僕固辛雲打馬過來，向伏廷見禮辭行。

棲遲忽聽見外面李硯驚詫地說了句「好多人」，揭簾看出去，目光一凝，也頗為詫異。

直道兩側站了許多百姓，看起來都是附近的遊牧部族，騎著馬，攜兒帶女地趕來，即使被大軍隔絕，眼神卻分外殷切，紛紛向隊伍按懷見禮。

伏廷仍在馬車後方，僕固京已與他說完話，領著孫女就要走了。

僕固辛雲卻忽然停頓一下，因為有什麼從她眼前飛了過去，輕輕落在伏廷身上，又從他身上落到地上。

道旁有坐在馬上的胡女咯咯笑著，舉起的手剛收回去，一隻手兜著胡衣衣擺。

棲遲往伏廷那的地上看了一眼，那原來是朵花。

一朵之後，緊接著有很多胡女抬手，從兜著的衣擺上，藏著的袖口中，提著的布袋裡，拿出一朵又一朵的花，朝隊伍扔過來。

有些落在將士們身上，大多都是往伏廷身上扔的。

就連僕固辛雲身上都被連帶著落了幾朵，她看了伏廷一眼，垂著頭，打馬跟上祖父，行向隊尾。

道旁百姓無人關心他們離去，所有人眼裡只有這支軍隊，以及軍隊中的大都護，女人們在笑，男人們吆喝壯威。

羅小義身上也落了兩朵，原本還嚴肅的一張臉被弄得緩和了不少，朝馬車看了一眼，又看看他三哥，摸著鼻子笑了笑。

伏廷卻像是見怪不怪，手一拂，落在軍服上的花就被他拂掉了。

「這是做什麼？」棲遲輕聲問。

曹玉林跨馬在車旁，司空見慣地道：「嫂嫂不必在意，這是胡女的傳統，往英勇的男人身上扔花，是表達愛慕，也是敬仰。三哥此戰得勝，保他們安然無恙，他們是在感激。」

棲遲眼光輕轉，看向伏廷的身影，心說：原來這才是北地情郎的場面。

伏廷一眼就捉到她的目光，韁繩一扯，打馬緩緩過來，一面揮手下令繼續前行。

行進時，仍不斷有花飛落，從他身上跌落在地，又被馬蹄踩過，碾入土裡。

胡女們不覺無情，她們仰望這樣的英雄，並不奢求被青睞。

風過馬嘶，捲了一朵，飄入車中，落在棲遲腳邊。

她拿起來看了看，不知是什麼花，粉紫圓苞，竟然在這寒季裡還未凋謝，難怪適合贈予英勇之人。

車外，曹玉林和李硯皆退去，給伏廷讓開位置。

棲遲拈花在指，抬起頭，剛好看到他跨馬接近的身影，作弄心起，手一拋，朝他那裡丟了過去。

伏廷手一伸，接住了。

她微怔，沒料到他就這麼接住了。

緊接著看見他拿了那花在手裡，眼看著她，漆黑的眼底似多了層暗流，藏了些不言而喻的東西，而後嘴角動了動，似笑非笑一般。

不知其他人有沒有看到，棲遲眼珠輕轉，半掩門簾，緩緩靠後坐正。

又有什麼落了進來，被風捲著，自窗格外飄入。

若非那些胡部百姓已被甩在後面，她還以為又是花，抬眼，鼻尖一涼。

車外天空灰藍，呼嘯的北風卷著雪屑，打著旋落了下來。

北地的冬日漫長，早已到來，但直到落雪，才能算得上進入嚴嚴寒冬。

棲遲撫了下鼻尖，看著窗外：「下雪了，嚴冬到了。」

眼前窗格上按上一隻手，伏廷自馬上俯身，看著她的雙眼：「北地此後都不會再有嚴冬了。」

畢竟最嚴寒的長冬過去了。

戰事之後需要安定，尤其是榆溪州這樣遭受重創的地方。

拔營後，只在榆溪州落腳一日，祭奠了諸位犧牲的將士，伏廷便下令回瀚海府，讓各州都督各回各處安置民生。

儘管如此，因為大雪連天，怕凍著孩子，他們的行程很慢，回到瀚海府時早已過了年關。

數月後，都護府內。

秋霜將幾份冊子挨個放在桌上，怕驚動什麼，壓著聲音道：「家主，自戰後以來，商號的所得可是翻了許多，當初為瘟疫請來的那些中原大夫也大半留下了。」

棲遲坐在桌後，點了點頭。

有錢自然能留下人，何況北地也需要他們。她翻著眼前的帳目，一隻手握著筆，時不時落下，添寫兩句。

秋霜看了一陣，忍不住勸：「家主可別一直忙了，還是多歇著吧。」

棲遲頭也不抬地道：「這都多久了，怎麼還當我剛回來似的。」

秋霜想起這些還不忿：「還不都是新露說得可怕，奴婢至今心有餘悸。」

剛回府那陣，新露背地裡跟她繪聲繪色地描述那場戰事的驚險之處，又說到棲遲如何在戰火中產下兒子，如何各自分散奔逃，甚至連大都護都中毒躺了一陣，簡直聽得她心如擂鼓，以至於後來一見棲遲忙多了便要在旁催她休息，倒像是改不掉了。

剛說到此處，被她定為罪魁禍首的新露進到屋裡來，也壓著聲音說：「家主，大都護忽然回來了。」

棲遲放下筆：「是嗎？」

自回瀚海府，伏廷便一直在忙著查什麼，又要安定各州，時常外出，以至於她已有陣子沒見到他了，才會有此一問。

其實她心中有數，在瀚海府中查的，多半是和行刺的事有關，在外查的，多半就是突厥的事了。想來也有陣子沒見到曹玉林了。

她拿帕子擦了下手，站起來：「我去看看。」說完轉過頭看了一眼，繼而一怔，快步走向床榻。

秋霜和新露見狀也是一愣，忙跟著往那跑。

小郎君原先在床上睡著午覺呢，就躺在床中間的，眼下卻不見了人。

秋霜頓時就急了：「小郎君呢？」

二人還未湊近，棲遲已先到了，掀開床帳一看，鬆了口氣。

孩子不知何時已經醒了，一聲不吭地爬到床腳，穿著錦緞小衣，正伸著雪白圓潤的小手自己扯著床幔玩呢。

新露和秋霜都被嚇了一跳，秋霜直捂著心口後怕：「險些要被嚇壞了。」

孩子聽到聲音，轉過臉來，長高長壯了不說，小臉也長開了，眼睛尤其像伏廷。

棲遲伸手過去，拍了拍：「來，占兒。」

孩子認得母親，像是知道是在叫自己，兩手撐在床上，動著小腿爬了過來。

這小名是棲遲取的，孩子的大名卻是伏廷取的。

彼時正在臨近瀚海府的路上，一場大雪剛停，車中炭火溫熱，棲遲忽然想起這事，揭開簾子說：「這麼久了，我們還沒給孩子取名字呢。」

伏廷從窗外看過來，拂了下眉上沾著的雪花，望著蒼茫的北國大地，說：「他生在戰事之中，便取名伏戰吧。」

戰雖不利，但帶了他的姓，便有了降服的氣勢。

棲遲覺得名中帶有兵戈，終歸是太過凌厲了些，便又取了個諧音給孩子作小名，喚作占兒。

現在既然占兒醒了，棲遲乾脆抱起他出了屋，小傢伙已沉了許多。

轉過迴廊，遠遠見到伏廷的身影，穿著軍服，胡靴染塵，手提馬鞭，正停在祠堂前，面朝裡面看著什麼。而後他扔了馬鞭，走了進去。

棲遲心思微動，抱著占兒緩緩走過去。

祠堂其實以往根本沒用過。伏廷是個無家的人，始終覺得無顏供奉父母，這裡雖然豎著父母的牌位，但他已多年不曾來過，今日經過卻見門開著，上方香案潔淨，下方蒲團簇新，案前祭品香燭齊備，顯然是祭拜過的樣子。

說不驚訝是假的，他站在堂內，眼睛上下掃視著。

忽地聽見一聲咿呀聲，伏廷轉頭，就見一隻小手在扒著門框拍拍打打。

棲遲隨即從門外露了半張臉出來。

他一下明白了：「妳安排的？」

棲遲點頭。

本沒有想起，孩子百日時還在路上，那時候她忽然想起，是不是該告知他父母在天之靈一聲，回來一直忙著買賣上的事，其實也是近來才做的。

她抱著占兒走進去：「不帶他見見祖父祖母？」

伏廷伸手將占兒抱過去，好一會兒才道：「妳知道了？」

棲遲想了想說：「我只知道你沒有虧欠過任何人。」

這話她說過，伏廷便明白她的確是知道了。他的眼神沉沉地落在她身上，心頭卻似軟軟地被戳了一下。

以往她心裡的親人只有光王府裡的，現在，是不是也多了他這裡了？

從祠堂裡出來，一路回屋，占兒趴在伏廷肩頭，又有點想睡的樣子了。

伏廷將他放到床上，轉頭看見棲遲站在旁邊的身影，手一伸就將她拉了過來。

她生育後多少豐腴了些，比起以往不知添了多少風情。

「那些事還要再查嗎？」她問。

「不用擔心。」伏廷沒細說。

棲遲便也不再多問。

伏廷心頭被她戳軟的那處還在，頭往下低，還沒碰到她，旁邊咕嚕嚕一個小身影趴著在拽他的衣擺。

他回頭，是占兒黏棲遲，還沒睡下，一副想往她身上奔的勁頭。好在乖，沒有哭鬧。

棲遲想抱他，被伏廷拉住，他一手遮著孩子的眼，低下頭。

等她氣喘吁吁地退開時，舌上已經酥麻，看了床上一眼，伏廷的手已放下來了，正被占兒捏著手指玩。

哪有這樣的？她暗暗瞥伏廷一眼，打了個岔，問：「還要出府嗎？」

伏廷被這一眼看得想笑：「不出，下面八府十四州該入瀚海府了。」

棲遲先是一怔，繼而恍然，是他們該入首府來納賦稅了。

這一日等得也著實夠久了。

伏廷給邊境各州收整緩和，滿打滿算從停戰之日算起，都快叫他們休整有小半年了。如今氣候好轉，各州都督便立刻啟程趕來首府。

瀚海府多年不曾有過這樣的景象了。

道旁擠滿了圍觀的百姓，幾乎將長街圍得水泄不通。各州都督的馬車自清早就入了瀚海府，一輛一輛，叫人目不暇接。

新戶們不太懂這陣仗，多虧有其他久居的告知，方知道這是安北都護府最大的盛事。

時日尚早，朝陽初升，都護府府門大開。

前院大廳開闊，正上方設榻置席。

坐榻背後是一張兩人高的八折屏風，此乃御賜。八折屏扇代表的是北地八府，各扇之間描金鑲玉，每一扇屏紗上描繪了各府山川地貌，配以各府都督府名稱，彷若一張北地的地圖。

下方設座，分列左右兩側。

諸位都督已攜妻帶子的進了都護府，入廳後，在廳門處等候，彼此都熟悉，因著幾年未曾入首府納貢，也多年未能這般聚首，少不得要寒暄幾句。

說的都是先前那場戰事情形，最後邊境六州都督被眾人圍住，討論起那突厥的右將軍阿史那堅，仍咬牙切齒。

不多時，屏後走出一行僕從，侍立兩側後，又走出一行瀚海府中的下屬官員，個個身著齊整官袍，其中還混著穿著軍服甲冑的羅小義。

他一個將軍，事務皆在軍中，今日來無非是來觀禮的。這許多年下來，又迎來這收錢的時刻，如何能不來，看到各位都督的時候，他激動地暗暗搓了搓手。

諸位都督大多與他相熟，見了面便與他說笑。

「諸位都督辛苦了，」羅小義難得打一回官腔，「畢竟是個大日子，三哥與嫂嫂要準備，馬上便至。」

皋蘭都督道：「那是自然的，夫人是皇室貴胄，今年的禮數理應做全。」

他的夫人劉氏笑道：「大都護與夫人皆是龍鳳之姿，便是不準備也足以叫我等仰視了。」

還有許多州府的都督和家眷是沒見過大都護夫人的，聽了這話便免不得互相打聽。

幽陵都督夫人與身旁幾位夫人道：「依我看，論大都護夫人，咱們安北都護府絕對是幾大都護府裡拔尖兒的了，出身樣貌，哪樣不是第一？便是戰場產子也算得上一樁英勇之舉了，半分也不帶虛的。」

眾人聽得訝異，不想這戰事裡還有這一出，可真是出乎意料了。

卻又有人接話道：「這話說的，何止是大都護夫人，便是只論大都護，那也是咱們拔尖兒呀！」

一時間眾人不禁笑起來，氣氛鬆弛許多。原本諸州府熬到這一刻便已不易，眼下確實是可以放鬆不少了。

談笑間，忽聽瀚海府長史報了一句：「大都護至——」

眾人立時噤聲，各自歸位站定，望向上首。

屏後幾句極低的言語，伏廷和棲遲一同走了出來。

饒是見了不只一次，但見眼前大都護身姿英偉，夫人嬌美，在場的人還是止不住多看幾眼，尤其是幾位胡部都督夫人，慣常的直接，看完了還以眼神交流——

果真不假，上面那一對，光是看相貌，的確是拔尖兒的。

大都護與夫人在上方落了座，所有人便嚴肅了。

棲遲髮梳高髻，遍簪花釵，身著錦緞彩繡的高腰襦裙，綾紗披帛，長裙曳地，坐在那裡，說不出的雍容華貴。

她悄悄看了身側坐著的伏廷一眼，他與她坐得極近，幾乎兩肩相抵，今日他難得地著了官袍，寬鬆得宜的圓領衣袍，唯有窄腰處收束，衣擺遮蓋了長腿，但身姿本就出眾，遮也是遮不住的。

這副面貌她也是頭一回見，從方才與他一同過來時就不知看了多少遍。

伏廷側臉一動，眼瞄過來，低聲說：「此後都不穿官服了，免得妳老盯著。」

棲遲不禁想笑，掃了下方一眼，收斂住情緒：「我沒那意思，你穿著是好看的。」

這話三分解釋七分安撫似的，但叫人受用。伏廷表情微動，只在心裡過了過，臉色還是肅正的，畢竟下方眾人都瞧著。他朝一旁點了下頭。

瀚海府長史立時高喊：「各府拜禮——」

北地八府，除去首府瀚海首府以外，由邊境往腹地，挨個上前見禮。

幽陵府當先，幽陵都督攜夫人，後跟兩個十歲出頭的女兒，上前拜禮。

先是一手按懷鞠躬的胡禮，而後是跪下叩首的漢禮，起身後，幽陵都督自懷間取出奏報，親手呈上，裡面所記乃所交賦稅，隨後開口述職，府下人口多少，軍中軍士多少，增添損耗，邊防補守，一個不得落下。

長史在旁記錄，事後還需一一核對，這些都是固有的流程。

伏廷拿著奏報看完，又聽了述職，問了幾句，幽陵都督皆仔細回答，最後又是一番叩拜，方才得以落座。

之後，堅昆府、金微府、燕然府、盧山府、龜林府、新黎府，其餘諸府陸續上前拜禮。

每一府都遞上了交納賦稅的奏報，每一府都是攜家帶小地鄭重大拜。

棲遲順帶認人，因而看得仔細，總覺得他們交出那份賦稅時，臉上神情竟有種說不出的意味，腰杆挺得筆直，甚至叫她瞧出幾分驕傲來。或許交賦對他們而言，更像是將這數年來積壓的貧弱和忍耐也甩去了。

她眼一轉，看見羅小義在旁眉開眼笑又暗自忍耐的模樣，又悄悄去看伏廷，他目視前方，側臉認真，即使在這樣的時刻，也看不出他有什麼情緒，和羅小義一個天一個地，彷若本該如此。

棲遲抿著笑，心想也是，他本就是傲視一方的封疆大吏，也本該享有這一切。

八府之後，是十四州，亦是自邊境始，往腹地終，彰顯的是對邊境位置的重視。

長史剛要開口，榆溪州的賀蘭都督夫婦已動腳要上前了，屏風後忽然響起孩子的哭聲。

一時間眾人面面相覷。

棲遲不禁往後看去，方才出來前將占兒交給新露和秋霜帶著，低聲安撫兩句，還很乖，不知怎麼就哭了。其實原本是不該帶他來的，只是他太黏著自己，不得已只好帶上。

她想動，一隻手按在她裙擺上，轉頭對上伏廷的眼。

他低聲說：「坐著。」說完起身去屏風後。

除了羅小義敢伸著脖子往屏風後張望，其餘人也不敢有什麼動作，只是或多或少地有些意外而已。

這場合歷來都是大都護府裡最鄭重的，便是諸位都督自己攜帶妻兒，一路上也反覆三令五申地強調要守禮，不可冒犯。因而有的都督此行是不會帶太小的孩子出門的，或者就帶上最聽話最乖巧的那個來充場面。

不想大都護子嗣尚幼，竟然帶在身邊，更詫異的是一哭還自己過去了，反倒讓大都護夫人在這安穩坐著。

棲遲坐得端正，可也止不住留心屏後情形。

孩子哭聲中，只聽見伏廷低低的一句：「哭什麼？」

她蹙眉，真擔心他把孩子嚇著了。

不多時，孩子的哭聲停了。

棲遲剛鬆口氣，卻見伏廷走了出來，臂彎裡竟抱著兒子。

下方眾人無不驚詫，就連羅小義眼睛都瞪圓了。

別人不知道，他能不知道？他三哥哪裡是慣著孩子的人，剛才按他嫂嫂那下他可是瞧見了，分明是不想他嫂嫂離去才直接將孩子抱出來了。

伏廷單手抱著兒子，剛坐下，占兒便擺著小手要往棲遲身上爬，被他毫不留情地撈了回來。

占兒嘴一撇，眼看著要哭，伏廷眼看過去，低低噓了一聲。

大概是被他震住了，占兒終究是忍住了。

棲遲看得好笑，沒想到他還真哄住了，輕聲說：「還是我來抱吧。」

「別由著他。」伏廷緊挨著她坐下，鬆了些手臂，將占兒往中間放了放，眼睛掃下去：「繼續。」

棲遲無言，一手抓住兒子的小手，他才澈底乖了。

長史回神，忙接著再報。

賀蘭都督夫婦這才上前拜禮。

於是眾人最後便瞧著上方肅然危坐的大都護和端莊雍容的大都護夫人中間多了個粉白團子似的孩子，睜著黑亮的兩眼被大都護攜在臂間，這畫面著實有些讓人始料未及。

直至最後一州拜完，廳中左右，連同瀚海府中官員，甚至是羅小義，都一同跪了下來，再行大拜——

「賀，大都護府重振威儀！」

「願，大都護府永鎮邊疆！」

「享，大都護府萬世太平！」

棲遲震了一下，之前聽說二十二番大拜時，她便做足了設想，這一番下來並無太多驚異之處，只在此時，望著大廳中跪了泱泱一片的人，才被這幾句話實實在在震懾到了。

每一個都是一方統帥的都督，但他們唯任身旁人驅使，同心同義到讓人難以置信。如此陣勢，形同一方霸主。

伏廷一手抱著兒子，另一隻手輕微一抬。

眾人起身。

棲遲看著他們站起來，忽然有種感覺，北地已真正的站起來了。

拜禮結束後，諸位都督散去，由瀚海府官員照慣例於下行官署中接待，只有羅小義留下來。

伏廷終於將占兒交給棲遲。

占兒立時擺著兩手，一頭撲進母親懷裡。

棲遲正要抱他離開，就見李硯從外走了進來。

短短半年，李硯個頭又躥高了許多，進來直接走到伏廷跟前，搭手道：「姑父，恭喜。」

他早已得知今日的盛況，特地等到諸位都督離去才來道賀的。

伏廷點了下頭，手在他肩上拍了下，雖沒說什麼，但動作親暱。

李硯靦腆一笑，見羅小義走了過來，便讓開了，去姑姑跟前逗占兒。

羅小義走過來，拉著伏廷去一旁悄悄說話：「三哥，你可知道你如今手上有多少錢了？」

伏廷低聲說：「我有數。」

奏報都看過了，總和自然有數。

羅小義眉飛色舞：「如今可算是苦盡甘來了是不是？」

伏廷忽然轉頭看了棲遲一眼，轉回頭來，「嗯」一聲：「當初記的帳儘快給我。」

羅小義瞄了瞄他嫂嫂，知道他三哥這是要將用了嫂嫂的錢還回去。

尚未說話，忽有一名僕從到了門前，腳步匆忙，垂首稟報道：「大都護，朝中來人拜見。」

伏廷看過去：「傳。」

棲遲正含笑由著姪子哄逗兒子，聽到「朝中」二字，眼睛便看了過來。

一路趕來的朝中信官被帶入廳中，風塵僕僕，跪下呈上文書——

「聖人有旨，安北大都護驅退突厥，鎮撫北地，致百姓安定，民生復甦，再添新功，著日入都述職受賞。並特令清流縣主、光王世子隨行入都。」

伏廷接過文書，展開迅速看完，合上說：「回去稟明聖人，臣已領旨。」

信官再拜，退出離去。

伏廷看向棲遲：「都聽見了？」

「聽見了。」她抓著兒子的小手，忽而看姪子一眼。

李硯也看了看她，早已滿臉詫異：「聖人竟然想見我？」

棲遲輕輕笑了下，她又何嘗不詫異，倒是不驚訝聖人會知道李硯在這裡，畢竟普天之下莫非王土。只是他們光王這一支，多少年了，從未入過都，見過聖人面。

不過，她悄悄看了伏廷一眼，心想：或許這是一次機會。

第三十二章　往事真相

當晚，一回到主屋，棲遲便將秋霜叫到跟前，囑咐她留心一下光州的情形，儘快告知她。

其實她一直留意著光州，因著自己商鋪方便，得到消息也便捷，但過往都沒有什麼特別的消息送到。如今忽然被聖人召入都，自然還是該有所準備。

秋霜領了吩咐便即刻去知會下面了。

屋門隨即被推開，伏廷走了進來。他身上的官服已經換掉了，穿回軍服，手裡那份文書還在，隨手扔在桌上，看著她：「可要去與諸位都督慶賀？」

棲遲知道今日必然是整個北地都開懷的日子，但眼下收到要入都的消息，便沒了其他興致，搖了搖頭：「你一定又叫小義去了，我便不去了。」

被她說中了。伏廷說：「那就不去了。」

話剛說完，外面就有兩個僕從送飯菜進來。

棲遲才知道他原來是準備好的，自己也不打算去了。

飯菜在案上擺好，今日府裡也有慶賀之意，香湯軟食，頗為豐盛。

伏廷沒有入座，看她一眼，忽然問：「就要入都，妳沒想說的？」

棲遲眼神掃過去，落在他軍服腰帶的鐵釦上，唇微微合住。

伏廷見她不作聲，走到案後：「沒有便用飯吧。」

衣袖忽被扯住，他轉頭，棲遲靠了過來，一手搭在他肩上。室內燈火通明，她頭上釵飾還未除去，仰頭看著他，臉上的妝豔豔地灼眼。

「三郎，」她話頓了頓，腳輕輕踮起，手從他肩頭滑到他頸後，勾住他的脖子，看著他的眼睛說：「如果……」

伏廷遷就她，略微低了頭，聲音不自覺地放低：「如果什麼？」

如果有機會，你可願為阿硯求回爵位？話已到唇邊，棲遲卻還是覺得不妥，眼波輕轉，笑著輕輕搖了搖頭：「還未入都呢，能有什麼話說，有也得等入了都再說。」

此時說這些還太早，不清楚朝中情形，也怕貿然開口會叫他不快。她思來想去，還是將話咽了回去。

伏廷垂眼看下來，仔細看著她的臉，說：「也好。」多餘的，他沒再說。李硯會被聖人點名同去，他也沒想到，到底出於何種原因，也只能等入都後再說了。

棲遲放下手，剛要退開，伏廷手在她腰後一按，又將她按回懷裡。他掃了屋中一眼，占兒不在，一定是送去乳娘那裡了，否則此刻必然又要纏著她，手從她身上往下游走。

「你不吃飯了？」棲遲的氣息明顯地快起來。

伏廷頭埋下去，一條腿抵入她腿間，在她耳邊說：「等會兒。」

棲遲很快就站不穩了，軟在他懷間時還在想，先前要說什麼來著？皆被他弄忘了。

皇命一下，啟程便不能耽擱。

北地剛撐起這一回，往後仍不得鬆懈，各州府都督只在首府待了兩日便離去了。他們一走，都護府便著手安排上路。

伏廷下令，自軍中調了一支精銳做隨行護衛。

羅小義領著這支人馬趕到都護府門前時，車馬都已備好，隨時能啟程。他將人馬安排好，走到隊伍前列那匹黑亮的戰馬前，問：「三哥，可要我一同隨行？」

伏廷正往腰上掛刀：「你留在軍中，也好隨時接應曹玉林。」

羅小義心裡有數，伏廷這次給曹玉林安排不少人手，暗中查了這麼久，或許是要有消息了，才會有此安排。可聽了這句，他竟有些不好意思，乾笑著道：「三哥你這是給我添機會不成？」

「我給你什麼機會？」伏廷睨了他一眼，「你自己慫，八輩子也是光棍。」

羅小義冷不丁被損了一遭，猶如當頭一盆冷水澆下，連著兩聲咳，轉頭看到那頭在牽馬的李硯，匆匆過去：「我去與世子道個別。」

「站住，」伏廷叫住他，又叮囑一句，「各處的動靜都盯好了。」

「是是是，記住了。」羅小義巴不得趕緊溜，一個勁應下了。

馬車裡，棲遲剛坐定，就被撲騰過來的小手扒拉住胳膊。

她既無奈又好笑，朝他伸出手，兩手輕輕拍了一下，占兒就從新露手裡連爬帶蹬地進她懷裡。

秋霜入車，斂著衣擺跪坐到她身側，道：「家主，光州那裡差不多還是老樣子，真要說有什麼事，也就是原先在光州刺史府上求學的那些紈褲子弟都離開光州回自個兒家去了。」只因那些人大多曾欺負過李硯，她說得也不客氣。

棲遲握著占兒的小手，點頭「嗯」一聲：「知道了。」

光州刺史府上有位聲望頗高的教書先生，因而除去李硯原本在那裡求學外，還吸引諸多權貴子弟遠道而來求學，此時全都回去了，也算不上什麼事，畢竟個個都到年紀了，只不過時機趕得有些巧。

外面，伏廷打馬過來揭簾看，看了看張手咿呀的占兒，又看了棲遲一眼，放下簾布，下令啟程。

精銳開道，車馬上路。

李硯辭別羅小義，爬上馬背後，特地靠近車窗邊低低喚了一聲：「姑姑，也不知聖人是何等秉性，如何的威嚴？」

棲遲揭了下簾子，尚未說話，伏廷在旁握著韁繩說：「該如何就如何，其餘不用多想。」

李硯被戳中心思，的確是心懷忐忑才會說起這個，稱了聲「是」，就將這些心緒壓下去了。

棲遲朝姪子笑笑，以作安撫，轉頭問伏廷：「我們先去哪裡？」

伏廷看看她的臉，臉色忽地有些不大明快：「洛陽。」

自瀚海府出城後往中原方向而行，抵達長安之前，路線確實要先經過東都洛陽。

連日的好天氣，適宜趕路，只要不受旅途波折所擾，大半月便可到達洛陽地界。

早已有人算著時日等候在行館。

日當正午，塵煙瀰道。

安北都護府的人馬很好辨認，無論是前排招展的旌旗，還是隨行整肅的護衛軍容，都無法叫人小覷。

行館前守候觀望的小卒瞧見，迅速跑進行館去稟告。

很快，等候的人出來，望向道中。

車馬停下，伏廷先掃了等候的人一眼，一言不發地勒住了馬。

那人身著圓領袍，帶著四、五個隨從，立於行館門前向他搭手見禮，一如既往地溫文爾雅：「伏大都護，崔某奉旨在此恭迎接待。」

伏廷平淡地抱了下拳：「有勞崔世子。」話剛說完，他就留心到崔明度的眼神飄去他身側。

一旁車中，棲遲探身而出，早已聽到動靜，腳踩上墩子時抬頭看了一眼。她頭上已戴上輕紗帷帽，隔著帽紗看見崔明度望向自己的眼神，發覺他似有些怔忪。

她沒多看，腳踩到地，站定了，回頭看身後，秋霜自後面馬車的乳母那裡抱來了剛吃飽喝足的占兒。

剛要去抱，伏廷已下馬走至她跟前，先她一步伸手接過孩子。

眼前這一幕叫崔明度回了神，他又搭手，向棲遲見禮：「沒想到縣主當真隨行而來了。」

棲遲不禁看他一眼：「崔世子何出此言，聖人召見，我與光王世子皆需隨行，豈敢推託，難道我不該來？」

崔明度看向她身後的李硯，眼神收回來，又看向她，接著垂下眼簾：「是了，是在下失言。在下是想說縣主既然剛產下麟兒不久，應當多休養才是。」說著眼光又落到伏廷臂彎裡的孩子身上。

小小的孩子穿著織錦小袍，一隻手塞在嘴裡吧唧吧唧的，模樣很像抱著他的伏廷。沒料到再見時，她已為人母。

棲遲只覺得他的言辭有些古怪，卻又說不上來哪裡古怪。

身旁伏廷已經開口：「先進去。」他一手抱著兒子，一手攬了她一下。

棲遲被他打斷思緒，不再多言，轉身領著新露、秋霜入了行館。

崔明度退開兩步，給她讓了路。

伏廷一隻手抱著兒子，另一隻手解了腰上的佩刀，往身後近衛手裡一扔，看向崔明度：「我行走沙場慣了，只是途徑洛陽，無須什麼接待，世子可以回去了。」

崔明度聽出他是在逐客，也沒堅持，又搭手道：「既如此，就不打擾大都護了，望大都護一行珍重。」

伏廷頷首，懷裡的占兒咿呀支吾了一句。

崔明度看著不禁露了絲笑：「大都護與縣主好福氣。」

語氣裡似有一絲悵惘，伏廷只當聽不出來，抱著兒子轉身進了行館。

棲遲入了客房，不多時就見伏廷走了進來。她唇邊似笑非笑，不停打量他。

伏廷將占兒放去床上，轉頭迎上她的目光：「妳想說什麼？」

棲遲小聲說：「你是吃味了？」

伏廷問：「吃誰的？」

看他不承認，棲遲眉一挑，轉過頭：「罷了，當我多說好了。」

伏廷揚著嘴角一笑，忽然又問：「他值得我吃味嗎？」

棲遲想了想，實話實說：「不值得。」

「那還說什麼。」

倒是有道理得很，她沒話說了。過了一會兒，她又道：「這次崔明度倒是真心接待的。」

伏廷看著她，等著她往下說。

棲遲指了下周圍：「這間行館雖建在洛陽城外，卻是只接待貴族的，我們住的這一片是其中頂好的。」

伏廷不鹹不淡地說：「那我倒是該謝他了。」

棲遲心說：你不是沒吃味嗎？

行館占地極廣，堪比一處皇家行宮。後方還有一處極為寬廣開闊的平地，平日裡是給王公貴族們用以騎射玩樂的地方。

傍晚時分，伏廷從房中出來，去前院安排行程，遠遠自那片場中走過，忽然發現李硯站在那裡。

他手裡拿著弓，應當是來這裡練箭的，卻沒有往箭靶處去，反而一動也不動地站在一棵高大的銀杏樹前。

伏廷往那裡走了兩步，忽見李硯身體一挺，衣襟上多出隻手來，才發現他身前還有個人。

那人自樹後走出，是個少年，模樣看起來比李硯要大一些，錦袍金冠，嘴巴開合不知在說什麼，扯著李硯，昂著下巴，雖看不清神情，也看得出倨傲之態。

伏廷又走近幾步，凝神佇立，遠處的兩人毫無所覺。他打量了番那少年，不動聲色地看著。

那少年不知又說了什麼，重重推了李硯一把。李硯後退一步，手裡的弓掉在地上。

伏廷身後立即閃出兩道近衛身影，小聲問：「大都護，可要出手相助？」明擺著世子是被欺負了，是個人都看得出來。

伏廷看著李硯的模樣，說：「拿張弓來。」

李硯站得很直，從頭到尾沒說過一句話。

伏廷看得出來他是在忍，以他現在的身手，要制服這麼一個跟他個頭差不多的少年很容易，但他始終沒動。

忽然，那少年聲音大了些，吼道：「定然是你當初搞得鬼，否則能弄得我們邕王府顏面盡失？我呸！你小子……」聲又低下去，說著又動手推他，甚至揚起了手。

那是邕王世子。

就在他手舉起來的那一瞬間，李硯垂著的頭忽然抬了起來，什麼也沒說，就這麼兩眼冷冷地瞪著他。

邕王世子似沒想到，舉著手，竟後退了一步：「怎麼著，翅膀硬了？老子怕你？」然而最終卻沒敢打下去。

李硯一手摸在腰間，忽然抽出匕首。

邕王世子倉皇後退，一下跌坐在地，連連大喊：「你想幹什麼？想殺人不成！」

李硯將匕首收了回去，走過去扶他，無事一般問：「世子怎麼了，為何忽然如此慌張？」

邕王世子推開他的手爬起來，轉身跑遠了，頭都沒敢回。

另一頭的伏廷剛接過弓，本還想嚇一嚇那逞凶的，看到這一幕又遞了回去，看來是用不著了。他拍了拍衣擺，看著李硯在那頭彎腰撿起弓，眼神上下一掃。

以前就覺得這小子不是看上去那麼簡單，果然，人的血性是要打磨的，如今的李硯已有了幾分。

棲遲在房中等著，大半個時辰過去，沒見伏廷回來，卻見李硯回來了。

「姑姑。」

她正抱著占兒在玩，看到他的神情，問：「有事？」

李硯道：「邕王世子也在此落腳。」

棲遲的眼神頓時冷了。

李硯忙道：「姑姑不必在意，他只是經過罷了，據說又被邕王罵了，還被打發去別處遊學，明日便不在了。」

棲遲拍著占兒的背，眼盯著他：「你知道的這麼清楚？」

自然是邕王世子數落他的時候自己說的。李硯不想說出先前那檔子事，畢竟不是什麼好事，找了個理由道：「我遠遠見著他便打聽了一下，放心吧姑姑，他再也欺負不了我了。」

棲遲看他眼神便知道不是騙人，何況他如今身手就算再不濟，要對付一個紈褲子弟還是綽綽有餘的。

李硯打岔，拍一下手說：「我抱占兒出去轉轉吧。」

棲遲臉上才又有了笑意，將占兒交給他。

李硯抱著占兒出了房，棲遲跟到門邊，叫人跟著他們，免得遇上那惹人厭的邕王世子。

占兒與李硯算親近，小手扒著他脖子，睜著雙圓溜溜的眼睛四下張望。

李硯笑著逗他：「怎的又沉了，你吃得也太多了。」

占兒自顧自地哼唧兩聲。

在外面轉了好一會兒，天都快黑了，小孩子就愛在外溜達，小傢伙反而越轉越精神了。李硯怕弟弟著涼，趕緊抱他回去，也不想走遠了再遇到邕王世子。不過邕王世子向來欺軟怕硬，今日被他用匕首嚇了一次，料想真遇見也不敢再露面了。

他抱著占兒從幾間客房外穿過去，剛要轉彎，忽然一間客房門開了，兩道黑影撲了出來。天色暗，對方渾身罩黑，李硯只見到一絲寒白的亮光迎面而至，直指他懷間，轉身就將弟弟護住了。

經歷過突厥人的追殺，他立即認出那是刀刃。

背上沒落下預料中的痛楚，暗處有人影躥出來，迅速迎上那幾人。是隨行護衛中的精銳，先前由棲遲派來跟著他們的，在暗處護著。

李硯一時不明情形，趁機抱著占兒跑開了。

事情發生得出其不意，且沒有太大動靜。然而一旦交了手便驚動了左右，頃刻間大批披甲執銳的精銳聞聲趕來，自園中到廊下，皆是安北都護府的兵士。

李硯因此得以順利跑脫，一路奔入棲遲的房中。

「你說什麼？又是一次行刺？」房中，棲遲緊抱占兒，看著對面。

李硯跑得太急，回來就與她說了方才的驚險，剛在對面坐下，猶自喘息，點頭說：「他們好像是沖著占兒來的。」說著他又喘口氣，端起桌上茶盞喝了口茶湯，才發現那還是滾熱的，被燙了一下，放下，手指緊緊抓著衣擺。

占兒哪裡知道發生了什麼，被哥哥抱著跑了一路還咯咯地笑，以為是在鬧著玩，這會兒才在棲遲懷裡消停下來。

棲遲聽著外面紛亂的動靜，心潮起伏不定，下意識將占兒抱緊。

「抓活的。」

外面一句冷語，打斷她的思緒，她抬頭，伏廷已經推門走入，身後是一閃而過的幾道身影。

他已知道了。

李硯忙站起來：「姑父放心，多虧早安排了護衛，只虛驚一場。」

伏廷眼掃過他，又看過占兒，發現的確都沒有受傷，臉上冷色卻沒有減少絲毫，緊抿著唇不作聲。

這種明著傷人的招數在他這裡是不奏效的，就算是暗箭，他也做足了防範，只是沒想到在這地界上也能出事。

棲遲看了姪子一眼，心疼他受了一驚，說：「叫新露在旁伺候著，你回去好好歇著。」

李硯乖巧地出去了。

他走了，伏廷才走過來，握住她的胳膊，拉她在身邊坐下：「可有受驚？」

棲遲看了懷裡的占兒一眼：「你看他哪裡像受驚的樣子。」

「妳呢？」

「我更無事，都沒親眼瞧見，如何能被驚到？」

伏廷這才鬆了手，還沒說話，外面傳來腳步聲，是他派去的人回來了，他立即起身出去。

回來的人在門口報：「兩個刺客被制住時企圖畏罪自盡，死了一個，另一個被及時攔住了，沒死成。」

伏廷一手搭在腰後的刀柄上摩挲著：「押起來，等我過去。」

眾人退去。

棲遲在房中聽得一清二楚，手上輕輕拍著占兒。小傢伙終於累了，在她肩頭歪著小腦袋睡著了。她將孩子放到床上，再回頭，伏廷已到身後，房門也合上了。

她小聲說：「這情形讓我想起先前那次。」

伏廷看著她：「都護府門前被行刺那次？」

「嗯，就是那次。」

伏廷查過那事，與她想到了一處，看了看她，忽然壓低聲音說：「那次的事我已查明，刺客不是突厥人，而是出自北地的胡民。」

棲遲早懷疑過不是突厥人，真聽到這消息卻還是一怔：「自己人做的？」

「這要看妳如何認定自己人了。」

她若有所思。

「我聽說刺客的目標是占兒？」伏廷忽然說。

棲遲回了神：「是。」

「一個什麼都不懂的孩子，刺殺他除了激怒妳我，有什麼好處？」

棲遲心中一動，覺得方才想不透的地方被他點透了。

伏廷忽然低下頭，在她耳邊低聲說了句話。

呼吸拂過耳邊，她抬起眼，看住他。

伏廷撥了下她的臉：「放心，只要我還在，就不會讓你們出事。」

直到入夜，事情仍未過去。

崔明度聽說後，深更半夜裡仍帶著一行人來了行館。

行館早已被守得密不透風，便是他站立的院子裡也全都是肅穆冷戈的士兵。他站著等候許久，才見到伏廷和棲遲一同過來。

伏廷軍服齊整，棲遲襦裙外還挽著披帛，俱是沒有入睡的模樣。

崔明度上前施禮，垂首道：「皆是在下安排不周，才致使出了這事，好在有驚無險。請大都護與縣主放心，洛陽距離長安不遠，快馬加鞭一日便可達，在下已命人送信到長安，此事聖人一定會過問。」

伏廷說：「不必驚動聖人，我自會查明。」

「事關大都護幼子安危，不得馬虎。」崔明度說得很誠懇。

伏廷不語，既不說好，也不說不好，反正人已在他手上扣著，肯定是要他自己審的。

棲遲也沒說話，不過是過來應付一下罷了，忽見崔明度抬頭看了過來，眼神正沖著自己，如有話要說一般，又低了頭。

這一眼既突兀又迅速，她在心裡回味了一下，懷疑是不是自己想多了，面上卻不動聲色。

崔明度似什麼也沒做過，轉頭就將負責行館守衛的將領叫過來問話。

這行館不屬於哪位權貴，是洛陽城官署名下的，負責護衛的也是洛陽城的守城軍士，自認是嚴密的，卻出了這事。

確認過刺客已被捕且再無餘黨，已經安全了，崔明度才開口告辭，要領著將領回城中交給官署問罪。

伏廷並不插手，這裡已被他接收，他自行負責安全，只叫了個近衛相送，準備親自去刺客那裡走一趟，叫棲遲先回房休息。

棲遲與他在廊下分頭，看著他大步走遠，才往房中走。

新露加快腳步跟了上來，謹慎地貼到她耳邊：「家主，不知是不是我瞧錯了，總覺得崔世子在跟著您。」

棲遲停步轉頭，暗夜裏挾燈火，崔明度竟還沒走，就在不遠處的一株杏樹下站著，臉朝著她的方向。

「家主還是別管了，是奴婢多嘴了。」新露知道家主不喜與崔家世子接觸，後悔說了這句，便想請她回去。

棲遲卻沒動，仍朝那裡望著。

許是撞見她的眼神，崔明度忽地走出一步，向她見了一禮：「縣主，千萬小心。」說完他轉身離去。

棲遲回想著前後的種種，越想越覺得他古怪，朝新露招一下手。

新露附耳過來，她低聲說：「找時機遞個話給他，就說我要見他一面。」

一大早，住在行館另一片的邕王世子慌忙離開行館。

據說是聽說了安北大都護的愛子遇刺，還是在李硯在的時候遇刺的，嚇得他擔心連累到自己頭上，一大清早就上路了。

伏廷正往關押著刺客的地方走去，兩個近衛近前送來這消息。

「大都護，可要追回來？」

「不必，與他無關。」

死去的那個，屍首他已看過，並無特別之處，但能推斷出動手乾淨俐落，如果有這兩個人在身邊，邕王世子根本用不著那麼害怕李硯。不過恰好趕在他在時動手，恐怕也有讓他擔罪的意思。

伏廷心裡有數，越有數，心越沉。

洛陽城自古乃繁華富庶之地，鱗次櫛比的商鋪一家接一家，沿著寬闊的青石大街延伸沒有盡頭。

街心一間魚形商號開設的茶舍裡，今日掌櫃的一早就閉門謝客。

剛過午，一人乘車而至，下車後，未帶一個隨從，獨自從後門進了茶舍。

掌櫃的弓身上前，請他入內，自己與夥計們守在門前。

這茶舍本就是富貴人才會來的地方，上有閣樓，登階而上，往裡有雅間。

四下悄然無聲，走到頭，唯有新露和秋霜一左一右立在門前，看到來人便推開身後的門，齊齊垂首：「崔世子請。」

崔明度走進去，茶室小，門窗緊閉，當中一張茶座，上面已經茶香四溢。頂級的茶湯，色澤如碧，盛在瓷白茶盞中。

座後頂上懸有紗幔，是茶舍裡專為女貴客所設，此時垂了下來，隱隱約約遮擋著其後端坐的女人身影，她身上罩著的水青色披風尚未解下，清晰可見。

崔明度站了一瞬，才搭手：「難得縣主竟肯主動相見。」

棲遲隔著紗幔道：「不是崔世子暗示，我又怎會前來？」

從她踏足洛陽時他便言辭古怪，更是數次以眼神和言語提醒，彷彿在向她示警，她便是想不注意也難。

崔明度僵站著，笑了笑：「說得不錯，的確是我有心暗示縣主。」

棲遲手抬了一下，請他入座：「既然如此，請世子直言，屢次提醒，究竟為何？」說完又補一句，「放心，這裡嚴密可靠，不會有人走漏風聲，你可以放心說。」

崔明度提衣跪坐下來，看著她的身影，聲音驟然壓低：「我只想告訴縣主，行刺的目標並非縣主幼子，而是另有其人，望縣主一切小心提防。」

「是嗎？」棲遲心中一緊，語氣卻還是淡淡的，「目標莫非是我姪子，光王府的世子李硯？」

崔明度臉上閃過一絲錯愕：「縣主已知道了？」

棲遲握住手心。昨晚伏廷在她耳邊低聲說的那句話便是：目標不是占兒，是李硯。

因為李硯抱著占兒，刺向占兒，他必然要護，屆時殺了他，便可以造成他是為救占兒而死的假像。之後就算查，也只會順著往想殺占兒的人這條線上查，而要殺李硯的是誰，就會被忽視了。

怎樣也沒想到，崔明度一開口就說了這個。她壓著心緒，接著問：「既然如此，世子一定知道幕後之人是誰了？」

隔著紗幔，崔明度的臉似沉重了許多，手端起茶盞，卻遲遲沒送到嘴邊，沉默片刻，才道：「縣主，我今日其實不該來，也不該與妳說起這些。」

這句話他說得很快很急，不似他慣常溫文爾雅的做派，聲音緊了許多，語氣裡夾雜諸多情緒，似有不安、懊悔，甚至還有一絲畏懼。

棲遲不知是不是自己想多了，即便剛才透露了那樣一個驚天的消息給她，他也不像說這句話時如此懼怕。

「那你又為何要說呢？」她問：「之前你便幾次三番來信知會我朝中情形，彷彿有意相助，這次也是，為何？僅僅是因為退了婚覺得愧疚？」

崔明度臉色一白，默不作聲，很快，卻突兀地笑了一聲，低聲道：「是，我對縣主有愧。」

「這話你早已說過。」

「是早已說過，但我有愧的又何止退婚。」

棲遲看著他：「何意？」

崔明度又顯露了方才的模樣，左右看了一眼，彷彿在看這裡夠不夠安全一般，忽然開始飲茶，兩手托著茶盞，抵在嘴邊，一口一口喝乾了，才放下。

茶盞「篤」的一聲，落在茶座上，他也似定了心神，抬頭看過來：「也罷，縣主既然想知道，我便都說了好了。」

棲遲斂神：「既如此，幕後主使究竟是誰？」

「縣主以為，一個藩王世子，何人敢輕言其生死？」

棲遲心中倏然一緊，愕然無言。

這一句反問就像一把利刃，直接刺入她最不敢想的那一塊。她手握起，又鬆開，反覆幾次，伸出手去，輕輕挑開紗幔，像是挑開自己早已想到卻無法承認的事實。

崔明度一抬眼就看見她被紗幔半掩著的臉，朱唇烈豔，愈發襯得她面龐生生的白，她一雙眼定定地望出來。

這一幕撲面而來，讓他忘了該說什麼，只能看著。

棲遲說：「那位，竟想要阿硯的命嗎？」

崔明度回了神，低聲道：「何須那位下手，只要稍稍透露些心意，多的是揣摩其心的下臣去做。」

所以查到最後，也查不出什麼。因為這分明是按聖旨辦事。

那位，指的是聖人。

棲遲的手指幾不可察地抖了一下：「原來，他竟是如此在意光州。」

「那位的確早就想動光州，諸多藩王封地當中，光州富庶，還握有直屬光王名下的兵馬，光王府又人丁稀少。」崔明度擱在膝頭的手握緊了，乾脆說了下去，「從老光王去世時起便開始了，光王妃無高門背景又難產而亡，光王縱然年輕有為，卻已不再娶，膝下只有一個幼子，便有了最好的時機。」

這些棲遲自然早就有所體會，只是從他口中明明白白說出來，還是覺得遍體生寒。

「但原先……並沒有動光王世子的打算。」崔明度這一句說得很艱難，「如今這般是因為不只如此，不只是因為光州，還因為妳。」

棲遲眼神頓住：「你說什麼？」

「原先將妳賜婚給伏廷時，北地積貧，嫁了妳，北地幫不了光州，卻能拉攏伏廷，可惜如今形勢變了。」

棲遲一瞬間明白了：「所以當初在都護府前行刺的胡人，也是朝中安排的，就是從那時候開始的，是不是？」

「是。」

聖人本沒有動光王世子的心，直到覺出北地有復甦跡象。一擊未能得手，之後都護府便如悄然無人一般，終究作罷。

對帝王而言，只要北地能抵擋住突厥，就是再貧困又如何？總好過一個富庶強大到隨時會有威脅的藩鎮。

可北地偏偏站起來了。

棲遲聽到這裡，竟然涼涼地笑了笑：「原以為只有突厥才不希望北地站起來，沒想到……」

沒想到連自己的君王也不希望。簡直讓人背後生寒。

「縣主以為伏廷不知道嗎？」崔明度聲音更低了，身體不自覺地前傾，連稱呼換了也未察覺，「他若不知道，就不會在我當初去他軍中時，故意藏起精銳，拿一群老兵裝作散漫地讓我看了。」

棲遲心中一震。

崔明度的聲音幾乎快要聽不見了，似乎全壓在喉嚨中：「如今北地重立，突厥一戰中暴露安北都護府兵強馬壯，八府十四州民多商盛，甚至尤甚當初，那位再想動光州，又有何辦法？若不動，讓光王府恢復榮光，安北都護府又與如虎添翼何異？」

安北大都護手握重兵，朝廷還要靠他抵擋突厥，斷不會動他，唯有除去李硯。

只要李硯死了，朝廷便能順理成章地撤了光王府。而後光州回到朝廷手中，安北都護府失去一份助力。帝王多疑，唯此可令聖人安心。

棲遲臉色發冷：「因為我，的確是因為我。」是她的存在，才將光王府和安北都護府連在一起。

「縣主早也被留心了，」崔明度道：「那位想知道北地為何忽然能周轉回來，似乎自縣主去了便有了改變，一直暗中在查，卻又查不出任何端倪。」

棲遲冷冷說：「他查不到。」

「是，查不到，去查的人入了北地便音訊全無，安北大都護果非泛泛之輩。」

「倘若，」棲遲說：「倘若找到讓北地復甦的源頭，那位又當如何？」

崔明度搖頭：「不知，但也許，會得到重創安北都護府的機會。」

棲遲心頭更冷，幾乎抓不住眼前的紗幔。

崔氏一族是御前心腹，他說的一定是最合理的推斷。不是打壓，而是重創，聖人不會放過任何一絲機會，讓北地重歸貧困，讓光王府一蹶不振甚至消失。

她忍耐著，眼珠轉動，忽然盯住他：「你先前說，這些都是揣摩其心的下臣們所為？」

「不錯。」

「比如，」棲遲緩緩說：「河洛侯？」

崔明度迎上她的視線，如遭一擊，她的臉色比先前更白，白得驚心，一雙眼亮如秋水，卻如藏寒刃，他忙道：「家父從未出過手，他只是……只是……」

只是見死不救罷了。即使那是與他訂有婚約的光王府，既然聖心不想眷顧，河洛侯府又何必顧念，自然是退婚。

如他們崔氏這般的百年世家大族，婚姻只能被用來壯大家族勢力，縱然他不願，也只能看著，看著光王府如何一步步沒落，且還要揣度聖心，出謀劃策。這才是退婚的真正緣由。

棲遲放下紗幔，也明白了，難怪崔氏一族能深得榮寵不衰，難怪崔明度未獲官職也能屢屢承擔要務，難怪他總對她帶著一股難言的愧疚。

難怪……

「我最後只問一件事，」棲遲的手指緊緊捏著，已經捏到麻木，「當初我哥哥的死，是否真的只是一場意外？」

幔外無聲。

隔了許久，崔明度才道：「已是往事，那就是一場山洪引發的塌山，縣主不必再問。」

不必再問。棲遲身在暖室，心墜冰窟，點點頭，手摸索了下，撐著坐席慢慢起身：「世子今日什麼都沒說過，你我也並未見過。」

崔明度一下站了起來，看著紗幔裡的人影，想說話，卻又無話可說。

背後早已汗濕，這一番話他只挑選了與她相關的部分相告，還有許多，再不能說，即便如此，也是泄了天機，是重罪。

但他心有愧疚，一直覺得崔家是光王府敗落的罪魁禍首之一，眼前的女人本該嫁給他，做他的侯府夫人，卻在他親眼目睹下走上另一條路。

一面奉迎帝王打壓光王府，監察北地，一面想到她便會自責，這自責快壓得他抬不起身來，偶爾懷疑她過得不好，便又壓上了一層。

她是王府明珠，貴為縣主，本該被萬人寵愛，為何要遭受這些，在北地一次次刀口舔血。倘若他已是河洛侯，能自己做主，決不會放棄責任，可他無力做主。直到如今父親重病臥床，時日無多，他才能在她跟前貿然說出這番實情。

此時的他只覺驚魂未定，卻又如同解脫。

棲遲出了雅間，下樓，恍若一切如常。

直至回到行館，新露和秋霜跟著她，一切都好好的，甚至她還去看了被乳母帶著的占兒一眼。

然而回到客房，剛進房門，她身子猛地一晃就軟倒下去，跌坐到地上。

「家主！」新露和秋霜大吃一驚，手忙腳亂地要上前扶她。

「都出去。」

二人愣住，伸出的手又收回，詫異地盯著她，不敢多問，只好退出去，合上了門。

棲遲兩手撐著地，想站起來，卻沒用上力，臉上露出了笑，甚至笑出了聲，眼裡卻湧出了淚，大顆大顆地落了下來，滴落在手背，又滑落到地上。

「以前只道天家無情，沒想到還無恥。」她笑著，似無比諷刺，「哥哥，你瞧見了嗎？光王府何曾對不起他，北地何曾對不起他？他便是如此對待我們的，便是如此對待你的，甚至連你最後的血脈也不放過……」

伏廷從關押刺客的房間裡出來，臉色沉凝。

天要黑了，洛陽的風吹過來平和得若有似無，他卻覺得躁鬱，邊走邊伸手入懷摸酒袋，沒有摸到，又空著手拿出來。

「大都護……」一名近衛跟在身後，開了個口就被他打斷了。

「今日的審問，半個字也不得洩露。」

「是。」

伏廷才說：「接著說。」

近衛稟報：「夫人今日去了趟城中，特地點了人手護送去的。」

他看了眼天色：「回來了？」

「是，往返安全。」

伏廷頷首，往客房走。

門開了，輕輕一聲響。眼前蒙了一層水霧，棲遲的神思也被這一聲拉了回來，自地上坐直，想起身。

一雙手將她扶住，伏廷正盯著她：「妳怎麼了？」

棲遲透過朦朧的眼，看見他蹲在眼前，卻又很不真切。

伏廷剛到門外就看見新露秋霜驚惶的模樣，一進門又看見她跌坐在地，握著她的手，只覺冰涼，托了下她的臉，讓她正視自己，才發現她眼眶是紅的，還泛著淚光。

他擰眉，摸到她胳膊也是冷的，一把將她拉進懷裡：「妳到底怎麼了？」

棲遲嗅到他身上的氣息，摟著他的脖子將他抱住了。

「先別問，你抱緊些。」她輕輕說。

伏廷覺得她渾身都在顫抖，撈著她腰，讓她坐在自己身上，將她抱緊了，心裡不是滋味：

「妳給我個準話，好些沒有？」

「嗯……」棲遲臉埋在他頸邊，想起那些話，摟在他頸上的手臂不自覺地收緊。

外面忽然傳來一道朗聲高呼：「聖旨到——」

呼聲順著晚風送至，外面，新露隔著門稟報：「家主，有快馬送的聖旨到了，在喚您接旨。」

棲遲一怔，鬆開手。

伏廷握住她的胳膊：「我去。」

剛要站起，棲遲拉了他一下。他轉過頭時，就見她兩手抹過眼下，一直撫過了鬢邊，再抬頭時髮絲不亂，已端莊如常。

她起身說：「讓他們來。」

第三十三章　狠心分離

行館內外整肅無聲，左右僕從跪了一地，一個宮中派來的年輕內侍，領著兩三個隨從，站在房門前宣讀了聖旨——

安北大都護之子遇刺，必要嚴查，著洛陽官府嚴查刺客。念在大都護幼子受驚，清流縣主不宜再入都，著其攜子休養，賞賜千金以作安撫。另，光王世子李硯亦不必隨行，即日返回光州待命。

門內，棲遲抬起了頭，冷眼看過去，猜到了假惺惺的關切，卻沒猜到最後一句，竟是讓李硯返回光州。

她問：「待什麼命？」

內侍細聲細嗓地回：「不知，這是聖人特命傳給清流縣主的聖旨，請縣主接旨。」

伏廷看向身側，棲遲淚痕已乾，臉上沒有表情，神情冷淡。他其實也沒想到，聖人會在途中改變計畫，突然讓李硯返回封地。

他伸出手，暗暗握住棲遲的手腕。

棲遲像是被這一握拉回了心神，終於緩緩開口：「接旨。」

聖令宣完，來人退去。

其他人也退去，房中只剩下彼此，伏廷才問：「在想什麼？」是怕她還不舒服。

棲遲站在他眼前，臉色還是冷的，忽地一笑：「在想聖人真是大方，賞賜千金便能安撫了。已行至此地，卻突然改了意圖，要讓阿硯返回光州，要我休養，這意思，是要叫你一人入都了。」

語氣很輕，伏廷卻聽出一絲嘲諷，沉聲說：「聖人必有其緣由。」

確實，棲遲心裡冷笑，緣由就是分開他們，讓伏廷獨自入都，讓李硯獨自回封地。

伏廷是北地的支柱，統帥三軍，聖人決不會動他，也動不了他，反而要拉攏他，才會繼續召他入都。可李硯呢？回了光州之後，等著他的又是什麼？

她的眼神慢慢轉回伏廷身上：「那我們就只能遂了他的意了？」

伏廷一掀眼簾：「為何這麼說？」

「感慨罷了。」棲遲眼睫垂下，再抬起，又笑了笑，隨之往外走，「我去與阿硯說一聲吧。」

伏廷拉住她：「妳歇著，我去說。」

棲遲站定，被他往裡推了推，看著他走了出去。

伏廷出了門，沒多遠，停了一下，問身後跟著的近衛：「可知她今日去了什麼地方？」

近衛答：「夫人去的是洛陽城中的一間茶舍。」

「魚形商號的？」

「是。」

伏廷心中過了一遍，若只是去一趟商號，應當不至於這樣，看她的模樣，倒好像是知道了什麼。

聖人忽然在此時改了初衷，或許是因為朝中局勢有了變化，但聖心所想已很清楚，便是勢必要收回光州。

因為聖旨中說的是讓李硯待命，而不是待封。

天色暗下，李硯的住處忙忙碌碌，來了兩個行館裡的隨從，開始動手幫他收拾。

他站在房門口，看著面前軍服緊束的伏廷：「姑父剛才說的都是真的？」

伏廷點頭。

李硯一時語塞，不知該說什麼。他怎麼也沒想到，聖人忽然下了這麼一道聖旨。

伏廷說：「放心，我會親自護送你回去。」

「謝姑父。」李硯垂著頭，好一會兒才說，「我去見一見姑姑。」

伏廷點頭，招手喚了近衛，去安排人馬。

李硯默默站了好一會兒，才往棲遲房前走，到了房門外，天已經完全黑下來了。

新露和秋霜站在門的兩邊，看到他忍不住以袖抹眼，都是出於不捨，卻又強打著精神露出笑來。

「世子來得正好，家主正在裡面等著。」

李硯走進去，屋中燈火通明，早早擺好了案席，案席上是菜肴酒水。他滿腹的話一時憋在胸間，上前幾步，喚了一聲：「姑姑。」

棲遲已經在案後坐著，懷裡抱著占兒，朝他點了下頭：「坐下吧，這是你的餞行宴。」

李硯更是無言，慢慢走過去，在她下方案後坐下。

案上的菜算得上熟悉，蒸羊肉、煮骨湯，都是他在北地吃過的，大多是胡人的菜式，因而比不上中原菜式精緻，甚至說得上粗獷。

棲遲說：「特地叫這裡的廚子做的，只是做得太匆忙，也不知能否做出北地的味道，待回了光州，大概也嚐不到了。」

李硯抬頭看看她，又看看她懷裡的占兒。

占兒只覺得好玩，伸著小胳膊想往李硯跟前去，嘴裡咿咿呀呀的，棲遲抓住他不安分的小手，說：「吃吧。」

李硯拿起筷子，想著就要分別，心裡自然難受，垂眼看著面前的菜，下不去筷子：「姑姑放心，在北地待了這麼久，本也該回去了。我回去後會好好撐起光王府，一定不會叫您失望。只是不明白聖人為何忽又不見我了，要我回光州，莫非是聖意有其他安排？」

棲遲笑了一聲，眼睛靜靜地看著他：「你說的那些都是不值一提的小事。你只需記著，聖人不會將光王府還給你了，永遠不會。」

李硯錯愕地抬頭。

「所以你要做足最壞的打算，至於其他的，待你回了光王府再說。」

伏廷返回房中時，李硯已經離去。

房裡安安靜靜，棲遲坐在案後，眼睛望著床上，卻好似有些心不在焉。

伏廷看了一眼，床上是睡著的占兒，正睡得香。他走過去，掀了衣擺，在她面前坐下。

棲遲回了神，將筷子遞給他，推了面前的酒盞到他跟前。

伏廷掃了一眼，說：「這時候還叫我喝酒？」又不是什麼值得慶祝的事。

她一想也是，輕輕一笑：「不喝算了。」

伏廷遷就她的情緒，還是端起那盞喝了一口。中原的酒太溫太淡，他根本喝不慣。

棲遲看見他嘴唇上沾了酒滴，湊過去，伸出根手指替他抹去了。

伏廷捉住她那隻手，看著她：「擔心李硯嗎？」

棲遲想了想，輕聲說：「不擔心。」

他問：「那怎麼在這裡發呆？」

「我在等你。」她眼珠動了一下，「有話要與你說。」

「說吧。」伏廷鬆開她的手，等著她往下說。

棲遲想開口，唇啟開，又合上，看著他近在咫尺的臉，目光從他鼻尖往下掃過，落在他薄薄的嘴唇上，忽然湊過來，親了一下。

伏廷眼中一暗，手一伸將她攬住，低頭貼在她耳邊：「這就是妳要說的？」

棲遲仰起頭，胸口不自覺地起伏，低聲喚他：「三郎……」

只開了個頭。伏廷沒等到下文，手已伸到她腰下，將她摟了過來。

小案被推開，伏廷忽然瞥了床上的孩子一眼，鬆開她，起身過去，將孩子抱了出去。

棲遲跟著站了起來，心口急跳，思緒已空。

伏廷很快回來，合上門，走過來，一把將她抱住了。

窸窸窣窣的解衣聲，棲遲被就近放在高桌上，連她都難以解釋為何忽然這般急切，手扯著他的衣襟，腿緊箍住他的腰。

下一刻，便如同被攫住了心緒，周遭驟停了一般，只剩下面前男人的臉。奔湧的、劇烈的感受一股腦湧來，沖得她幾乎要軟倒。

伏廷欺在身前，緊緊擁著她，呼吸一聲沉過一聲。

她雙手下意識地想找東西扶一下，最後什麼也沒扶到，只能扶住他的肩，扶不住，乾脆緊緊勾住他的脖子。

燈火投著人影，他們從桌上又移去別處，最後回到床上。

直至燈火暗下，棲遲才從帳中伸出一隻雪白的手臂，卻又被拉了回去。

她攀著伏廷的肩，輕撫著他背後的疤，靠在他耳邊輕聲喘息說：「我想隨阿硯一同回光州。」

伏廷摟著她，偏過頭來看她一眼：「這才是妳要說的話？」

她點了點頭：「嗯。」

伏廷沒作聲，難怪她說不擔心，原來是做了這個決定。

棲遲不再說話，安靜地窩在他頸邊，等著他的反應，耳邊能聽見他一下又一下的心跳聲。

伏廷在心裡迅速思索一番，也權衡了一番：「也好，聖旨要妳休養，在光州休養也一樣。」

棲遲唇動了動，又合住。

第二日一早，行館內外便忙碌起來。

棲遲起身時，伏廷已經起身在外安排。

她坐起來，仍渾身痠軟，看了四周一眼，昨晚放縱的痕跡還在。

手撫平了床榻，她披了衣裳起了身，赤著腳走到桌旁取了筆墨，坐下來，對著紙默默坐著。

聖人已對光王府絕了情，對安北都護府卻還沒有，她很清楚。

正如她當時對李硯所說，既已決心回光州，便要做最壞的打算……

半個時辰後，棲遲出去，車馬已準備妥當。

她自袖中取了枚印章，遞給身後的秋霜：「封好了，派個人快馬加鞭送去光王府，憑這個便可以調人來接我們。」那是她哥哥光王的私印。

秋霜連忙去辦。

棲遲走到隊伍前方。

伏廷剛配上刀，看到她，低聲說：「東西都收好了？」

她點點頭，看著他的臉。

新露和秋霜自然都收好了。

伏廷被她盯著，掃了一旁的隊伍一眼，聲音依舊壓得很低：「昨晚我以為妳還要說別的事。」

「什麼事？」

「那件叫妳不舒服的事。」

棲遲這才轉開眼：「沒事了。」

伏廷看了看她：「真的？」

「嗯。」

他沒再問，伸手按在她腰後扶一下：「上車吧。」

其實他已知道那日崔明度也去過茶舍，但還不至於懷疑棲遲，只是猜出必然是二人說了什麼，才會這麼問她。

李硯在旁踩鐙上了馬，看到棲遲過來，嘴唇一動：「姑姑……」出發前他才得知姑姑竟然要與他一同回光州。

「走吧。」棲遲打斷他，走到馬車旁。

新露來給她繫披風，她特地囑咐將占兒抱來她車上。

遠處，有洛陽城中聞風趕來送行的官員，齊齊整整十來人站在大道一邊，一見車馬動了便拱手施禮，然而不用看也知道是來送伏廷的。

如今的安北都護府，何人不高看一眼。至於光王府的世子，大概無人注意。

車馬上路，前往光州。

此去很遠，伏廷是自己要送李硯的，不能耗上太久，因而走了條捷徑。

避開官道上必經的大城鎮，只走鄉野小道，路雖難行，一來避人耳目，二來也免於其他官員招待，否則勢必要耽誤更多時間。

一路上，棲遲幾乎不假人手，始終親自抱著占兒。

占兒近來會爬會坐，便顯得分外頑皮，動不動就在車裡動來動去，口中說著叫人聽不懂的咿呀聲。

棲遲抱著他，在眼前教他喚「阿娘」。

風吹著簾子，一下一下地動，他張著嘴只會咿呀。

還是太早了，她只好作罷，將占兒抱在懷裡，挑開簾子看了車外一眼。伏廷打馬在旁護著，李硯跟在後面，遠處是種著莊稼的田野，風裡有了再熟悉不過的氣息，南方的溫和已能感覺到。

臨晚時分，隊伍抵達一間官驛，距離光州仍有一段距離。

棲遲下車時，懷裡依然抱著占兒。

官驛前赫然站著一隊齊整的帶刀護衛，一行數百人，看到她便見禮，齊聲呼：「縣主。」隨即又向李硯見禮，「世子。」

伏廷下馬，掃了一眼，問她：「光王府的人？」

棲遲「嗯」一聲，這些護衛都是光王府的府兵。

伏廷又掃了那隊護衛一眼，再看她：「不要我送了？」

「就在這兒吧，聖人隨時都會要你去長安。」她看了看他，轉頭進了官驛。

伏廷看出她有話要說，跟了過去。

眾人趁機卸車餵馬，暫時在官驛裡安置下來。

進了客房中，棲遲抱著占兒，站在窗邊。

伏廷進去，看見她這模樣，忽然就有了分別的意味，走近說：「我的東西也都帶上了，送你們到了地方便直接入都，返回時來接妳。」

棲遲沒作聲。

伏廷看了她懷裡的占兒一眼，發現她連日來總是抱著孩子不放，解了刀，過來接手：「我來。」

棲遲起先沒讓，頭抵著占兒的額頭靠了靠，才遞給他。

占兒還支吾了兩聲，不想離開她懷裡，最後被伏廷牢牢扣著，只能撇著小嘴，安分地扯住他的軍服衣領。

伏廷穩穩托著孩子，心想就要分開了，這小子竟不肯與他親近。

棲遲忽然說：「讓占兒跟著你吧。」

他立即看向她：「為何？」

「他跟著你我放心。」

伏廷不語，上下打量她：「難道妳怕光王府不安全？」

棲遲搖頭，光王府自然安全，否則她又豈會回來。她從袖中取出一個錦囊給他：「這個你回程時再看，我們就在此暫別。」

伏廷一手抱著占兒，另一隻手伸過來，接了錦囊。

秋霜捧著光王私印來還給棲遲時，恰好看見大都護自房中走出，臂彎裡還抱著占兒。

她忙退避讓道，見大都護直接往外走去。

待人已走遠，她走入房中，就見棲遲站在窗口，遙遙望著窗外。

「家主，大都護這是……」

「他走了。」棲遲望著外面，一動也不動。

外面馬嘶遠去，伏廷坐上馬，朝她這裡看了一眼，轉頭，身影自眼中遠離。

占兒在車中乳母的懷裡，馬車隨著他的隊伍一併遠去了。

秋霜聞言吃了一驚，悄悄伸頭看了看窗外，不知該說什麼。

直到隊伍整個行遠，只剩下一陣來不及散去的塵煙，棲遲目光往上，看了官驛上飄著的旗幟一眼，上面寫著：淮南道官驛。

整個淮南道，有許多官驛，但這一處，是他們的分離之處。

她沒回頭，伸出手。

秋霜這才想起來意，將光王私印送上。

棲遲收起來，握了下手指，將懷中抱過占兒的感覺緩去了。

而後她伸手入懷，拿出一本帳冊，遞給秋霜：「交代商隊去辦，辦完後就將這本冊子燒了。」

秋霜打開匆匆一覷，詫異地瞪大了眼睛，心驚膽戰地放低聲音：「家主怎會要商隊買入這些？這……這些可是重罪啊。」

「那又如何？」棲遲輕笑一聲，想著剛離去的伏廷和占兒，低聲說：「如今的光王府，還有什麼可懼的？」

伏廷行到半路，忽有自洛陽方向快馬飛馳而來的信差送來了信函。

他勒馬停住，接過來看完，下令原地等候。

附近只有村郭，並無可落腳之處，眼前只有一條不算平整的土道，也只能在原地等候。眾人原先未能落腳，此時正好停下休整。

伏廷下馬時好聽見占兒在哭，乳母在車中哄個不停。

這小子向來很乖，平時並不常哭。他吩咐左右：「去抱來。」

一個近衛立即過去傳了話，倒讓乳母嚇了一跳，還以為大都護嫌她照顧得不好，掀了車簾，戰戰兢兢地將孩子送了出來。

近衛將占兒抱過來，伏廷接了，他倒是不哭了，只是還一抽一抽的。

伏廷拇指抹去他小臉上的淚痕，想說一句「男子漢哭什麼」，可畢竟還小，只好拍了拍他的背，抱著他走到附近的樹蔭下。

天上還有日頭，卻也不烈。

近衛們跟隨伏廷久了，最知道他剛硬的秉性，哪裡見過他這般照顧小孩子的時候，一群人交換著眼神，只當沒看見。

等了約有三刻，遠處馬蹄陣陣，一人騎著馬飛馳到跟前。

馬上的人一躍而下，開口就喚：「三哥！」

是羅小義，入了中原，他身上穿上尋常的胡衣，乍一眼都瞧不出是個將軍。

伏廷抱著占兒從樹蔭下走出來：「你怎麼來了？」

方才那信差送來的信便是他的，說他已經追來了，正在尋他們，伏廷只好停下來等他。

羅小義也真是趕巧了，一路緊趕慢趕地到了洛陽，恰逢他們離開，也不清楚是走哪條道，只好一面托了信差幫忙找人送信，一面自己追了過來，好在追的路線倒是沒錯。

「原本是要按三哥說的繼續接應阿嬋，可她說消息要親自給你，便用不著我了。」羅小義說的有些訕訕，其實明白肯定是曹玉林覺得消息重要才想親手傳遞，可說出來又好像顯得自己不被她信任似的，乾脆略過不提了，接著道：「我來是覺得情形不對，有其他事要與三哥說。」

「什麼事？」伏廷問。

羅小義湊近一些，低語：「前些時候瀚海府中發現幾個鬼鬼祟祟的人，四處打探事情，因著不是突厥人，起初我沒動他們……」

「又是來查她的？」曾有人暗中去北地查探過民生脫困的原因。要查北地為何有了錢，等同要查棲遲，伏廷後來都解決了，此刻聽到類似消息，便覺得又是沖她來的。

「不是。」羅小義搖頭，「不是查嫂嫂的，嫂嫂那身分，倘若不是當初她自己露了馬腳給咱們，咱們也未必查得出來，別人又哪裡查得到？這回卻是來查世子的。」

他細細地說明，那一行有三四人，俱是中原人，凡是有關李硯的人和事都被摸了一遍，連在都護府裡教授李硯讀書的那個老先生也不例外。

伏廷面色沉凝：「然後呢？」

「我將他們全都……」羅小義做了個抹脖子的動作。

老法子，乾脆俐落。北地邊防重要，豈容隨意探查？何況還要保護他嫂嫂經商身分，只要是敢來北地胡亂查事的，都與那些突厥探子一樣處理了，直截了當地就地格殺。如今又來了幾個想查世子的，自然也這麼辦了。

羅小義說完，又悄悄添一句：「就是不知為何會沖著世子來，他一個半大小子，孤苦伶仃地跟著嫂嫂去北地，已經跟寄人籬下似的了，還能礙著誰的眼？」

伏廷沒什麼表情，也沒回答，只點了下頭：「也好。」

聖人大概是想換個法子對待李硯了，也好，來一次絕一次，讓他們斷了這條路。

羅小義聽到這句就放心了，證明自己沒做錯，這才放鬆，看了看他懷裡的占兒，又轉頭看看左右：「嫂嫂呢？世子呢？怎的三哥竟要自己帶起小子來了？」

伏廷說：「一起回光州了。」

羅小義一愣：「怎麼，三哥與嫂嫂吵架了？」這都鬧到要回娘家了？

伏廷掃他一眼，懶得理睬他的胡思亂想，卻忽而想起那錦囊。

其實當時他並未答應要就此分開，但棲遲說：「你看到了就會明白了，我總會給你一個交代的。」

他才終於點了頭。

想到此處，他低頭看懷裡撇著小嘴的占兒一眼，這孩子剛離開這點距離便要哭了，多半也是想她了。

「抱著。」他把占兒遞給羅小義。

羅小義兩手在腰上一蹭，就要來抱。

哪知占兒一下撲在伏廷肩頭。

比起棲遲，伏廷對他來說的確不夠親近，可比起羅小義，伏廷就成他最親近的人了，也難怪他有這樣的反應。

伏廷拍了下他的背，還是將他遞給羅小義。

羅小義機靈，一抱住就馬上哄道：「乖姪子，叔叔帶你去旁邊玩。」說著轉回樹蔭下去了。

伏廷趁機走開兩步，從懷裡摸出錦囊，拆開，裡面是一疊紙張，一張一張難以數清。

他越看眼神越沉，直到最底下夾雜著的一份文書，手指一攥，轉身就走：「返回官驛！」

羅小義吃了一驚，連忙抱著占兒跟出。

乳母已伶俐地跑過來，將孩子接過去，返回車上。

眾人上馬的上馬，回車的回車，頃刻間調轉回頭，沿著原路再往先前的官驛而去。

不知過了多久，視野裡出現淮南道官驛迎風招展的旗幟。

伏廷一馬當先，抽著馬鞭，疾馳而入。

幾名官役剛送走一批貴客，正在灑掃，忽見他衝入，嚇了一跳，才發現是之前來了就走的大都護，慌忙見禮。

伏廷下了馬，逕自往裡走去，一路走到那間客房門口，推開門，已經沒人了。

他死死攥著馬鞭，轉身走回前院，開口便問：「這裡的人呢？」

一名官役小心翼翼地回：「大都護可是在問清流縣主？縣主已經離去了。」

伏廷咬牙，翻身上馬，迅速衝了出去。

羅小義剛隨著隊伍在官驛前停下，就見他已跨馬絕塵而去，詫異得說不出話來。

距離官驛幾十里外，路旁一間茶寮，經過的大隊人馬暫時在此歇腳。

天已黑下，茶寮早已閉門謝客。門口有搭著的木棚，棚下有未收回的粗製木凳條桌，卻沒有燈火。

李硯坐在凳上，看著對面，低聲問：「姑姑，您怎麼讓姑父走了，連占兒也被一併帶走了，是不是出什麼事了？」

棲遲手指攏了一下披風，臉朝著他：「我已與你說過了，你拿不到光王爵了，要做最壞的打算。如今你已成為天家的眼中釘、肉中刺，唯拔之而後快，或許我也是。」

李硯心中一涼，抓著衣擺。

其實他已有所察覺，那日在洛陽，她為他餞行時說了類似的話，他便覺出一絲異樣，只是未曾細想，原來竟是事實。

「我正要告訴你，」棲遲平靜地說：「暗中對付你不行，天家大概不想故技重施了，如今讓你回到封地，或許是想要轉到明處。比如查你的事，在你身上捏造錯處，甚至罪行，最後便可以正大光明地對你問罪處置，繼而撤藩。」

「說不定還有其他要命的法子。」她又說：「總之讓你待命，最終也不過就是個冠冕堂皇的說法罷了。」

李硯坐著一動也不動，似在慢慢接納這些話，再開口時聲音有了變化：「所以姑姑妳是打算……」

棲遲說：「我現在只想保住你。」

李硯被打斷，默默將後面的話咽了回去，好一會兒才又問：「這些事姑父知道嗎？」

棲遲倏然沉默，昏暗裡看不清神情，片刻後才說：「阿硯，你姑父是北地的英雄，你弟弟還很小。」

答非所問，李硯卻重重點了點頭：「我明白了。」

在天家面前，也許輕易就會被打成叛臣賊子，北地全靠他姑父撐著，占兒什麼都不懂，怎能被扯進來。

他還想再說什麼，卻又被棲遲打斷：「待回了王府，我再告訴你緣由。」

似是乏了，棲遲再不想說下去了。

短暫休整，為安全起見，馬上要繼續啟程。

李硯起身時腳步有些虛浮，走了好幾步才穩住。

棲遲走出棚去，新露小跑著迎了上來：「家主，留在後面看風的人回來了，說親眼看見大都護他們又返回那間官驛，大都護似乎還追上來了。」

棲遲一怔，快步走到道上，沒幾步，忽然轉頭說：「給我解匹馬來。」

立時有護衛去辦，很快從後面牽了匹馬過來。

她牽了馬，踩鐙而上，一夾馬腹便疾馳而去。後方十幾個護衛帶著刀上了馬，匆匆跟上她。

天上雲散月出，照著地上亮盈盈的一片白。遠處點點村火，近處是一片遍布軟草的野地。

棲遲馬馳到這裡，停頓下來，已聽見遠處急促的馬蹄聲，月光勾勒著馬上的身影，越來越清晰。

她忽然想調頭離去，想問自己為何要過來。

但已來不及，這想法剛從心底生出來，前方人影已近。

快馬疾奔到面前，伏廷手一勒韁，跨腿下馬，大步朝她走來。

棲遲看著他，默默下了馬。

後方護衛立即跟隨她接近，他掃了一眼，冷喝：「滾！」

棲遲心神一凜，停步，揮了下手。護衛自行退遠。

伏廷止步，月色照在他身上，自他肩頭至腳下，周身描刻，走線如刀。他抬起一隻手，手裡拿著那只錦囊：「我問妳，這裡面是什麼？」

棲遲說：「不過是一些店鋪地契罷了，都是北地境內的。」

何止是一些，整個北地的都在了。伏廷咬牙道：「那最裡面夾著的文書又是什麼？」

她沉默不語。

「妳是在打發我，」伏廷壓低聲音問：「還是要跟我決裂？」

夜風吹過，棲遲看著腳下拖出的淡薄人影，回答不上來，也難以回答。

伏廷走近一步，高大的人影罩在她身前：「妳早就想好了是嗎？」

她終於輕輕點了點頭：「是。」

「妳想的就是將我撇開。」他聲音更低沉了，「妳想幹什麼？」

棲遲更不能回答了。

伏廷忽然拖著她的手在自己胸口一按：「妳不是想要這嗎？我伏廷一身鐵骨，唯有這顆心不值一提，妳想要，來拿啊！」

棲遲心中一震，被他的低吼震懾地抬起頭。從未見他如此壓低眉目，半明半暗的月色裡，他一雙眼陰沉得可怕。

「說話啊！妳對我就全是虛情假意？」伏廷緊緊盯著她，「妳我做夫妻以來種種都是假的？」

棲遲怔怔地說不出話來，手被他緊抓著，心也像是被揪緊了。

始終沒見她開口，伏廷的聲音忽地哽了一下：「李棲遲，妳我誰才是石頭？這麼久了，我都還沒有將妳焐熱。」

棲遲竟看見了他泛紅的眼眶，心頭一窒，酸楚難以言說。她見過他剛硬的時候，寡言的時候，甚至使壞的時候，霸道的時候。他是北地的英雄，也是北地的情郎，何曾有過這樣的一面。

伏廷喉結滾動：「妳我連占兒都有了，妳到底把我當什麼？」從未想過會有一日在她面前問出這句話。

棲遲張了張嘴，如同失語，按在他胸口的手冰冷發僵。

伏廷看她許久，霍然鬆開她手，退了一步：「算了，我瞧不起我自己。」他將錦囊往她懷裡一塞，轉身就走。

棲遲脫口喚他：「三郎！」

伏廷停步。

「他日……我還能不能回去你們身邊？」他日若她還好好的，還能不能回去與他們父子團聚？

「我不等什麼他日。」伏廷上了馬，扯韁馳出，消失在夜色裡。

棲遲下意識跟著追了好幾步，直到再也看不見他的身影。

第三十四章　袒露心跡

光王府迎回了久違的主人。

府中一切如舊，一群老僕將四下灑掃過了，府兵嚴嚴實實地守在各處。

棲遲入了府，連披風都未解，先帶著李硯去了祠堂。

這裡終日有人照料著，香案潔淨如新，牌位前的供品都是每日必換，一截香煙嫋嫋地豎在壇中。

棲遲說：「我現在就將路上提到的緣由告訴你。」

李硯早有準備，添了炷香，站在一邊看著她，認真地聽著。

棲遲說得很慢，也很簡練，無論是光王府的遭遇，還是聖人如今的態度……

話沒有說多久，李硯卻像是聽了很久，一番話入耳，他臉上已滿是震驚：「父王他……」

棲遲看著他，又輕又緩地點了下頭。

李硯後退兩步，眼神茫茫然一片空洞，腦中盤桓著當初父王將他牢牢護在身下的場景，之後就只剩下父王躺在榻上的畫面，纏綿日久的病榻，日益萎靡的面容……外人口中贊為「玉人」的光王不復存在，那場災難一日日消磨掉他的性命。

以往邕王世子帶頭罵他是掃把星，他也以為自己是最晦氣的，出生便沒了母親，後來又沒了父親，什麼倒楣的事情都落在他頭上。原來不是天意，而是人為。

驚愕之後，他陡然握緊了拳，轉身就跪了下去，面朝上方牌位，重重地磕了幾個頭，抬起時額頭上已紅，有了血印子。

棲遲反而很平靜，抽了帕子過去，給他輕輕擦了擦，問：「恨嗎？」

李硯拳握得關節咯吱作響，眼中泛著水光，說不出話來。

棲遲抬手按住他的肩：「恨也要忍著，光王府還無力報仇，你現在能做的，只有盡力保全你自己。」

李硯終於抬起頭來，無聲哽咽。

棲遲默默看著，明白他現在心裡有多難受，自己也一樣，但只能由他自己平復。

許久，李硯如夢方醒，抬袖在眼下一擦，站了起來，忽地豎起三指，對著祖父母和父母的牌位，聲音沙啞地道：「今日所知，永世不忘。」

哪怕還無法討回公道，哪怕永遠也討不回公道，他也決不會忘了他父王和光王府經受的一切。

棲遲看著站在身側的李硯，如今越發能從他身上看到哥哥的影子，她自袖中摸出那枚私印遞給他：「光王府的府兵只能由光王親自調動，你尚無資格動用，但他們皆由我光王府所養，憑你父王私印，若遇急難，讓他們保你一程應當不難。」

李硯雙手接了過來，摩挲了下上面的刻字，又想起父王，紅著眼看著她：「姑姑為我一路籌謀至今，卻不妨天家早已鋒戈相向，事已至此，到此刻您也仍顧念著我，真值得嗎？」

棲遲蹙眉：「說什麼胡話！」

李硯垂下了頭，再抬起來，攥著私印道：「這不是胡話，若天家執意要這光州，我便給他好了，父王已沒了，我不能再連累姑姑。」

「交出封地，你就會被送去長安，軟禁在聖人身邊。」棲遲低著聲，臉冷下來，「在他耳目下，一旦被發覺你已知曉你父王的往事，只有死路一條。你別忘了，當初那次山洪若不是你父王以命相護，你早就一併死了。那位何等心思，這兩年未動你，只不過因為你的依靠已倒，不值一提，如今形勢變了，他豈會還一直留著你。」

李硯點頭，眼眶更紅了：「正因知道，我才更不想拖累姑姑，姑姑已有了自己的家，不應再背負著我這樣的負擔⋯⋯」

「那我就該看著你去死嗎？」棲遲霍然低斥。

話被打斷，李硯再無他言。

是，若是今朝他與姑姑位置對換，他也做不到袖手旁觀。明知不該卻仍不捨，這不就是血親的意義嗎？

他只是覺得愧對姑父和弟弟，要盡力保他的不只是他的姑姑，還是他姑父的妻子，他弟弟的母親，叫他如何能無動於衷。

棲遲對著牌位站著，無聲良久，說：「先出去吧，我上炷香。」

李硯默默走了出去。

門外，遙遙站著新露，眼見李硯出去了，才走進來，在棲遲身後小聲說：「家主，剛收到官驛那邊消息，大都護已離開，似是去長安了。」

棲遲點了點頭，手上點著香。

新露悄悄看了看她，退了出去。

棲遲對著牌位默默上了香，看著香案上飄忽的燭火，不知怎麼想起一幅似曾相識的畫面。

終於記了起來，她曾在北地的寺廟裡為哥哥點過一盞佛燈，眼前也是這樣搖動的燭火，也記起了寺中住持曾在點佛燈前說她心有掛礙，深沉難解。

後來住持又說她掛礙不解，難見本心。她還記得自己回的話：我本心未改，一直未變。

天家讓她哥哥家破人亡，她如今，拆了自己的家來保他最後一絲血脈。她本心未改，一直未變。

只要壓著不去想伏廷，不去想占兒，她似是可以做到的。

八月中，長安。

皇宮巍峨，帝王理政的含光殿前靜穆無聲，只垂手立著兩個內侍。

午時未至，日頭已濃。

含光殿的門被打開，伏廷從裡面走了出來，身上穿著官服，走出兩步，轉頭看了一眼。

殿門內露出帝王端坐的身影，頭微垂，已是難以遮掩的老態龍鍾。其御座前的地上，滿是扔落的東西。

一眼過後他就轉過了頭，走下殿前臺階，回味著方才殿內情形。

早在入殿之前，便有內侍在門邊提醒他：「聖人暫時不聽任何與藩王封地有關的上奏，請大都護切莫觸犯天顏。」

一句話，便叫他明白了聖人的意思。

後來他在殿中述職時，聖人過問了遇刺一事，甚至還問了占兒如何，但原先他在心中擬好有關李硯的話，終是半個字也未能提及。

整個述職過程裡，聖人始終穩如泰山，直到聽他稟報突厥軍中出現陌刀，才勃然大怒，甚至當場掃了面前桌案上的東西，以至於香爐奏章落了一地，隨即便下令他澈查到底。

伏廷對他這樣的反應並不意外，據說聖人年輕時曾在邊疆遭受過突厥襲擊，此後便十分痛恨突厥，也因此對他這個能抗擊突厥的臣子尤為重視。

這一番面聖不過兩刻的工夫，最後要離去前，聖人忽然問了他一句：「卿久未入朝，可有相熟的臣子走動？」

伏廷答：「泛泛之交，都不至於相熟。」唯一熟悉的，不過一介懸著吊著的世子，彼此心知肚明。

聖人擺手，結束了這次短暫的召見。

伏廷再三回味那句問話，覺得自己先前所想沒錯，朝中局勢的確變了，或許這才是如今李硯處境的直接緣由。

一路往外，過了兩道宮門，已至外宮，羅小義正站在宮牆下，與先前為他們入宮引路的一個小內侍正有說有笑的。

伏廷過去時，內侍正好離開，臨走時往袖口裡塞著什麼，是羅小義給的錢。他只當沒看見，一手牽了馬，往外走去。

過了這一段，是禁軍守衛的外宮大門。直至出了宮外，他才低聲問：「問出什麼了？」

羅小義牽著自己的馬，湊近低語：「也不知是不是個有用的消息，據說聖人近來忽然疏遠了邕王，邕王為表上進還將兒子打發出去遊學了，但聖人對他避而不見，用那內侍的話說，甚至已有了厭惡之心。」

「其他藩王呢？」

羅小義一愣：「三哥怎知還有其他藩王的事？我還真聽說有兩個藩王出了事，汴王打獵時墜馬死了，翼王也意外受了重傷，據說傷到了腦袋。這兩個還未成婚，眼看著便是都絕了後了，委實可惜。」

伏廷心裡過了一遍，都是遠離都城的藩王，與光王府何其相似。他又問：「還有呢？」

羅小義道：「還有是我猜的，聽那內侍說漏了一句，好似是聖人么子病了，可再要細問就問不出來了。嗨，這些宮裡的都精得很，哪些能說哪些不能說，嘴巴可嚴了。」

他是心疼那些錢，好不容易如今有了餘錢，可當初的窮勁兒還沒完全緩過來呢，為打聽這些可花了不少銀錢。

伏廷前後連在一起一想，看似沒什麼關聯，卻都是皇族宗室裡的事。

當今聖人已年至花甲，膝下卻只有三子，早年間早逝了一位，還剩下兩個，一長一幼。

他久在邊疆，這些事難以深知，卻也聽聞過聖人素來疼愛么子，至今沒有立儲，便是因為更想傳位於么子。如今么子臥病，聖人卻關注藩王，且心存防範之意，難道是在為皇位傳承暗中剷除威脅勢力？

想到此處，他翻身上馬：「回去。」

羅小義忙跟上他，嘴一張，想說什麼，看他已打馬往前，只好先閉上嘴。

後方近衛一併跟上。

行至長安東市，寬闊齊整的街道旁商鋪林立，大街上人來人往，見者避讓。他們眼前出現家魚形商號的店鋪，是賣綾羅綢緞的，斜對角還有另一家，是間門庭開闊的質庫。

伏廷勒住了馬。

羅小義早就看到了，有些話方才就想說來著，忍到此時，終於忍不住，上前問：「三哥，你就不過問嫂嫂的事了？」

伏廷沒看他：「過問她什麼？」

羅小義摸一下鼻子，訕訕然道：「你說過問什麼？她是你夫人啊，如今這般局勢待在光州，你定然是知道怎麼回事了吧？」

「夫人？」伏廷目光收回來，當晚的情形便湧現在眼前，腮邊一緊，沉著聲說：「她未必那麼想。」

那只錦囊裡，夾在眾多地契間的那封文書，是她所寫的自罪狀，裡面羅列了她如何欺瞞天家暗中經商的事，要他到無法轉圜之時以此為由休了她，再去天家面前告發她，便足以撇清與她的關係，棄車保帥。

伏廷統領八府十四州以來，從未有過被一個女人牽著鼻子走的時候，這個女人是他的夫人，卻要與他劃分得清清楚楚，決裂得明明白白。

如果走到這步，她還能說斷就斷，就當他如外人一般，那他只能認栽，是她絕情，他無話可說。

羅小義看看左右，打馬跟著，低低嘆氣道：「那就不找嫂嫂了？」

找？找過了。她若真有心回來，就別說什麼他日。伏廷不發一言，馬鞭一甩，疾馳而去。

光王府裡，棲遲坐在窗前，手裡拿著秋霜送來眼前的消息。

消息自長安、洛陽二都網羅，經由商號傳遞送至，是她早就吩咐收集的。經商途徑所知有限，但也好過耳目閉塞。

她看完，揭了面前的香爐，將幾張紙投進去燒掉。

看起來暫時風平浪靜，或許天家不會著急動手，越是此時，越不能自亂。她問面前站著的秋霜：「其他安排如何？」

秋霜小聲道：「家主交代的都吩咐下去了，線路、人手，無一處疏漏，一旦……真有對世子不利的時候，便是最差的一步，也足以妥當安排世子撤走。」

棲遲又問：「阿硯那邊呢？」

「世子帶著私印親自去了府營。」

府營裡駐紮著光王名下的直系兵馬，棲遲覺得李硯能親自去再好不過。

秋霜恰好稟報：「商隊已走動出去，按家主所說，辦好後會燒去帳冊，暗中聽從吩咐。」

府營兵馬雖有，但太平中原不似邊疆，兵器已舊，商隊要運的是生鐵。生鐵做冶兵用，朝中歷來禁止私自買賣。若有可能，棲遲一輩子也不會碰這種生意，寧願他們一輩子暗中等著吩咐，永遠用不上。

秋霜稟報完便出去了。

棲遲獨自坐著，看著窗外綠樹繁花，斜陽熠熠。沒了北地的大風凜凜，雪花飛揚，這裡只剩下光州獨有的溫柔，她竟有些不習慣了。

剛想到北地，棲遲便打住了，不再想，怕收不住。

過了一會兒，新露來了：「家主，外面有人求見。」

棲遲正好岔開思緒，看過去：「何人？」

「說來只怕要叫家主覺得好笑了。」或許是有意讓棲遲心情好些，新露還真笑了一下，接著道：「是當初皋蘭州裡的那個箜篌女罷了，竟還有臉登門拜訪。」

棲遲一怔，起身說：「請她過來。」

庭院裡，露天設席，來人很快被帶到。

棲遲斂裙端坐席間，看著被帶到面前的女子，只覺驚喜：「竟然真是妳。」

杜心奴一襲綠緞衫裙，帶著笑向她盈盈見禮：「賤妾也沒料到還有機會與夫人再見。」

棲遲手抬了一下，請她免禮：「妳為何會在光州？」

杜心奴臉上的笑多了絲羞赧，眉眼都是彎的：「實不相瞞，自古葉城一別後，賤妾短期內可再不敢往外走了，便在中原各處研習技藝，如今得遇良人，正準備隨其返回長安，擇日嫁作人婦。誰料臨行前竟在路上得見夫人身邊侍女，認了出來，又憶起夫人高貴身分，方想起夫人正有個光王府的娘家在此，便想著莫不是夫人來了，於是貿然前來拜訪，來竟叫賤妾猜著了。」

棲遲聞言笑了一下，誰能想到在這情形下還能再見，又聽到她身上有這麼個好消息：「那我該道賀了，難為妳還能特地來告訴我這件喜事。」

這世間總算還是有好事發生的。

杜心奴笑了笑：「賤妾螻蟻之人，一些瑣事哪敢驚動夫人知曉。不過是那日於邊境離去前，賤妾曾留過話，待他日譜了新曲要來請夫人品鑑的，這才來了。」

但似乎，來得不是時候。她看了看左右，早已注意到光王府上到處守著的護衛，只不過她有眼力見，只當沒看見。

棲遲說：「再好不過，我也很想聽一聽，畢竟機會難得。」

杜心奴不禁一愣，看她坐在那裡一如往常的嬌媚動人，要說有何不同，大概也就是眉宇間有些憂鬱，卻不知為何說出的話有種恐無他日之感。

不過也只是心中胡亂揣測罷了，杜心奴當即臉上堆了笑，點頭稱是。

新露上前，將她今日特地帶來的那架鳳首箜篌抱了過來，交給她。

杜心奴斂衣在對面跪坐，朝棲遲略低頭施禮，而後抬手起勢。

輕輕的樂音流淌，恍若回到當初的皋蘭州中。

棲遲不知這恬淡時光還剩多少，只這一刻，也是好的。

樂聲是演奏人的心聲，她聽著空靈的樂音，起手紛紛揚揚如水滴落溪，如人點滴情緒，如女人悄然回眸；中途流暢迴旋，如情緒奔濃，如酒入喉，如相思在心頭；婉轉時如低訴，高昂時如爭鳴；平緩時甜蜜，急促時揪心……

她似認真聽著，思緒卻完全偏離了。

連日來終日忙碌，刻意不去想，此時當這些情緒湧出來時，她腦中所想只剩下那一人。

他用劍挑起她的下巴，冷硬地不肯接受她的錢，卻也毫不猶豫地為她出頭賽過馬；他在湖邊狠狠地親過她，也曾斷然拒絕過她；他將她扛回去，說過要讓她將瀚海府當成自己的家；他在古葉城外為她中過箭，也在戰時為她動過八方令……

最後這一幕幕淡去了，只剩下那晚他質問她時的臉，月色裡拖著的一道長影——

妳不是想要這嗎？我伏廷一身鐵骨，唯有這顆心不值一提，妳想要，來拿啊！

妳我到底誰才是石頭？這麼久了，我都還沒有將妳焐熱。

妳我連占兒都有了，妳到底把我當什麼？

箜篌聲停了，杜心奴收手，垂眉低笑道：「夫人乃賤妾知音，想必也聽出來了，此曲是為心愛之人所作，不知夫人聽後有何感觸。」說著抬起頭，看向對面的棲遲，卻是一愣，「夫人這是怎麼了？」

棲遲坐在那裡一動也不動，恍若入了神一般，眼神定在一處。她怔怔地抬起手，摸過眼下，指尖已濕。

「我這是怎麼了？」

當初在皋蘭州為了他，她打發了眼前的杜心奴，一切還恍如昨日，還曾揚言要在他身上收回回報。

不就是奔著倚靠他去的嗎？不就是希望能在最壞的時候靠他庇護、靠他支撐的嗎？為何真到了這時候，卻反而將他推開了？

她將他當什麼？不是本心未改，一直未變嗎？如今已經澈澈底底得到他的心了不是嗎？她又在幹什麼？

棲遲僵坐著，盯著指尖，低聲喃喃：「這已違背我的初衷了不是嗎……」

「夫人？」杜心奴沒聽清，小心翼翼地喚一聲，錯愕地看著她，若非怕冒犯，已開口詢問了。

棲遲回了神，收斂神色，緩緩站起來：「請在此稍坐片刻。」

杜心奴看著她離席而去，不明就裡，只能坐在原處。

棲遲走開不遠，在園中淺池邊站定，從袖中取出錦囊，抽出裡面那份文書，展開看了一眼，已記不清寫下時是何種心情。

一步步走到今日，她以為自己一直是清醒透澈的，原來被他那般質問過後不是故意不去想，是不敢細想。

棲遲看著池面上自己微白的臉，忽然動手，一頁一頁撕了文書，扔入水中。

游魚一湧而上，又隨著紛揚紙屑潛入水底。

她轉身，回到庭院中。

杜心奴立即起身相迎：「夫人。」

棲遲問：「妳方才說，妳就要去長安了是嗎？」

「正是。」

她輕輕點頭：「正好，我想請妳替我帶一封信。」

長安行館中，伏廷正在住處坐著，手裡拿著剛送到的北地奏報，看完上面報來的軍務。

羅小義推門走了進來：「三哥，都安排好了。」說著又壓低聲音道：「都中再有新消息會及時送過來的。」

「嗯。」伏廷放下奏報，「準備動身。」

聖人古怪，結束覲見後便再無其他動作，也無安排，他也是時候離開長安了。只是離開前特地布了眼線，留心著都中新的動靜。

羅小義抬腳出門前，猶豫著問了句：「那咱們就直接回北地了？」

伏廷掃了他一眼。

羅小義看他一言不發，覺得自己多嘴了似的，只能乾笑。

忽地兩隻小手冒出來，軟軟地抱住伏廷的腿。

伏廷偏頭一看，是占兒。

小傢伙穿著雪白的衣袍，小臉粉白圓潤，近來到了忍不住想站的時候，經常抱著他的腿做支撐，眼下冷不丁地站起來了，口中還咿呀個不停。

羅小義見狀，趁機溜出門去了。

伏廷看占兒抱著自己的腿不放，也就不動，穩穩地撐著他。

占兒抱著他的腿，晃晃悠悠地站地不太穩，小臉擱在他的膝頭，自顧自地玩著。

伏廷看著他這副模樣，想起了棲遲，可惜這一幕沒能叫她看見，她肯定不知道兒子已經會自己站起來了。缺了她，這些時日下來，占兒倒是與他親近許多。

一會兒工夫，羅小義忽然又回來了：「三哥，外面來了個人要見你。」

伏廷回神，抬頭問：「什麼人？」

羅小義表情有些微妙：「就是當初那個箜篌女。」

畢竟這箜篌女當初在皋蘭州是奉迎過他的，忽然跑來這地方求見，叫羅小義不多想都不行。

伏廷如今倒是對這個人有印象了，是因為當初在古葉城裡，她曾出面保過棲遲名節，特地被棲遲提起好幾次。

「她來做什麼？」

羅小義道：「早被近衛盤問過了，並不肯說，說是要當面見到大都護再說。」

伏廷念及她曾經的作為，點了頭。

羅小義朝外吩咐一聲。

不多時，兩名近衛推開門，杜心奴走了進來。

她的身後還跟著個身穿水青布衫的年輕男子，幫她抱著鳳首箜篌進來的，放下後與她交換了眼色，弓身朝伏廷見了禮便退出去了。

門合上，杜心奴斂衣下拜，向伏廷行了禮：「賤妾聽聞大都護如今身側空虛，特來拜會，不知大都護可缺人近身侍候，若蒙不棄，賤妾願盡心盡力。」

伏廷冷聲道：「若是因此而來，妳可以走了。」

羅小義在旁「咳」了一聲，心想真是哪壺不開提哪壺，他三哥正不悅著呢。

杜心奴不過是有意試試他的心意罷了，悄悄瞥伏廷一眼，見他一身軍服，生人勿近的架勢，又看了他腿邊緊挨著的孩子一眼，暗暗想也真夠不易的，難怪夫人會暗自落淚，光是瞧著這麼一個可愛的孩子也捨不得呀。

她不敢再玩笑了，垂首道：「賤妾失禮，大都護莫怪，其實今日賤妾是奉夫人命令來的。」

伏廷的目光頓時掃向她。

羅小義聽了不禁看了看伏廷，見他不說話，機靈地插話：「夫人叫妳來做什麼？」

杜心奴答：「夫人叫賤妾來送信。」

伏廷依舊默不作聲，聽到信，臉色更沉了。

杜心奴察言觀色，嘆道：「夫人說倘若大都護對她有氣，不願展讀，便由賤妾代勞，不過夫人也說了，她不願別人多喚大都護名字，最好還是由大都護本人來讀。」說罷，她自腰間取出封信，便要撕口。

伏廷說：「放下。」

杜心奴受到威懾，忙福身施禮，將信函放下，又看了他的神色一眼。

羅小義擺手，示意她可以出去了。

杜心奴卻笑了一下，道：「大都護見諒，夫人花了錢的，要賤妾為她在大都護跟前獻上一曲，以表心意，賤妾收了錢，得把曲子彈了才能走。」

羅小義撓撓頭，心說：他嫂嫂這是做什麼，他三哥哪裡是愛聽曲的人啊。

杜心奴卻已自顧自坐下，取了鳳首箜篌，洋洋灑灑地彈奏起來。

占兒站累了，挨著伏廷的腿滑坐在軟墊上，伸著脖子，睜大眼睛，好奇地看著聲音的來處。

伏廷緊抿著唇，不動聲色地聽著。樂聲悠揚，好似這屋中此時正在享樂一般。

一曲終，杜心奴抬頭道：「此曲喚作《鳳求凰》，以表夫人愛慕之情。」

伏廷眼簾一掀，看了過去。

羅小義已在旁暗暗稱奇，悄悄地看了他一眼，怎麼也沒想到，他嫂嫂竟然是來表愛意的。

杜心奴起身，又行一禮：「夫人交代賤妾的事，賤妾已辦到，還請大都護儘快看信。」說罷告退出門。

伏廷看羅小義一眼：「你先出去。」

羅小義被他這一眼看清醒了，識趣地將占兒抱起來，帶著小傢伙一起出門。

伏廷看了那封信一眼，拿了起來。

信在他手中展開，起首一句「夫君」，後面都是尋常問候，可有添減衣裳，可有吃飽睡好，占兒可有病著凍著，一路是否平安。

他剛沉了眉，翻過下面一張，卻見稱呼換作「三郎」——

她知道他一定知曉李硯的事了，她以北地商鋪地契託付，倘若最終確實走到要從天家手底下討命的地步，只期望他將她在北地經營的商事劃出去，那裡以後依然可以為北地民生經營。而文書裡暴露了她定好的中原商鋪，可作為一道保全他和占兒聲名的證據。

他是功臣，是北地的支柱，帝王倚重，百姓仰望，三軍傍身，只要大義滅親，不會有性命之憂。

然而她所思所想皆是一己之心，以為北地不可無大都護，卻獨獨罔顧了他的心意；以為占兒不能沒有父親，卻罔顧了占兒也不能沒有母親……

他是頂天立地的漢子，如何能做出這種滅妻之舉。

是她一葉障目，不見本心。

「你以性命相護，我卻輕言別離……」

「先前從未憶起；憶起後，再未斷絕……」

「你問我把你當什麼？」

「我當你為何，當如你待我。」

信至末尾，已經落款，邊上卻有斜著添上去的一段，大概是後來加上的，字跡有些微的潦草——

「白日忽夢一人，看似熟悉，走近卻又不是。自別後，眼中所見者之眾，眾人中卻無人是你。自然不是，那些人豈會是你……三郎，我金刀鐵馬的伏三郎。」

這添上的幾句如同夢語，字跡飄忽，邊上有一道墨蹟，似要塗去，最後卻只塗了幾個字，終是留了下來。

伏廷抬頭，喉結一動，許久，又看了看最後那一句：三郎，我金刀鐵馬的伏三郎。

他霍然站起，信緊緊握在手心裡，吐出口氣。

李棲遲，妳就是仗著我將妳放在心尖上！

不多時，羅小義聽到屋內有動靜，一下推開了門。

伏廷已將那封信折好，抬頭說：「出發。」

棲遲立在窗前，默默思索著長安的情形。

不知杜心奴有沒有將信帶到，也不知他看過後是何等心情。

那封信交出去之前，她再三斟酌，遲疑了好幾日，直至杜心奴來取信那日，她捏著信倚榻淺眠，忽然做了個夢。

夢見她獨行於荊棘道上，遠處有人朝她打馬而來，她張口要喚三郎，近了卻發現是張模糊的面容。

她恍惚坐起，捏著筆將這段添了上去，本是想自嘲般說一句：隨便夢到的人豈會是他。這世上又有幾個人能是他，他金刀鐵馬，一身鐵骨。最後寫出來的卻全然不是那個意味了。

本想抹掉，抹了一半，卻又扔了筆。

還遮遮掩掩做什麼，她既然明白自己的心意，就該大大方方告訴他，矯情那些還有什麼意義。

於是信終究是這樣送出去了。

餘光裡有誰正快步朝這裡走來，棲遲朝窗外看了一眼，來的是李硯，他一手拎著衣擺，走得很急。

棲遲見狀一驚，還以為是出什麼事了，可分明都中並未傳來其他消息，無暇多想，立即走去門口。

李硯已到了，一見到她就說：「姑姑，我剛接到府兵來報的消息，聽說淮南道官驛裡今日來了人，快馬吩咐他們迎客，要迎的是安北大都護。」

棲遲一怔：「你說什麼？」

「我說姑父就要到那官驛了。」

棲遲心口猛地一跳，腳下已自發自覺地出了門，邊走邊喚了聲：「來人。」

李硯追上來道：「護衛和馬匹都備好了，姑姑快去吧！」

棲遲看了他一眼，匆匆往王府大門走去，連披風也來不及拿。

幾十名護衛守在門外，馬背上懸著她的帷帽，棲遲上了馬，戴好帷帽，第一個疾馳出去。

出城後，往官驛而去。棲遲在這附近長大，路線熟悉，一路上挑揀近道，以便節省時間。趕得太急，以至於她未能細想，李硯說的是他要到了，根本還沒到。

到了官驛，尚且院落空曠，館閒屋空，只有裡面的官員和差役在忙碌地準備著。

棲遲下了馬，才發覺心口在怦怦地急跳，是馬騎得太快了。她交握著兩隻手，走入院中，緩緩踱了幾步，隔著帷帽的垂紗，時不時看向外面。

好幾次後，聽見外面馬蹄奔來的聲音。

她立即走向院門，一手掀開帽紗，看著由遠及近馳來的人，直到對方一直騎著馬到了官驛院前，下馬朝她搭手見禮：「縣主。」

棲遲臉上神情漸漸斂去：「崔世子。」

怎麼也沒想到在這裡會等到崔明度。

官驛內，官員來設了座，奉了茶。

棲遲坐在桌旁，頭上帷帽一直沒摘下，端坐在崔明度對面。

「縣主近來如何？」崔明度手裡握著茶盞，看著她，似想透過帽紗看到她的神情，「自那之後，我一直掛念縣主安危，近來才得知妳居於光州，這才趕了過來。」

棲遲不明白他為何會走這一趟，眼下分明與她劃清界限才是最明智的，口中說：「我很好，世子沒必要掛念，那日後，你已不必再心存愧疚。」

崔明度看看她，欲言又止，好一會兒才道：「我已是河洛侯了。」

棲遲朝他身上瞥了一眼，此時才留心他一身服白。她不知是該勸他節哀，還是該恭賀他終於能自己做主了，最終一個字也沒說。

崔明度溫聲道：「家父臨終前為我定下了婚事，以後自然是再難有如此見面的機會了。」

棲遲心說這樣也好，他們本就不適合再見，起身說：「既然如此，河洛侯保重。」說完走出門。

崔明度沒料到她竟只說了這麼一句，腳下一動，起身跟了上去。

棲遲走到院中，回頭看到他，退了一步，刻意拉開些距離：「人多眼雜，你該離去了。」

崔明度道：「不必擔心，我既能前來，自然早就做好了安排。」

棲遲不想再說，也無話可說，卻見他似還有話說的模樣，轉頭往外又走了一步，眼睛掃到院門，耳中霍然一聲馬嘶，倏然停步。

崔明度也朝那裡看了一眼。

伏廷剛勒住馬，眼睛盯著她，又掃了她身後的崔明度一眼，俐落地下了馬，軍服一拂，換了手拿馬鞭，朝她這裡走來。

身後的院門口，是陸續跟來的大隊人馬。

棲遲連忙迎了上去。

伏廷一把握住她的手腕，拉著她腳步不停地越過崔明度，入了館舍，彷彿當這裡沒有別人。

棲遲跟著他的腳步，走得很快，被他拉著一路轉過迴廊。

他順手推開間房，帶著她走了進去。

棲遲立時摘了帷帽扔在一旁，一回身，握住他抓自己的手：「我不過是剛巧遇上他，來這裡只是為了見你的。」

伏廷低頭看著她：「我不管別人，只問妳，還是不是我伏廷的女人？」

棲遲點了下頭，如覺不夠，又重重地點兩下：「是！」

第三十五章　共返北地

伏廷的眼神緩和了些，看著她的臉，發覺她的下頜又尖了許多。

棲遲迎著他的目光，忽地踮腳，就將他抱住了。

他手中馬鞭一扔，手臂頓時收緊，箍著她的腰按向自己，狠狠吻下去。

兩個人抱得密不可分，急促地喘息著，伏廷手往她衣襟裡伸，棲遲扯著他的衣領。他含著她的唇，一隻手去托她的下巴，吻到她的脖子上，忽地停了一下，看著她頸上。

棲遲衣襟微敞，輕喘著在他面前昂著脖子，露出頸上掛著的一條鏈子。

那鏈子上還懸著個繪了彩的小圓球，被特製的網紗兜著，就貼在她喉嚨下。是當初在皋蘭州，他送給她的那枚珠球。

棲遲攬著他的脖子，看著他的臉，低聲問：「如何，這樣戴不好看嗎？」

伏廷不知她什麼時候叫人做的，又是什麼時候戴上的，一個微不足道的小東西罷了，甚至絲毫不值錢。他的眼神凝在那裡，喉結滑動，說：「好看。」

棲遲一手貼在他臉頰上，摸了摸：「你瘦了。」

伏廷乾澀地咧了咧嘴，心裡不是滋味：「妳自己也沒好到哪裡去。」

棲遲眼睫垂下，又掀起，抱著他，臉貼在他胸口上。

忽而裙擺被輕輕拉扯一下，棲遲低頭，看見一隻小手拽著她的衣裙，接著又是一隻，小小的人影揪著她的衣擺借力，正使著勁，從原本爬著，到晃晃悠悠地站了起來。

她怔怔地看著，一把將他抱了起來。

房門露著道縫，羅小義的身影閃了一下，聲音傳過來：「我剛到的，什麼也沒瞧見，三哥、嫂嫂繼續。」

伏廷彎腰拾起馬鞭，照著門甩了一下，他的身影頓時一下溜得沒了影。

棲遲抱著占兒，擁得緊緊的。

占兒完全沒認生，扒拉著抱住她的脖子，歡欣鼓舞地在她懷裡咿咿呀呀地哼著。

她聽著想笑，卻又眼中酸澀。

伏廷看著母子倆，又看見她的神情，有心打岔，問了句：「妳怎會叫箜篌女去傳信？」

棲遲低聲說：「怕你在長安被盯著，她以樂人身分去走動，怎樣都不會惹人懷疑。」

然而此時才算看清，杜心奴的出現不過是給她一個理由罷了，她分明是想著他們，無論如何也割捨不掉的。

伏廷看得出來，她如今對聖人防範得緊。

羅小義又晃到這間房門外來時，正好看見伏廷和棲遲一前一後地從裡面出來，占兒仍被棲遲抱在懷裡。

他先喚了聲「嫂嫂」，才帶著笑臉過來跟伏廷道：「三哥還沒下令呢，可以叫他們落腳了吧？」別人都還在等命令，只有他仗著親近才帶著占兒先過來的。

伏廷忽然說：「不在這裡落腳了。」

羅小義一愣：「那去哪兒？」

「光王府。」

羅小義看他嫂嫂一眼，明白了，轉頭出去吩咐其他人。

棲遲看向伏廷。

伏廷知道她在想什麼，朝前院瞥了一眼：「他還能來，便說明眼下沒到那種時候，不必擔心。」

棲遲眼珠動了一下：「嗯。」

伏廷想了想，壓低聲音問：「妳是不是以為先前要出事了？」

棲遲說：「我本以為他將你召入長安後就會下手了。」

所以才會以最快的速度做了應對。然而就算去北地捏造罪行不成，也該有人潛入光州才是，可這段時日，好似突然平靜了下來。只是不知是真平靜還是暗潮洶湧。

伏廷心裡有數，應當是與朝中局勢有關。局勢不明，殿上聖人的反應也很古怪，但這裡不是說話的地方。

他看了左右一眼：「妳記著，真出了事我不會把妳推出去頂罪，妳自己也別想把自己推出去。」

棲遲動了動唇，終是點了點頭。

羅小義又往這來了，遙遙揮了下手，意思是可以動身了。

伏廷看見，將占兒從她懷裡接過去：「走吧，既然到了這裡，我也該去祭拜一下光王。」

棲遲沉默了一瞬，說：「正好，有件事要告訴你。」

伏廷看著她：「什麼？」

「有關我哥哥的死。」

他眼一凝，聽出話裡不同尋常的意味。

棲遲也覺得這裡不是說話的地方：「還是路上說吧。」

崔明度還站在院中，有個差役來問他是否要在此處落腳，被他打發走了，剛轉過頭，就見伏廷一手抱著孩子，從館舍中大步走了出來，行走間軍服衣擺翻飛，身形凜凜。

走近後，隔了幾步遠，二人對視。但詭異的是，誰也沒有見禮。

伏廷上下打量他兩眼，忽然說：「如今是不是該稱呼你一聲『河洛侯』了？」

崔明度這才搭手：「大都護客氣。」

伏廷點頭：「告辭。」

崔明度稍稍一愣，就見他往前直接出了院門，回過頭，棲遲跟在後面。

她頭上又戴上了帷帽，高腰襦裙收著纖細的腰肢，在他看來，短短一段時日她竟清減了不少。

崔明度腳下走動，邁出半步即停：「縣主可有因我而受大都護誤會？」

棲遲收住腳步，隔著帽紗看了他一眼：「河洛侯不必多慮，我們畢竟是夫妻。」

崔明度看了伏廷離去的院門一眼，又看她一眼，雖沒有多言，但顯然是因伏廷剛才的舉動才會有此懷疑。

棲遲沒有直言伏廷根本不在意他的出現，仔細一想，他畢竟是聖人身邊的紅人，他們夫妻情分如何，又何須與他解釋太多，乾脆到此為止，越過他走了。

崔明度看著她走出院去，臉上忽然笑了一下，滿是自嘲無奈。

他成為河洛侯後居然會想著來見她一面，分明什麼也不能做，來了又有什麼意義？如今看來，倒像是見了他們夫妻。

他在這地方不倫不類地站到現在，再送著他們夫妻離去，不免像個笑話。

暮色籠罩時，李硯在光王府裡收到棲遲返回的消息。

他趕去門口迎接，見到的全是熟面孔，既驚又喜：「姑父、小義叔！」

伏廷臂彎裡抱著占兒，朝他點頭，掃了四下一圈，又看了身旁跟著的棲遲一眼。

上一次來這裡，還是他們成婚的時候。

「我還是第一回來這兒呢，果真是氣派的，以後……」羅小義已在旁感慨起來了，剛想說以後你小子繼承了這裡可風光了，一下想起此時不是說這些的時候，生生扭轉了話題，「以後怕是難得來一回，你先帶我轉轉再說。」

李硯笑了笑，方才他語氣裡的轉變，不是聽不出來。

王府裡忙忙碌碌，全是為了迎接安北大都護這位久違的姑爺。

飯後，李硯抱上占兒，真領著羅小義去轉悠了。

伏廷從祠堂裡祭拜光王出來，找到在園中坐著的棲遲。

她坐在一棵月桂樹下的石凳上，半身斜倚著一旁的石桌，被昏沉的暮色包容，眼神不知飄去何處，出神地望著遠處。

伏廷霎時就明白那日她失魂落魄的緣由，當時怎麼也沒想到是因為光王的死，直至今日從她口中得知真相。

他走過去，棲遲才回了神，目光轉到他身上，又落到他手上。

「為何要帶著劍？」

伏廷手裡提著自己的佩劍，她竟沒注意他是帶著這個進去祭拜的。

他將劍放在石桌上：「這柄劍其實是光王送的。」

棲遲一怔：「什麼？」

伏廷說：「成婚時的事了。」

成婚當日，光王差遣了王府管事給他送來這柄劍，帶話說：我王府人丁凋零，只這一個胞妹相互扶持至今。君雖生於毫微卻是奮力搏出之英豪，當不是那等無節小人，今贈以寶劍，以藉故劍情深之意，望君珍視舍妹，永不相棄。

伏廷得劍後便聽聞光王已至彌留之際，趕去時只見到了他最後也是唯一的一面，以及在他榻前垂淚的棲遲……

其實他平常用的最多的是刀，這柄劍到他手上後，只因長度得宜，製材鋒利，才開始也帶在身邊使用，用得多了，沾了不少血，就用慣了手，偶爾想起這件往事，卻也無從提起，怕勾起她傷懷。

棲遲怔忪地坐著：「哥哥從未說過。」

或許是來不及說了。原來即使在臨終之前，他也記掛著她的終身。

伏廷說：「這是他與我交代的話，自然不會與妳說。」

男人之間說話都是直接的，不會拐彎抹角，給他一個武人送一柄兵器，即使不用也會時常看見，如同一個提醒。光王不可謂不用心。

他看了看她臉上的神情，和她那雙已經潮濕的眼：「早知我就不說了。」說完一手拿了劍，一手把她拽起來。

棲遲手腕被他握著，跟著他一同走出去，才忍住了思緒，在這王府裡，忽就想起當初與他成婚時的場景。

當年行禮時他也是這樣走在她身側，她面前遮著扇子，不好肆意張望，只能低頭瞥見他一截衣擺，始終未能看清他的模樣。

伏廷牽著她，走了沒多遠便鬆開了手，是知道她向來面皮薄，眼下王府中隨處可見護衛，未免有些引人注目。

棲遲默不作聲，待走上迴廊，默默將手伸了出去。

伏廷手上一涼，察覺她的手主動碰了上來，看了過去，她眼神勾著他，手指一根一根撥著他的手指，握住。瞬間，彼此的眼神也纏住了。

新露和秋霜剛從房裡點了燈出來，一左一右立在門口，遠遠見到二人相攜走來，屈身見禮。再見到伏廷，她們都是替家主高興的，不便打擾就退去了。

伏廷進了門，將門一合，手中劍在門背上一靠，抵住了門，另一隻手腕上一轉，就將棲遲的手反握。

棲遲攀著他的肩，伸出根手指，指了指門說：「你還記得這外面是什麼地方嗎？」

伏廷問：「什麼地方？」

「當初你我成婚時，做洞房的青廬帳就在那裡。」

他不禁朝門看了一眼。

棲遲踮起腳，在他耳邊低語：「親我，三郎。」

伏廷臉轉回來，一低頭就親了上去。

棲遲抱著他的腰，手貼著，往裡伸進去。

伏廷渾身繃著，弦一般地拉緊，她主動起來會要了他的命。

衣裳落了一地，他們近乎急切地到了床邊。

棲遲放肆的手觸過一片緊實，被他絞去身後。

她想騰出隻手去拿髮上的釵飾，好不容易抽出手來，剛抬起來便咬住了唇，如何也握不準髮上的釵，髮絲卻已被自後而來的狠力撞散，搭在她肩頭，一晃一晃……

入夜時外面落了雨，淅淅瀝瀝地砸在窗櫺上。

伏廷坐起，燈火中，看見棲遲披著他的軍服，赤著腳坐在床頭，露著一截雪白的手臂，翻著手裡的一本冊子。

留意到他的眼神，她合上冊子說：「隨便看看。」

伏廷知道她分明是將他的話聽進去了，一定是在想其他對策，低聲道：「等有確切消息送來再說。」

她點點頭，將冊子放下了。

伏廷順手扯了她身上的軍服，她臉轉過來，臉上微微的紅襯著身上的雪白。

他看著，又一次伸出手：「過來。」

雨過天晴。

伏廷難得有起晚的時候，起身披了衣裳，下了床，沒在房裡看到棲遲。

床上亂糟糟的，他看了一眼，抬手按了按後頸，心裡回味的都是一整晚棲遲在他身下的柔情，自顧自地一笑，將軍服穿戴整齊。

桌上堆著厚厚的一遝帳本。他去洗漱時，隨手翻了上面的一本看了看，入眼卻是一筆多年前的帳目，上面詳細列了商鋪的分管與紅利，出帳皆是大手筆，仔細算算，那時候她也不過才十七、八歲。

伏廷將冊子合起來，看了看這摞得厚厚的高度，如此家業，叫他無端想起她戴著的那個微不足道的珠球。

仔細想想，他還沒送過什麼像樣的東西給她，以往是將全部身家都投在北地上，無暇想也無力想這個，如今再想，欠她的債都還沒給。跟著他，她也沒過過什麼好日子。

伏廷收住念頭，出了門。

王府後花園裡有一架鞦韆，棲遲正抱著占兒坐在上面輕輕地盪著。

占兒樂壞了，坐在她膝頭，只要一晃就咯咯地笑個不停，惹得後面推的新露和秋霜也跟著笑起來。

「我發現了，小郎君真是喜動，只要是動的時候他便高興，將來不會和大都護一樣是個練家子吧？」新露邊笑邊說。

秋霜道：「那可未必，說不定將來他是和家主一樣腰纏萬貫的豪士呢。」

棲遲聽著笑了笑，看了懷裡的小傢伙一眼。其實將來如何哪裡重要，如今情境，只要能陪著他安然長大已經是萬幸了。

身後兩人笑著笑著，忽地沒了聲。

棲遲想得入了神，開始還未察覺，忽然感覺鞦韆盪高了些，吃了一驚，抱緊占兒，倏地盪回去，被一雙手臂穩穩地接住了，扣在她腰上的手指修長有力，也一併攬住了占兒。

一回頭，伏廷就在後面站著，漆黑的眼眸正看著她，新露和秋霜早已不知退去何處了，她鬆口氣：「險些被你嚇了一跳。」

伏廷笑了下：「擔心我接不住妳不成？」

「你又沒玩過這個，若是將行軍打仗的力氣用出來可怎麼好？」棲遲故意說。

伏廷握著繩子，扶得穩穩的：「那妳不妨試試。」

占兒又笑起來，只要繩索一動他就興奮。

伏廷當真又推了幾下，棲遲抱著占兒每次晃出去，回來都被他牢牢接著。

一連晃了幾下，她的心跳都加快了，停住後，聽見他在身後低低地說：「放心了？有我在怕什麼。」

棲遲卻因這句話心跳得更快了，回頭看他一眼，莫名覺得自己也成了個被人寵著的孩子。

伏廷沒再推下去，因為瞧見羅小義往這頭來了。

「三哥，你等的消息送到了。」羅小義在遠處一眼看見站著的伏廷，邊走邊說，到了跟前才留意到他嫂嫂帶著孩子也在這坐著，怪不得會在這裡見到他三哥了。

棲遲聞言朝他看了過去，站起身，喚了聲「新露」。

新露自遠處過來，從她懷裡將占兒抱走了。

伏廷便對走近的羅小義道：「直接說吧。」

羅小義便沒迴避棲遲，放低聲音道：「有風聲說聖人近來有意立儲，要立的正是那么子，大概待其病一好便要下旨了。」

伏廷安插的眼線都是他所帶精銳中的斥候，以他們的能力，消息應該不會有錯。他問：「還有什麼？」

「又有個藩王出了事，還是遠離都城的。」

伏廷看向棲遲，卻見她蹙了眉，似在思索。

「可能我之前猜對了，」他說：「這個消息，加上先前聽說聖人疏遠邕王，又暗中除去其他藩王，看來是有心收攏皇權，傳給儲君了。」而且還收得很急。

棲遲是在思索這其中的關聯，抬頭說：「就算如此，又何須如此陣仗，如此時機？」不僅急切，還不擇手段，且要立儲還是趕在皇子病中，怎麼看，這都不是個合適的立儲時機。以往有那麼多時候，為何偏偏趕在這個時候做這些？

伏廷想了想說：「或許是不得不做，比如，有勢力威脅到皇位繼承。」

棲遲冷笑：「難道阿硯還能威脅到他的帝位不成？」

說到此處，她不禁看向伏廷，因為倘若聖人有這想法，只可能是因為如今的北地實力大增，而不是因為光州。

伏廷看見她的眼神，便明白她的意思。

臣握重兵，君必忌憚，這是自古以來的道理，沒什麼好奇怪的，這天下六大都護府，哪一個不被聖人忌憚。他一個軍人，只知保家衛國，行得端坐得正，聖人又能如何。

羅小義在旁聽著他們二人你一言我一語的，琢磨個大概，插了句嘴：「這消息可對世子的事有用？」

伏廷說：「也許是個機會。」

聽到他的話，棲遲稍稍收攏了心緒，心底那絲剛被帝王勾出來的寒意終是壓了下去。

聖人既有廢長立幼之心，必然會遭到朝臣反對，他要應對，便難以顧及其他，如此想來，眼下的安寧確實是個機會。

她想完又道：「可想讓阿硯安全，除非是能讓聖人自己放棄動他的心思。」

伏廷自然明白，當機立斷道：「無論如何，得先讓他回北地，就算真有難，也能以最快的速度出境。」

話音剛落，就見棲遲的臉有了些變化，她低語道：「我原本給他安排的退路，是特地避開北地的。」

伏廷抿了唇，毫不意外，她原本既然想讓他和占兒置身事外，自然會繞開北地，免得聖人追究起來拖累了北地。

他看羅小義一眼：「去看看李硯在哪兒。」

羅小義猜他是想單獨與嫂嫂說話，轉頭找人去了。

見他走遠，伏廷才回頭說：「妳可知妳先前那般作為，是把自己當作什麼？」

棲遲問：「什麼？」

「商人。」在他看來，商人圖的是最大之利，保全了他們幾個，的確是最大的利益，這不是商人是什麼。

他又道：「但如今不是在買賣場上。」

棲遲一怔，咬了下唇，軟聲說：「嗯，是我錯了。」

伏廷盯著她，沒話說了。

她這人歷來認錯乾脆，一旦覺得自己錯了便毫不拖泥帶水，連理由也不會為自己找一個，就由著他這麼說了。

棲遲的眼睛又看過來，瞄了瞄他，似嘆似笑：「若我還當自己是商人，那你便是我做的最成功的一筆買賣了。」

伏廷眼眸一沉：「妳這是好話還是壞話？」

「都不是，」她輕聲說：「這是情話。」

伏廷身體頓了一下，看見她臉上又有些紅了，但這句話她說得自然而然，每個字都砸到他心裡。

他低低說：「下次別在這種時候說。」

「為何？」棲遲眉頭輕輕一挑，心想還不是你自己挑起來的。

「我怕沒法和妳好好說正事了。」伏廷嘴角揚了一下，心裡仍沉甸甸的。

李硯過來時，就見姑姑和姑父相對站在鞦韆旁，離得很近，幾乎靠在一起，小聲地交談著，若非聽見內容，這模樣簡直說不出的親暱。

棲遲說：「你先前說邕王被疏遠了？」

伏廷回：「沒錯。」

她接話說：「那為何不用他一下。」

「妳想如何？」

「我想……」棲遲的聲音仍是低低軟軟的，卻透出一股涼意，「我想反刺一刀，哪怕不疼，也要叫他躲一下才好。」

李硯聽得一驚，棲遲已經看到他，招了下手：「來得正好，正要與你商議。」

他正了正色，走了過去。

伏廷開口就問：「你敢不敢悄悄潛回北地？」

李硯一愣：「姑父說什麼？」

「悄悄潛回北地，離開光州。」

他皺了皺眉：「可我要在此待命，一旦被發現，豈不是正好落了聖人想要的罪名？」

伏廷說：「理由我已為你想好，雖無法保你長久無恙，但短期內不會有事。」

李硯見他說得如此篤定，不禁看向棲遲。

棲遲神色如常：「這是緩兵之計，可也有風險，因此要問過你自己才能決定。」

李硯不知他們討論了多久，但這些皆是為了自己，點了點頭：「敢。」

他不在乎什麼風險，只要有機會在將來為父王雪恨，便都能一試。

長安城中，各坊之間，不知從何時起，忽然多了些流言蜚語。

據說朝中要變天了，各地藩王頻頻出事，乃是凶兆，皆因朝中要行長幼尊卑顛倒之事。

若是毀及天家聲譽的流言，是萬萬不敢有人傳的，但這種消息，不明說卻暗指，朝中到底是指大臣還是天家也很難說，藏頭露尾的反倒顯得更加神祕，很快便塵囂日上。

宮中含光殿，殿門緊閉，高臺石階下，好幾個大臣肅肅然等在外面，皆是來求見聖人的。

廢長立幼是大事，又惹了流言蜚語，他們不得不來進言。然而等到此刻，也沒有一個大臣被召見，反而殿內傳出帝王盛怒的聲音。

大臣們隱約聽見了，向來喜怒不形於色的聖人，竟罵了邕王一句。

眾人近來都有聽說，好似是說這流言最早是從市井買賣之處流傳開的，追其源頭，卻是從邕王那在外遊學的兒子口中傳出去的。

據說近來聖人疏遠邕王，眾人推測邕王是失寵之後口不擇言，才對兒子說起這些不能亂道的事來。

許久，一名小內侍捧著份奏摺快步進了殿中：「啟稟陛下，安北都護府，伏大都護的奏摺。」

殿門內良久無聲，而後是扔奏摺的聲響，那落地之聲聽來似有些頹唐。

伏廷上奏，與突厥作戰期間，光王世子隨軍出現在前線，且手刃了幾個突厥人，不慎染了突厥瘟疫，在體內潛藏了數月之久，直到他此次去府上探視才發現。

隨奏摺一同呈上的還有大夫的診斷結果。奏摺中又稱，所幸世子回光王府後從未接觸過外人，眼下只能封了光王府，命大夫加緊醫治，外人不得隨意進出。

此時的光州，羅小義已安排人馬，自小道上送走李硯。

返回時，他在光王府後門看見正在安排兵馬布防的伏廷，忍不住上前，與他低語：「三哥，這回可是欺君罔上啊。」

伏廷說：「我心中有數，都安排好了。」

用這做理由再好不過，中原之人對北地的瘟疫聞之色變，唯恐避之不及，瞭解得並不多。若有可能，他也不想行欺君罔上之舉，但陰謀當前還光明磊落，與蠢沒什麼區別。

羅小義還是不大放心：「畢竟不是長久之計，一旦聖人解決眼前立儲的困境，或是數月後過問起病情，總要給個結果不是。」

伏廷和棲遲商議時，本就是將之用作緩兵之計，為的不過是這拖延的一段時間，屆時要做何安排，再見機行事。

他忽然問：「你不奇怪聖人為何突然如此鞏固皇權？」

「我奇怪有何用，我又不知聖人是如何想的。」羅小義低聲道，實在是不敢多說聖人什麼，心裡卻是早已暗自腹誹過多次。

伏廷說：「若真有勢力威脅朝廷，或許與我們之前的事有關。」

羅小義一愣，看看左右，湊近道：「三哥是說那與突厥勾結的勢力？」

他頷首：「推測罷了。」點到為止，說完他便進了府門。

棲遲剛吩咐秋霜將商隊所購之物暫且壓下，走出房門，正好撞見他迎面走來。

伏廷換過軍服，綁著袖口，胡靴緊緊縛在腿上，走到跟前，看著她，轉了下手裡的馬鞭：「我該回去了。」

在光州無法久待，要做什麼應對都是在北地更為有利。

棲遲點頭，毫不猶豫地說：「我跟你回去。」

伏廷看著她：「我以為妳要留下做個樣子。」畢竟說起來她的姪子眼下正病著。

「我隨你走，」棲遲說：「以後你在哪裡，我便在哪裡。」

伏廷看著她，心頭如被戳了一下，大步走過來，抓起她的手，低聲說：「那就跟緊了我。」

自中原入了北地，一路深入，天轉涼，風也轉烈。

一片荒林裡，李硯身著北地軍士所著的普通胡衣，混在護送他的人馬當中，默默坐在樹下等待著。

趕了多日的路，他此刻一身塵灰，就連鞋面也快要看不出原本的模樣了。

等到午後，才見到一行人自遠處而來。

李硯抬頭看了過去。

一行皆是胡人，騎著馬挽著弓，有男有女，很快便到了林子外。為首的馬上坐著僕固京，後面跟著孫女僕固辛雲。

老人家下馬後快步走入林中，向李硯見禮：「世子久等了，請隨我入部中。」

他們早已接到大都護暗中遞去的命令，為免去麻煩，李硯如今不適合在瀚海府露面。僕固部居於邊境，又地處偏僻，正好可以讓他暫時落腳。

李硯起身，看了看他道：「還是別叫我世子了。」

僕固京雖不知詳情，但這些伏廷是吩咐過的，稱了聲「是」，改口道：「請郎君隨我們啟程。」

李硯跟隨他出了林子。

上馬時，僕固京見他一語不發，好端端的一個白淨少年，臉上卻露出無比深沉之色來，好心寬撫了一句：「郎君不必掛懷，不管是出了什麼事，都會過去的，你想想咱們北地不是也從困境裡走過來了嗎？」

僕固辛雲自恃比他大幾歲，也接了句話，少不得要帶著讚揚之心提一句伏廷：「祖父說得對，何況還有大都護在。不是說郎君連突厥兵都面對過了，又能有什麼比戰事更嚴重的。」

李硯只說了句：「走吧。」再無其他。

曾經他也以為面對過的突厥便是絕境了，如今更大的絕境卻是來自於他們世代效忠的天家，甚至也是與他血脈相連的親人。

數日後，瀚海府城外。

棲遲坐在行駛的車內，剛看完李硯叫人送來的信，知道他已在僕固部安穩落腳，才放了心。

占兒坐在她懷裡，伸出小手，從她手裡搶了信去扯著玩。

窗格簾布被掀開，伏廷看進來，瞄了占兒手裡的信一眼，問：「看完了？」

「嗯。」棲遲低聲說：「雖說是緩兵之計，但還不知朝局會如何變化。」

伏廷說：「多往好處想。」

棲遲竟覺得有些好笑，「你便是這麼安慰人的？」

他默不作聲地放下簾布。

棲遲以為這幾句話便這麼過去了。

隊伍已經入了城，穿過大街，熟悉的氣息又回來了。她此時才察覺，瀚海府的點點滴滴原來不知不覺間已在她這裡印得這麼深了。

馬車忽地一停，簾布又被伏廷揭起，他說：「下來。」

棲遲一怔，朝外喚了聲「秋霜」。

新露細心，被她以「照顧染病的李硯」為由留在光王府，只有秋霜隨她回北地。待秋霜進來接過占兒，她低頭出了馬車。

行將日暮，街頭上的人已少了許多，整條街顯得有些空曠。

伏廷一下馬就吩咐羅小義，要他馬上安排大夫去光州。

做戲得做全。羅小義配合得天衣無縫，馬上招手喚了兩個人跟著，要親自去醫舍安排，還要叫官署特地派專人送大夫去光州才行。

待他打著馬離去了，伏廷轉頭看向棲遲，指了下街邊：「那算不算安慰？」

棲遲朝那裡看了一眼，那是一間她名下的鋪子，離得尚有幾丈遠，但這城中她的鋪子哪有她不熟悉的，那是專賣精貴物什的。

她起先還站著看，接著才回味過來，不可思議地看向他：「你是要送東西給我不成？」

伏廷「嗯」了一聲，低頭看過來：「怎麼，不算？」

棲遲是驚訝罷了，心裡回味了一下，想著他這舉動分明與他們先前的話題風馬牛不相及，便猜他可能是早就想著了。

「嗯，不算，」她小聲說，「還不都是我自己的東西。」

伏廷覺得這話也沒錯，嘴角一扯，道：「妳要換別家也行。」

「那豈不是便宜了外人。」棲遲說到這裡，心中倒真有些輕鬆了。

這麼長一段時日都不大好過，阿硯的安危，哥哥的仇，無一不壓在心裡，現在被這樣一打岔，難得的暫時放到腦後了。

伏廷看著她：「那妳想要什麼？」

在她房裡看到那堆帳冊時，牽連起那個珠球，他就想著是不是該送個像樣的東西給她，現在發現竟成了件難事，以她的財力，大概什麼稀奇精貴的都見過了。

棲遲想了想，朝來路看了一眼：「還記得當初在佛寺裡，你我未曾點過的那盞佛燈嗎？」

伏廷回憶了一下：「記得。」

「我想要你陪我去點上。」棲遲的聲音輕得只有他一個人能聽見。

也不清楚怎麼就想到了，寺廟在城外，而他們已經入了城，日頭也已西斜，聽來有些任性而為。

伏廷看著她黑白分明的一雙眼，很乾脆地點了頭：「上馬。」

隊伍先行護送占兒回去，棲遲坐上伏廷的馬，只有他們兩人走這一趟，來去更方便。

伏廷握著韁繩，將她擁在身前出城時，眼睛又看見她脖子上掛著的那個珠球，想到她先前那句「還不都是我自己的東西」，忽然記起當初買這東西的地方也是她的鋪子。

「這個，妳當初是故意的？」

棲遲輕輕「嗯」了一聲：「叫你發現了。」

他只覺得好笑，難怪賣得那麼便宜。

佛寺這時候已經沒了香客，寺中正在做晚課。

他們下馬入了山門時，仍是住持親自過來作陪，引著他們去了點佛燈的地方。

佛堂裡燈火跳躍，蓮花型的佛燈簇擁在一處，一盞接一盞，好似一片燈海。

棲遲站在那裡瞧見了當初為哥哥點的那盞佛燈，仍好好地擺在當中，轉過頭，住持已經將剛做好的燈奉了過來，請他們自便，隨後便退出佛堂。

她端在手裡，看了上面貼著的字一眼，畢竟是北地之主，他們刻意沒寫名字，只寫了彼此的姓氏，一個伏，一個李，挨在一處。

目光自那個「李」字上掃過，她忽地笑了一下，捧著往上放，踮著腳，想放在哥哥的那盞燈旁邊。

伏廷握住她的胳膊，免得下面的燈火燎著她的裙擺，另一隻手一伸，接過那盞燈，輕而易舉地放了上去，看向她：「笑什麼？」

棲遲說：「笑我竟然是姓李的。」

明明是宗室出身，卻早已沒有了宗室該有的尊榮，如今看見她哥哥的佛燈，便想起眼下境況，叫她如何能不笑。

伏廷知道她在想什麼，聲音低沉沉地道：「妳若不姓李，現在就不會與我一起站在這裡了。」

棲遲的眼睛從燈上轉到他臉上，對著他的視線，心裡一陣脹脹地發麻，抬手撫了下鬢邊的髮絲，輕輕點頭：「嗯，你說得對。」

那絲剛冒出來的不甘，被他的話撫平了。

從佛堂裡出去時，天已黑了下來。

伏廷在山門外將她抱上馬，翻身坐到她背後，問：「就這樣？」是問她還有沒有其他想要的。

棲遲說：「這只是我忽然生出的主意罷了，細想一下，此時阿硯正當病著，你我竟還跑來點佛燈，竟有些傻氣了。」

「做完了才說傻氣，未免晚了。」

她笑了笑，故意這麼說的罷了。

伏廷握韁，策馬而去。

回到都護府，羅小義已辦完事情來府上覆命了。

眼見棲遲臉上帶笑地去了後院，他在前廳外問伏廷：「三哥這是特地帶嫂嫂散心去了？」

伏廷心想也就補了一件當初沒做成的事，算什麼散心，低聲道：「後面還不知會如何，至少讓她好受些。」自去了洛陽至今，出了這事，她都多久沒露過笑了。

羅小義不免想到光王府的現狀，有些唏噓。

伏廷忽然說：「你記得讓曹玉林儘快來見我。」

羅小義還記得他先前說過的話，一下嚴肅起來：「放心吧三哥，阿嬋指不定早帶著消息在等你回來了，我去傳個信。」

剛轉身要走，伏廷揪著他後領，把他拽了回來：「記的帳呢？」

羅小義想起之前他還要過一回，後來被入都的事一打岔，竟忘了，如今又提起，才記起這事：「嫂嫂的花銷是不是？我這便去給你取來。」說著真馬上去取了。

棲遲先去看了占兒，他已在乳母那裡睡著了。

剛回到房中，秋霜從外面快步走了進來，小聲稟報：「家主，大都護方才親自來問奴婢，您在北地存錢的櫃上是哪一家，也不知是不是奴婢想錯了，總覺著那是要給您錢的意思。」

棲遲險些想偏，他是非要給自己送些什麼不成？再一回味，她才明白過來是怎麼回事。她遣退秋霜，出了房門，一直走到書房門口，剛好見到羅小義離去的身影。

伏廷在書房裡站著，一隻手在扯著軍服袖口上的束帶，眼睛盯著桌上攤著的一本冊子，察覺到她進來，抬頭看了過來。

棲遲走到他身側，只掃了一眼便認了出來，她見過的，那本羅小義記的帳本：「這時候你還顧著還我錢？」

伏廷正是怕後面顧不上才想現在給她：「本就是妳應得的，我要是言而無信，還算什麼男人。」

棲遲看了看他的側臉，桌上點著燈，燈火將他突出的眉骨描摹出來，鼻梁是高挺的一斜。她垂眼看著他搭在桌沿的手指，說了實話：「其實我從未想過要你拿錢回報，我那時候想要的，本就不是錢。」

伏廷早就一清二楚，那又如何，她確實在他身上花了錢，他也親口說了要擔著。

「還說這個做什麼？」他扯了扯嘴角。

「這是我欠你的，」棲遲靠在桌邊看著他，頓了頓，低聲說：「我欠你一句真心話。」

伏廷眼睛看了過來，手上忽然將那本帳本一合，隨手扔開，抓住她的手。

棲遲被他拉到懸掛地圖的木架前，架頂橫木上綁著捲起的北地地圖。

伏廷伸手在上方一扯，地圖垂下，「唰」地一下展在眼前。

北地廣袤的疆域在眼前一覽無遺，他抬手指了一下，說：「今後北地八府十四州，凡我伏廷名下所有，皆歸妳李棲遲。」

他轉過頭，看著她：「這是我還妳的。」

棲遲心頭震動，忽然間覺得自己什麼都得到了。

第三十六章 入都兵諫

曹玉林沒兩日便來了都護府。

正值午後，屋外有了明顯的寒風，書房的門緊閉，屋中待了四個人。

曹玉林穿著熟悉的黑衣，坐在條形的小案旁，身旁隔了一人肩寬的距離，坐的是羅小義。

二人對面，並肩坐著伏廷和棲遲。

四人眼前的案面上，平鋪著一張羊皮所繪的榆溪州地形圖，是當初作戰時常用的地圖。一旁茶湯剛沸，屋中滿是茶香。

棲遲手指撥了下面前的茶盞，覺得眼前氣氛前所未有的凝重。

「三哥的判斷沒錯，」曹玉林說：「這麼久的查證，當初導致突厥能自後方進入榆溪州的癥結，的確就出在其他都護府上。」說完她伸手在地圖上指了一下。

那個位置，正是榆溪州側後方，描著道崎嶇的分界線，界線一側是榆溪州，是北地，另一側屬於搭界的都護府——單于都護府。

羅小義頓時怒喝：「還真是他們！」

在幾大都護府裡，單于都護府不算大，僅有幾州轄境，但全民皆兵，並不是泛泛之輩，只因這是當初天家安置突厥一支的所在。

早年突厥分裂為兩脈，一脈被當朝太宗皇帝所滅，其部下百姓被安置在這一帶，建立了單于都護府。而另一脈，則成了如今的突厥。

算起來，他們遠比僕固部與突厥之間的血緣還要親近，可細想卻又古怪，因為兩脈早已分裂多年，彼此仇怨積深，根本沒有合作的可能。更何況歸降朝中多年後，他們早已融入當朝邊疆各族之中，與朝中往來密切，反而與現今的突厥實在牽扯不上什麼關係。

所以雖然伏廷戰時就已想到，且矛頭都指向他們，羅小義也從未大咧咧開口就直說是他們，每次說起來都是以「其他都護府」替代，直到如今曹玉林花費這麼長的時間將之坐實。

「他們是蠢了不成？」羅小義又罵道：「一旦敗露了可是天塌下來的大罪，大大方方地反了去跟突厥都比這樣來得強！」

曹玉林道：「所以他們本意未必想反，而是受了指使，才會與突厥合作。」說完，她從袖中抽出幾樣東西，推到伏廷跟前。

是她領著人潛入單于都護府中搜集來的，陌刀轉手的證據，突厥自其境中而過的路線等等。

伏廷心裡有數，那批流去突厥軍中的陌刀數量不多，因為單于都護府畢竟不是抗敵前鋒，本身所有也不多，他們當時給突厥的或許更少。最底下的是一份暗文消息，記下曹玉林此番探得的最重要的消息。

他翻看完，臉色沉了下來：「看來被我說中了。」

曹玉林說：「這是最難查探的地方，耗費時日也最多，如今只能斷定，突厥是先與朝中勢力勾結，再使此勢力慫恿施壓單于都護府，為突厥開了方便之門。」

羅小義聽到伏廷那句「說中了」，心裡就咯噔一聲，再聽曹玉林所言，果然突厥勾結勢力與朝中有關，心裡實在不忿，脫口就道：「咱們這算什麼？對付突厥還不夠，拼死拼活地擋在國境前，後方還給咱們使絆子！榆溪州的那些將士，這些年哪個不是熬著口氣過來的，無非就是想要殺敵報國，親眼看著北地再站起來。還有三哥那些近衛，哪個不是咱們當兄弟對待的，結果被這麼害了！可恨……」他越想越來氣。

曹玉林看了他一眼：「你不能指望所有人都跟北地將士一樣，這世上不是誰都想著家國大義，多的是利慾薰心之人。」

棲遲轉頭去看伏廷，她聽得出來，突厥能與朝中勢力勾結，如今朝中局面不可能與其沒有關聯，形勢遠比想像的還要嚴峻。

伏廷看了看她，從案下伸手過來，抓著她的手握了一下，不輕不重的一下，彷彿在暗示她安心。

曹玉林留心到棲遲的神情，又說了些查探到的邊末消息，便起身告辭，臨走前看了羅小義一眼。

羅小義會意，忍了一肚子的悶氣站起來，朝伏廷抱了個拳：「我也走了，那群突厥人盡使陰招，我得去軍中一趟，就不打擾三哥和嫂嫂了。」

兩人先後出了門，伏廷剛轉頭去看棲遲，她已靠過來摟住他的脖子。

伏廷手在她腰上一托，抱著她坐在自己身上。

棲遲勾著他的脖子，貼著他的臉，悶悶地問：「你不擔心嗎？」

事情已越來越糟，牽扯了立儲，又是突厥，她有預感，朝中隨時會有變化。

伏廷擁著她，觸到她的鼻尖，嗅到她身上熟悉的淡香，低聲說：「擔心沒用，他們招已經使了，只能迎頭上。」他想寬慰她，於是又加了一句，「至少我們瞭解情形。」

棲遲點了點頭，臉偏過去，靠在他肩上。

她原以為這只是光王府的事，卻原來他們都是局中人。這條路，最終她還是會和他一起走。

自書房裡出來，風又寒了一層。

棲遲轉頭看向伏廷，他就跟在她身後。

「朝中那股勢力來自誰，你可有目標了？」她輕聲問。

伏廷說：「不太確定，還需再等一等都中消息。」

棲遲想起聖人所為，臉上露了絲涼笑：「倒好似在幫他似的。」

伏廷自然聽出她口中說的是誰，語氣未變：「放心，最終都是在幫我們自己。」

棲遲不禁又看他一眼。

廊上就在此時快速走來一名近衛，剛到跟前便低低喚了一聲「大都護」，稟告說：「都中剛送到新消息。」

棲遲立時轉頭看過去。

伏廷看了她的神情一眼，朝近衛伸手。

近衛立即將一支細竹管雙手呈上。

伏廷就在原地抽出了管中布條，展開看完，轉頭再看向棲遲，一雙唇忽然抿得很緊。

棲遲覺出異樣，頓時問：「怎麼了？」

他壓著聲音說：「都中生變了。」

都中因廢長立幼的事鬧得沸沸揚揚，朝堂之上也是暗流洶湧。

至今沒個結果，那位皇么子的病未痊癒，反而在病榻上離了世。

聖人大慟，加上宮中流言四起，疑心是皇長子不滿暗中加害所致，盛怒之下對其逼問。

皇長子殿上喊冤，多年積怨爆發，與聖人生出口角，竟當場觸柱相抗，結果失血過多，不治而亡。

一時間聖人連失兩子，國失儲君。

這樣的大事，用「生變」再合適不過了。

然而遠離中原，地處邊疆的北地並無太大感覺，都護府中一片平靜。除了伏廷當時將這消息燒了之後即刻出了府，其他幾乎毫無變化。

又至午後，棲遲在房中看完了新露自光王府內送來報平安的消息，又看過李硯新寫來的書信，自窗邊往外望。

遙遙往南，朝著中原方向的大片穹窿陰沉，日頭深隱，似沖不出來，給雲邊描出了發白的邊線，雲堆如湧，墨一般的沉。

她不知道此刻的長安宮中是不是也是這般。

「國之不幸。」她嘲諷地自語一句。

以往只有天家讓別人斷了傳繼，如今，竟然輪到他自己頭上。不知道這算不算是他的報應。

秋霜站在一旁，謹慎地看了看左右，見房門關著，才小聲稟告：「家主，自長安鋪中送來的消息，事情剛出沒多久，最近進出長安的貴人好像是變多了，掌櫃打探了一下，都是往宮中去的。」

「也不稀奇，」棲遲想了想說：「一定是為著立儲的事了。」

她又往深處想了想，忽然覺出一絲隱憂，手指輕輕搭住窗沿。

這種情形，勢必會起紛爭，也不知會不會波及阿硯，萬一聖人越在此時越覺得他有威脅，那就難辦了。

外面腳步聲迅速，她轉頭看出去，是伏廷自外回來了。

伏廷一身軍服緊束，身後跟著羅小義。

「三哥，這緩兵之計怎麼緩出這麼個狀況來了？」羅小義邊走邊說。

他起先因著曹玉林送來的消息著實氣憤難當，連著數日無處排解，忽地聽聞這巨變，現在連氣憤都顧不上了。

「你何不自己去問聖人。」伏廷頭也不回地說。

羅小義被這話一噎，竟找不出話來接，仔細一想也是，如今這情形看似突然，歸其癥結，的確與聖人的作為脫不開干係。只能說那些身在高位的事，他實在看不明白。

伏廷走到拐角，將馬鞭塞入腰間，轉頭站定，吩咐說：「留心著光王府的動靜，隨時來報，再讓曹玉林帶人監視單于都護府的動向。」

羅小義應了聲「是」，轉身走了。

轉過拐角，棲遲正在柱旁等著，身上襦裙曳地，束著纖細的腰肢，臂彎裡挽著的一條粉白披帛被廊前的風吹飄逸翻飛。

伏廷走過去，一時不知該說什麼，抓了她露在外的手，覺得涼冰冰的，用力握了一下：「回去吧。」

棲遲反握他的手：「你怎麼不與我說說這眼下的境況？」

伏廷嘴角露出一絲笑：「沒什麼好說的，哪怕天家已經將自己逼入了絕境，我也不會讓妳入絕境。」

棲遲原本不是要說這個的，她是想來問他的情形，順便將收到的消息告訴他，卻被他這一句話弄得沒了言語，只有手指自發自覺地動著，一根一根地穿插過他的手心，交握住，觸到他掌心裡習武留下的厚厚一層繭。

伏廷看著她，覺出她這點小動作裡的心不在焉。

棲遲抬了一下眼，低語：「被你打斷了，我都不知說什麼好了。」

天家如今的確是把自己逼入了絕境，但有他在，她確實是永遠也入不了絕境的。

接連的快馬踏過瀚海府的長街，不斷送來各處最新的消息。時已入夜，又有人入了都護府。

伏廷習慣性淺眠，忽地睜開了眼睛，看了身側一眼，棲遲臉朝著他，還在睡著，只是睡得不太好，床前一盞燈火照著她的臉，即使睡著了，她的眉心仍微微地蹙著。

他拿手指按上去揉了一下，見她眉目舒展了一些，才下了床，拎了外衫在身上一披，走出門去。

剛出後院，迎面已有人快步而來。

貼身近衛領著個黑衣斥候匆匆過來，見到他就道：「大都護，出事了，單于都護府動兵馬了。」

對他們而言，都中的事太過遙遠，附近的都護府動了兵馬這類事才是頭等大事。

伏廷看向斥候，對方已撲通跪了下來，急切地稟報了一番——

單于都護府忽有了動靜，大隊兵馬離開地界，所往似是都中方向。曹玉林與帶去監視的人險些被發現，多虧及時隱去暗處，才沒有暴露。

「多虧曹將軍反應機警。」斥候低聲稟告完。

「現在如何？」伏廷問。

「曹將軍領了少數人馬一路追蹤而去了。」

伏廷眉心皺了一下，鬆開，到了動兵的這一步，便說明那股勢力有動作了。他沉思一瞬，下令道：「傳令軍中，留心邊境，小心突厥。」

「是。」近衛與斥候迅速退去。

伏廷正要回去，一轉身看見站在身後的人影，身披衫裙，窈窕如柳地倚在柱旁，臉朝著他的方向，夜風吹著，半明半暗間，她眉眼輕魅。

他走過去：「被我吵醒了？」

棲遲搖頭：「本就睡不好。」他不在，她更睡不好，一會兒工夫就醒了。她看了近衛和斥候離去的方向一眼，想起剛聽見的話，「你覺得突厥會有動作？」

伏廷說：「既然這頭有了動靜，要防著他們裡應外合。」

棲遲看他剛才下令迅速果決，猜他早就料到這一層了：「皇長子剛沒了，單于都護府緊隨其後有了動靜，倒像是掐好了時機。」

伏廷手在她肩上一扣，帶到身旁，攬著她往回走，明白她的意思，她是想說那勢力或許與皇長子有關。

確實，聖人有心傳位么子，身為皇長子多年受打壓，若說沒有半點不甘不大可能，否則又豈會有殿上血濺三尺的事發生。

以聖人心機，那場盛怒逼問，到底有多少是出於懷疑長子迫害么子，還是出於更深的緣由，都很難說。

不過皇長子畢竟久居深宮，若無他人聯結，很難與突厥勾搭上，所以這股勢力必然有其他人，那才是與突厥真正走動的禍害，不然此時單于都護府再動作又有何意義。

「我只覺得此人並不高明，」他說：「否則就不會讓聖人有所察覺了。」

這些早已想過了，到了房門口，站定了，又低頭說：「我要出去一趟。」

到這一步，他得即刻去做安排了。

腳剛動，棲遲忽然攀住他的胳膊，她近來常會有這動作，他身形高大，只要攀著他，便好似分外心安。

伏廷看著她搭在臂彎裡的兩隻手，順勢按住，將她帶入門裡：「怎麼？」

棲遲看著他的臉說：「其實我原本安排商隊私運了生鐵冶兵。」

伏廷黑漆漆的眼眸一動，沒想到她會忽然說這個。

「但我一直壓著沒動。」

那是自然，若是動了，一入北地，他少不了要知道。伏廷問：「妳想說什麼？」

棲遲輕聲說：「因為我知道一旦動了刀兵，哪怕是出於自保，也沒有回頭路了。」

伏廷聽出弦外之音，嘴角提了一下，點頭：「我明白。」

她垂眼，攀他的手指輕輕抹過他臂彎衣袖的褶皺，又抬起眼來看著他：「不過無妨，沒有回頭路的路，我也會隨你一起走。」

他聽見了她的決心，握著她的手指，好一會兒才放開說：「等我回來。」

北地一片風平浪靜的時候，軍中卻已是數日的燈火徹夜不熄，因為伏廷入了營。

天剛濛濛亮，一隊人馬疾奔回營。

曹玉林從馬上下來，風塵僕僕地走入中軍大帳，向帳中立著的人抱拳：「三哥，單于都護府果然往長安方向去了，一路沒有暴露兵馬身分，揚言是率隊入都為皇子奔喪，現在停在邕州地界。」

伏廷眼神霍然掃向她：「邕州？」

「是。」曹玉林臉色認真，加重語氣，「千真萬確。」

伏廷驀地冷笑一聲：「就憑他？」

曹玉林停頓一瞬，一張臉木木的沒什麼表情：「憑他不行，始作俑者，必然還是阿史那堅。」說出這個名字時，她的聲音也是木的，忽然朝帳門看了一眼，閉了嘴。

羅小義從帳外小跑著衝了進來，腳下還沒站穩就道：「三哥，光王府真出事了！」

伏廷面沉如水：「說。」

「邕王派人去光王府查探世子病情，口口聲聲說是奉聖人命令，卻無聖旨，被你安排的人攔住了。」他看了曹玉林一眼，接著說，「據說臨走還放了話，要回都去向聖人告狀。」

伏廷冷臉不語，連患了瘟疫都不能放心，就如此急著將李硯除去。他轉頭看向掛著的地圖，目光從單于都護府的位置掃向邕州，又掃到長安，心裡透亮。

就在此時，又有兩匹快馬馳入營地。

自都中傳信而來的斥候入帳來報：「大都護，聖人因連受刺激而病倒，近來朝中人心不穩，已開始催立皇儲。以屬下快馬加鞭趕回報信的這些時日來算，聖人大概就快要有決斷了。」

伏廷眉目沉冷地走動了兩步，幾個消息撞在一起送過來，到底怎麼一回事，已經昭然若揭。邕王，竟然是邕王。

他看曹玉林一眼：「將因由寫入奏摺，遞送入宮。」說著又看羅小義一眼，「派人去僕固部一趟。」

話音未落，他已朝外走去，出了帳門，赫然一聲令下：「點兵！」

羅小義聞聲悚然一驚，忙追出帳去。

僕固部裡，李硯剛走出胡帳，就見到一隊人馬自遠處風馳電掣般飛奔而至，看樣子是徹夜不休趕來的，馬是新換過的樣子，人卻是勞碌不堪。

一時間部中其他人被吸引出來，僕固辛雲扶著僕固京的胳膊從中間的胡帳裡走出來觀望。

李硯已提著衣擺快步朝著草場那頭走去。

到了跟前，馬上的人翻身下來，向他抱拳見禮：「奉大都護令來向世子傳訊。」

李硯見是姑父身邊的近衛，立即打足了精神，甚至算得上是全神戒備：「請說。」

近衛道：「大都護有言在先，請世子知悉如今情形，而後再自行做決斷。」

李硯愈發覺得事情嚴重，鄭重地點了點頭。

都護府內，棲遲坐在房中，緩緩揪起手中的信函。

新露新送至的信中提到光王府上出的事，晚了好幾日。如她所料，儲位的事波及李硯；卻又出乎意料，下手的不是聖人，而是邕王。

這種時候他這麼做，無非是確認李硯是否還有威脅，可見他是急著要讓李硯出事，甚至是沒命，那便是為了皇位了。畢竟李硯的背後還有伏廷。

就憑他？棲遲滿心嘲諷，以邕王為人，且不說無才無德，還沒做上帝王就已如此囂張行事，又與光王府有前怨，甚至與安北都護府也有嫌隙，若真做了帝王，豈非第一個就拿他們開刀？到時候損害了誰，又便宜了誰？這種小人，做藩王已是奢侈，竟還妄想做帝王。

但她轉念一想，在已被聖人疏遠的情形下，又有先前散播他的不利之言，都還能再度接近聖人，他是背後有支撐不成？

外面分明有著明晃晃的日頭，卻又寒風四起，風中忽然傳來熟悉的腳步聲。

棲遲立即收斂心神，起身提了裙角朝房門外走去，一出門，果然看見多日未見的伏廷。

他的軍服臂上綁了皮護，腰後負刀，一臉整肅的表情，看到她眼神一動，臉頰不再繃著，腳下快了些。

棲遲看著他到了跟前，打量他這身裝束，覺出異常，連語氣也慎重起來：「是不是因為立儲的事？」

伏廷原本還在想怎麼開口，但她比他想得要敏銳得多，點頭說：「是。」

棲遲心裡一緊，他這模樣，說明又有變化了。

後院外忽有齊整劃一的步伐聲踏過，她站在廊邊看了一眼，這聲音已聽得不陌生，是行軍的腳步聲。她看著伏廷：「這是做什麼？」

院外陡然插入一道聲音：「大都護，急報！」

伏廷看了看她：「先等著。」

棲遲目送他轉身去了院外，心裡忽然生出濃重的不安。

從後院外至都護府大門，整個府上前院多了數倍的將士。

伏廷走到前院，曹玉林黑衣颯颯地立在院中。

她剛從大門口方向走來，帶來的是最新的消息：「三哥的奏摺被攔了，聖人臥榻，已至耳目閉塞，連單于都護府的人馬已快至洛陽也顧不上了。」說到此處，她黝黑的臉上一片生冷，「有他們出面支持，如今又宗親藩王凋敝，兩位皇子也沒留下後人，聖人似被說動了，以血緣親近為由，大概是真準備立邕王了。」

伏廷面無表情，唯有眼寒如冰，手在刀柄上一握：「小義！」

羅小義聞聲而至，風一般地跑過來。

伏廷下令：「按計劃行事。」

計畫是他在軍中點兵時就安排好的。共點了兩支精兵，一支由羅小義率領，再領數位副將協同，去邊境防範突厥；另一支則由他親自率領，隨時出發。

羅小義身上連甲冑都穿好了，但左思右想，還是湊近他耳邊說了句：「三哥，各大都護府從來都是對皇權紛爭繞著走的，單于都護府自己要蹚這渾水，咱們真要走這一步嗎？」

伏廷冷聲說：「照辦！」

羅小義一聽他的語氣，當即正色抱拳，臨走前掃了曹玉林一眼，忽然又朝伏廷身後看去，曹玉林的目光也跟著看了過去。

伏廷轉過身，棲遲已經站在他身後。

他一言不發地抬了下手。

羅小義匆匆離去，曹玉林往外迴避，周圍將士也全退出府外，頃刻間前院中人走得乾乾淨淨。

棲遲的眼神定定地落在伏廷身上：「你這是打算阻止聖人立邕王？」

伏廷手指緊扣著刀柄，抿了下唇，頷首：「我不會讓他坐上那個位子。」

棲遲看了他緊握的刀一眼，覺得先前所言已成現實，眉心細細地蹙起來，大概連她自己都沒察覺：「可聖人若執意立他呢？」

雖然邕王無才無德，但他的確與聖人血緣親厚，萬一聖人鐵了心就是要立他呢？她眼光來回動了動，似已明瞭：「你難道……」

「對。」伏廷看著她，「李氏宗親不是只剩他邕王一家。」他忽然轉頭看了一眼。

棲遲順著他的視線看過去，李硯自大門方向走來，一身胡衣，半散髮辮，若非膚白，乍眼一看就是個胡人少年。

她緩緩看向伏廷，說不出話來。

李硯走到她面前：「姑姑，這是我自己的決定。」近衛將前因後果已與他說明，讓他自行決斷，他當日便隨近衛趕去軍營。

「姑姑，妳往好處想想，」李硯怕她擔心，找著措辭安慰，「只當……只當我們有機會為父王報仇了，也有機會拿回爵位了，還不只，不是嗎？」

棲遲臉上神情變幻，許久才說：「你可明白其中風險？」

「明白，」李硯握著拳道：「姑父早已言明，這是我自己選的路。」

棲遲抿住唇，眼睫輕輕顫了顫。

伏廷伸手在李硯肩上一按，朝他遞了個眼色。

李硯會意，看了看棲遲，合上唇，往府門走去。

伏廷回過頭說：「妳放心，我都已安排好了。」

棲遲忽然想起什麼，看過去：「你安排的就是這些人馬？」

伏廷看她的眼神沉定：「我走後妳就待在府上，倘若有失，就說妳是被我挾持的，對此並不知情，能拖延一刻是一刻。」

「你說什麼？」棲遲不可思議地看著他。

伏廷嘴一抿，接著說：「然後妳就按照事先為李硯準備的路線帶著占兒離開，此後就讓占兒隨妳姓。若有不測，我也會及時安排李硯去與妳會合。」

棲遲胸口起伏：「你這樣與我當初有何分別？」

伏廷腮邊咬緊，側過身：「這只是權宜之計，我沒打算撇開你們，但這事我不得不做。」

棲遲看著他的模樣，感覺他隨時會走，走後會有各種難測的風險，心中似被重重地撞了一下，陡然衝上去，從後面一把抱住他：「不，你不能去。天家從未對我公平，你就是天家給我唯一的公平。我什麼都不要了，你不能去，阿硯也別去……」

伏廷按著她的手，覺得她的手微微發抖，手指發涼，從未見過她這樣，就連她自己要去涉險時也從未這樣過。

他咬緊牙關，終是狠心拿下她的手：「這不只是為了妳，也不只是為了李硯，單于都護府支持了邕王，我決不能讓一個跟突厥勾結的人上位。」

棲遲怔住，臉色發白地看著他，邕王的背後居然是突厥……

曹玉林說得對，這樣的計畫決不是邕王能謀劃出來的，一定是阿史那堅。不管他們是如何勾結上的，邕王在其中又充當了怎樣一顆棋子，突厥都必會要求回報。回報在哪裡，伏廷最清楚。羅小義說這是皇權紛爭，實際上早已不是皇權紛爭。

「聖人最好別立邕王，否則我只能兵諫，扶立李硯。」他鬆開她的手，大步走向府門。

棲遲追了上去，到了門口，他已下令合上府門。

剛要邁腳追出門，曹玉林進來，擋住她：「嫂嫂恕罪，這是軍令。」

棲遲的視線穿過包圍嚴密的人馬，落在他的背影上：「伏廷，你敢關我……」

伏廷忍著沒有回頭，翻身上馬：「關府！」

府門在眼前轟然合上，外面馬蹄遠去。

四下歸寂，只餘風聲。

第三十七章　塵埃落定

午後的斜陽拖在窗外，房間裡晃著小小的人影，時不時冒出一個單字的音調。

棲遲坐在房中，轉頭看過去。

占兒身上穿得厚厚的，裹得圓滾滾的，邁著小腿，張著小手，搖搖晃晃地朝她走了過來。

快到跟前時，她張開雙臂，將他接住了。

秋霜在一旁護著，擠出笑來說：「家主妳看，小郎君這麼快就會走路了。」

棲遲點了點頭，沒有說話。

秋霜今日特地將占兒抱到她跟前，本意是想讓她好受些，卻不見她開口，也不知還能說些什麼，只能默默垂了頭，退出門去了。

等她走了，曹玉林自門口現了身，看著房中的母子二人，好一會兒才說：「三哥正趕往洛陽，目前順利，請嫂嫂放心。」

棲遲朝門口看了過去，外面的消息她仍能時不時地收到，只不過被守得嚴密，無法出門。

「他讓妳這麼寸步不離地守著我？」

曹玉林一板一眼地回：「是，嫂嫂見諒。三哥吩咐過，如有不利，就讓我護送嫂嫂退走。

以嫂嫂的身家，他日就算身在境外他國也照舊可以過得很好，如此他才可以全無後顧之憂地去博這一回。」

棲遲手上扶穩占兒，反反覆覆地將那句「全無後顧之憂」在心裡過了兩遍，唇邊輕動，想笑，卻又笑不出來：「確實，以我的身家，在任何地方都可以過得很好，只是那時候已成什麼境況，誰也不知道。」

曹玉林一直觀察著她的臉色，儘管不忍，猶豫了一下，還是說：「就算如此，我也無法讓嫂嫂出府。」

棲遲盯著她，不想放棄：「阿嬋……」

「對不住嫂嫂，」曹玉林直接單膝跪下，垂首抱拳，生生打斷她的話，「軍令如山，哪怕嫂嫂拿出縣主之尊來威壓，我也只能冒犯。」

棲遲霍然站了起來，就連身旁扶著椅子站著的占兒都仰著小臉朝她看了過來，嘴裡支吾出一個字音來。

然而曹玉林只是跪著，不為所動。

她手指緊緊捏起，盯著曹玉林的模樣，許久，臉色忽又緩和了。是覺得沒有必要，這是伏廷的命令，曹玉林身為軍人，只會遵從，何苦為難她。

「好，那我就不出府。」

曹玉林聞言立即抬起頭，黝黑的臉上沒多少表情，心裡卻很意外，似在確定她這話的真假。

棲遲說：「我可以不出府，甚至他日真出事了，也可以帶著占兒走，但現在還沒到那步，我總不能就這麼眼睜睜地看著。」

如果只是為了他們自己，她的確情願他不去冒這個險。要阻止一個小人，卻要冒天下之大不韙，他明明是個英雄卻要背上反叛的罪名，甚至擔上付出性命的風險。若是那樣，她真的情願什麼都不要。

但這是為了北地，為了家國，他說出實情的那一刻，她便再也無法阻攔。既然不得不為，她也不能只在這裡等著結果。她早說過，沒有回頭路的路，也會隨他一起走。

曹玉林有些明白她的意思了，從地上站了起來：「嫂嫂只要不出府，想做什麼，我一定照辦。」這也是三哥的意思，他並沒有說過嫂嫂什麼都不能做。

棲遲聽到這裡，才算好受些，他是不想讓她明面上參與，更不可能將她帶在身邊，但也僅此而已。

「那妳替我傳個信給他。」

「嫂嫂要傳什麼？」

棲遲將占兒攬在懷裡，在桌邊坐下，一隻手拿了筆，就著紙寫了幾行字，遞給她：「他看了就會明白，不知是否有用，但或許可以一試。」

曹玉林走過來，接在手中看了一眼，便知道意思了：「嫂嫂是在幫三哥，他自然明白。」

棲遲沉默地坐著。

兵諫這樣的事，靠的是強兵鐵腕，這種時候，她能做的也就只有這些了。

距離洛陽城外百里，伏廷的人馬刻意在此駐紮。

一路上所有人扮作尋常百姓，藏匿兵器，分批行進，直到此處聚集後才停，而後便暗中留意著單于都護府兵馬的動靜。

東都洛陽是一道關卡，不會輕易過去，過後便是長安，否則單于都護府也不會止步於此。

天剛泛白，伏廷只帶了幾人，一路疾馳，入了洛陽城。

街心剛被灑掃過一通，街上店鋪大多剛開。

快馬一行馳至一間茶舍外，伏廷下了馬，目光掃過門內懸著的魚形商號木牌，走了進去。

踩階而上，到了樓上獨間的茶室裡，早已有人等在那裡。

那人一身水藍錦緞繡雲紋的圓領袍，在窗前站著，轉過身來，一身清貴，臉上神情卻有些微的侷促：「伏大都護此時出現在洛陽，似是不該。」是崔明度。

伏廷來時特地換下身上的軍服，同樣著了漢式的圓領袍，青衫寬大。他拿著馬鞭在衣擺上拍去路上灰塵，衣擺隨手掖去腰後，眼睛看過去：「似是？那便是該了。」

崔明度搭手向他施禮：「恕在下失言，應當直說不該。」

伏廷與他隔了一兩步的距離，比他高出一些，看他時眼簾微垂：「河洛侯不必拐彎抹角，你覺得我不該來，難道是認為邕王值得被立？」

崔明度搭著的手垂下去，過了一會兒才道：「邕王雖品行不足，但畢竟是聖人的親姪子，且已有後，在如今急需皇儲穩定民心的情形下，若真被立也情有可原。」

「一個能與突厥勾結的人，又何止是品行不足。」

崔明度一愣，出乎意料地看了他一眼，眉心皺起，似是思索了一番，再開口時，又是文雅的溫文之態：「若真如此，聖人自有決斷，身為下臣，唯有遵從，不敢多言。」

伏廷沉聲說：「若河洛侯真這麼想，當初又何必在這裡與我夫人多言。」

忽來這一句，崔明度頓時臉色微變，眼神原先有一絲難堪，看向伏廷，卻見他臉色如常，並不是追究的模樣，便明白他是話裡有話，臉上神情數度變幻：「大都護的意思是，我存有私心？」

「那得問河洛侯自己，你當初實言相告是僅僅出於愧疚，還是不只於此，也有其他緣由。」

崔明度反問：「還有何緣由？」

伏廷手中馬鞭一轉，沒有看他：「聖人行事至今，河洛侯看在眼裡，或許想過有一日同樣的手段也會輪到崔氏自己。」

崔明度身形一僵。

伏廷話裡的意思很明瞭，他當初那一番話幫了棲遲，是否也表明他當時已與聖人有了離心之意。

一個世家大族子弟，不可能行事全然不顧家族，他決不可能在說出那番話之前沒有過仔細考量過。

許久無聲。

崔明度並沒有反駁，只是那張臉上反而顯露了明顯的文弱，以及一絲絲猶豫和踟躕，又儘量隱去，只當作若無其事。

伏廷看他一眼：「邕王的事我言盡於此，倘若我對你的那番話說錯了，那就當你我今日不曾見過，今後各安天命。但倘若河洛侯並不想全然任由聖人擺布，那不妨想一想邕王這樣的人如何能登上大位，他真登上了大位，於國於你，又有什麼好處？」

崔明度第一次聽他對自己說這麼多話，但聽意思，大概也是唯一的一次了。他很清楚，若非事出有因，這位安北大都護根本不會站到他面前。

「伏大都護要說的，我已明白了。」

崔明度看向獨間外，伏廷帶來的幾個人都在門外等著，一截衣角若隱若現地出現在門口，少年的身姿抽穗一般拔高，側臉溫潤沉靜。

他知道，伏廷是要扶立光王世子了。

聖人的舉動其實早已讓崔氏不安，崔氏的龐大必然也早就入了聖人的眼。而邕王，還在聖人跟前爭寵時就試圖排擠所有人，崔氏不過其中之一，真讓他繼了位，確實沒有什麼好處。

這一切崔明度心知肚明，實際上也早已暗中思考過多回，只不過從沒想到會有這樣一刻到來。

沉思許久，直到窗外日頭已高，他才又搭手向伏廷見了一禮，口氣溫淡地道：「真想不到，我會有與大都護合作的一日。」

伏廷一臉剛毅沉定，似早已料到。

談話結束時，已日上三竿。

近衛入門，在伏廷耳邊低語幾句，彙報了眼下的狀況。

伏廷馬鞭一收，朝崔明度點了個頭。該說的都已說了，接下來才是開始。

轉身要走之際，崔明度忽然意有所指地說了句：「大都護怎麼就沒想過，我當日與縣主說那些，或許還存著其他私心。」

伏廷腳步停了一下，頭也不回地說：「那與我無關，該說的我早已說過，河洛侯最好記著。」說完直接出了門。

崔明度看著他的身影消失，想起來，他的確早就放過話。

棲遲永遠是他伏廷的女人，誰也別想動。

他獨自站著，微微笑了笑，似是自嘲，他有何資格說這種話，還能仰仗著這股東風保全崔氏門楣就已是莫大的好事了。

如今身為河洛侯，這不就是他該做的嗎？

樓下，伏廷上馬離去。

疾馳出城時，他的手在腰間摸了一下，摸到一張字條，手指緊搓一下。

那是曹玉林派人送來的，棲遲給他的。若沒有這張字條，他大概不會走這一趟。而若能得到崔氏這樣一個世家大族的支援，距離成功便又多了一分勝算。

他早知道她還是會與他同行，只不過是換個方式罷了。

曹玉林從瀚海府的鋪中出來，快馬趕回都護府。

重兵把守的府門沒有絲毫鬆懈，她一路直接去了主屋，棲遲就在房中安安靜靜地坐著。

她見到這畫面，多少有些歉疚，上前說：「嫂嫂久等了。」

棲遲問：「做好了？」

曹玉林稱「是」，從懷裡小心翼翼地摸出一方帕子，展開後放在她面前，裡面包裹的是她的魚形青玉。

以往棲遲從不假人手，只是如今，不得不靠曹玉林出面。

曹玉林拿著這枚青玉去找掌櫃解九，讓他按照東家吩咐，指使都中的鋪子動作。

眼下雖然事情辦好了，曹玉林臉色卻並不見輕鬆：「聽那個解九說，嫂嫂如此安排，恐會引起買賣混亂，對嫂嫂是有極大損失的。」

棲遲將魚形青玉收好：「如今都中越混亂，對他才越有利。」

一旦洛陽打通，直面長安便是遲早的事。

她頓了頓，又淡淡道：「若真輸了，一切都輸了，這些損失又算得了什麼。」

「姑父，都部署好了。」夜色裡，李硯坐在馬上，看著前方高大的人影小聲說。

伏廷點了點頭。

他們已穿過洛陽城，停在僻靜處，往西再過百里，就是都城長安。

眼前不斷地有人影前來稟報周遭動向。李硯現在才明白為什麼姑父能一步一步做到大都護這個位子，即使在這種情形下他也能絲毫不亂，幾乎將能部署的都提前部署了。大到後方接應兵馬排布藏匿，小到前方眼線布置。這一行能走到這裡，就像他手中扯著根線，連接著各處，牽一髮而動全身。而之所以這麼周密，無非是為了真正動手的那一刻，不至於腹背受敵罷了。

李硯遙遙看了遠處一眼，黑黢黢的什麼也看不清楚，只是明白距離那地方越來越近了。

風入郊野，又有人到了跟前，像個影子一樣停住，迅速稟報：「大都護，單于都護府的兵馬動了，隊伍領頭的是他們可汗的兒子阿史那啟羅。」

單于都護府至今保留著曾經與突厥分裂前的稱號，身處最高位的，不是大都護，而是他們的可汗。

伏廷這才開口：「他們也過洛陽了？」

「是，正往此處而來。」

伏廷想了一下，下令：「讓他們過，在後跟著。」

忽然就能過洛陽了，必然與邕王有關，看來都中一定是有行動了。

單于都護府的兵馬因是打著奔喪的旗號而來，行動人數有限，同樣也是分批而動。前方這一支走得迅捷，只有千餘人，對於兵馬而言不算多，但對於奔喪來說，卻是人數太多了。

夜濃如墨，人馬如游龍暗影。

此時的長安城中卻並不消停，近來買賣場上忽然混亂起來，許多大商鋪一亂，下面的小鋪子便跟著混亂不堪，整個長安東西二市都跟著動盪起來。

大臣們忙著催聖人立皇儲，督辦商事上不是很上心，情形便越發嚴重起來，於是最後乾脆歸結為民心不穩。

好在還是有明眼的臣子，主管長安商市的官員仍盡心盡力，試圖與洛陽商市會通，這樣很快就可以穩住這暫時的波動，再澈查緣由。只是如此一來，長安城也連帶著需要經常在不必要的時間內開城，有時甚至會夜不閉城。

消息送到跟前時，伏廷已經到了長安地界，天早已亮了。

所有人下了馬，藏身在山下密林間，在此處還能暫作休整，往後就不知道了。

「長安這樣有多久了？」伏廷立在一株爬滿荊棘藤的樹旁問。

來稟的近衛說：「就這段時日的事。」

伏廷心裡瞬間有了數，抬手抹了下臉，知道一定是棲遲做的，她連這些都想到了。

近衛拿了水囊過來，他接了，收心不再多想，又問：「他們呢？」問的自然是單于都護府的人馬。

未等有人回答，一名作百姓打扮的斥候匆匆鑽到眼前，抱拳道：「大都護，單于都護府人馬一路未停，直往長安城下去了。」

正在那頭喝水提神的李硯看了過來。

伏廷轉頭遙遙朝外看了一眼，沉聲下令：「換裝帶刀，馬上走。」

北地這時卻已更加嚴寒，眼看著就要落雪了。

都護府裡一片太平，房中燒著炭火，床上鋪著厚厚的羊絨。

占兒坐在上面，從一頭挪著小身子到另一頭，趴下去，伸手去搆東西。

搆了半天，小手拿回來時，拿的是一柄木頭製的小劍，他拿在手裡敲敲打打，還挺高興，嘴裡嘰哩咕嚕的。

棲遲在旁看著，到了給他抓周的時候，眼下卻只是簡單的操辦，儀式冷冷清清。伏廷食言了，他又一次錯過給孩子辦的禮數。

這一堆東西裡有書本，有金燦燦的黃金，各式各樣的東西，占兒卻偏偏挑了最不起眼的木頭劍。

「看來將來是要子承父業了。」曹玉林的聲音冷不丁地冒出來。

棲遲轉頭看了一眼，才發現她不知何時走了進來，開口便問：「有新消息了？」

「是，三哥已經過了洛陽，眼下應該到長安了。」

棲遲心懸了一下，又強迫自己釋懷，眼睛看著擺弄小劍的占兒，默不作聲。到了這時候，似乎只能等消息了。

「嫂嫂不必擔心，三哥雖然走得急，但部署嚴密，如今又得到崔氏的支持，應該不會有事。」曹玉林連安慰人也是一本正經地攤開來講事實。

棲遲笑了笑，指了下占兒：「妳不是說占兒會子承父業嗎？既然如此，說明還有父業給他承，這也是個好兆頭。」

她從不信命，也不信什麼兆頭，但現在願意相信這一切，只要是好的。

夜色再度籠罩時，長安城的東城門下，已經盤踞著一支數千人的隊伍。那是單于都護府的人。

東城門因有洛陽商貨運至，此時城門未閉，城頭卻有守軍，如此一支隊伍突然出現，又是來自邊疆都護府，沒有帝王允許，自然是不能隨意放行的。

下方領著隊伍的人忽然打馬出列，那人身寬體胖，一身胡衣，還很年輕，聲音格外洪亮，朝上方道：「吾等是入都為二位皇子奔喪的，已獲邕王首肯，為何還不能放行？」

正是單于都護府的可汗之子阿史那啟羅，說罷他從腰間摸出邕王權杖來，舉著往上給守軍的將領看。

都中都在流傳邕王即將得登大寶，而聖人如今臥病，或許邕王能提前監國，那便真是不能得罪了。可如今都中時局紛亂，連買賣都不安穩，又不知從什麼地方冒出風言風語說邕王與外敵勾結，是靠陰謀詭計在作亂，所以連局勢都控制不住，可見也沒什麼當帝王的本事。

城頭將領轉著心思，頂著莫大的壓力，吩咐身邊的人去傳信京官。

忽在此時，後方城中有快馬而至，一路都在大喊：「宮中有令，聖人夜商要事，任何人不得肆意出入都城！」

城頭上將領尚未發話，下方阿史那啟羅忽然帶著人馬凝成一股，毫無預兆地往城中衝去。

將領大喝，立即要落城門阻攔，被當先衝入的人馬抵擋住，已是來不及了。

霎時間城頭士兵往下趕來，持兵集結，雙方劍拔弩張。

驀然，遠處夜色似被撕開了一角，齊整急烈的馬蹄聲踏破長夜，奔湧而至。

沒有一點多餘的人聲，那批人馬逕自衝至城下，如一股暗潮迎頭拍來，直奔單于都護府的人馬，只有兵戈聲和馬嘶聲。

緊隨其後，幾匹快馬而至。

伏廷坐在馬上，看著城頭火光照著下方混戰的人群。

早已吩咐過，他的人都沒有下殺手，想的是儘量生擒，利於事後審問。

單于都護府的人馬顯然沒料到後方會悄無聲息地出現一批人馬，被衝了個措手不及，已被前後夾在中間，進退兩難。

伏廷目光掃過去，搜尋著他們領頭的可汗之子，忽然扯韁振馬，飛馳過去，手從腰間抽出馬鞭。

那先前在城下放過話的阿史那啟羅忽地脖子一緊，被馬鞭纏著，生生拖下了馬。下一瞬，一根繩子結成的套索接替了馬鞭，更緊地纏住他的脖子。

伏廷手上一扯，直接拖著他自戰局中而過，馬蹄亂踏，人影紛雜，頓時傳出一陣殺豬般的尖利痛嚎：「你是何人，膽敢如此對我！」

伏廷一直將他拖出戰局外，地上已是一道清晰的血跡，勒馬轉頭，居高臨下地看過去，目光森寒：「比起我北地枉死的將士，今日對你已經算是仁慈了。」

阿史那啟羅竟認識他，兩手抓著脖子上的繩索，憋得一陣嗆咳，一緩過來就倉皇地叫了一聲：「伏廷！你怎麼過來的？」

伏廷從腰後抽了刀，刀背映著城頭火光，指著他：「叫他們停止入城。」

身在馬下的人倏然不敢再喊叫，回過神來又連忙大聲喊停。

單于都護府的人往兩側退避，趁亂奔走，大概是早就定好的。

城頭一支守軍卻沒放過他們，緊跟著追了出去。

亂局稍定，一名斥候趁亂自城中趕出，直衝到伏廷跟前，急切道：「稟大都護，宮中有消息，聖人即將傳旨了。」

伏廷沉眉，看來先前所謂的夜商要事，就是這事了。他揮了下手，斥候傳令，手下人馬頃刻退回，集結在後。

城頭上的守軍堪堪控制住城門，將領終於有機會大聲質問：「來者何人？」

伏廷將繩索拋給近衛，看了身後一眼：「怕嗎李硯？」

李硯始終打馬跟在他左右，抬頭看了東城門那一角高聳的城闕一眼，飛簷指天，天邊是青灰發白的天際，拖拽著大片的暗夜。他抓著馬韁的手握成了拳：「沒什麼好怕的。」

伏廷點頭，霍然下令：「豎旗。」

安北都護府的旗幟赫然在城下豎起，直迎城頭守軍。

伏廷執刀在前，立馬城下，一字一句朗聲道：「臣伏廷，率安北都護府兵馬，入都討伐奸王逆黨，匡扶聖統！」

人影飛快地奔走在宮中，直奔帝王寢殿。

殿內一盞薰香嫋嫋，卻無寧神之效，大概只能勉強遮蓋住刺鼻的藥味。其中站著十幾人，皆是當朝高官要員，無一不是心急地等著結果。

床帳前擺著小案，案頭上攤著紙筆，帳後半躺半坐著一道頹唐的人影，卻遲遲沒有落筆。

邕王已經入了東宮，看似順理成章，可依然沒有定數。民心不安，朝臣也不安，只希望聖人能趕緊有所決斷便好了。

殿門忽然被撞開，奔跑至此的人已慌忙撲入，是宮中內侍，入殿後即跪地不起，哆嗦著稟告宮外的突發情形。

頓時四下譁然。

垂帳被一隻枯瘦的手揭開：「再說一遍。」

內侍顫著聲稟：「安北大都護率兵入都，聲稱聖人受奸王蒙蔽，要討伐逆黨！」

「奸王是誰？」

「邕……邕王。」

猝然一聲急嘯聲，自外傳來，尖利入耳。殿中詫異未止，又是更大的詫異。

這是宮中禁衛軍的示警聲，聽這聲音，便知事態已嚴重到何等地步了，連宮禁防衛都已驚動了。

諸位大臣連忙請命，接連趕去處置。

垂帳裡的人影抖了抖，陡然發出一連串猛咳。

內侍忙不迭地上前服侍，又被那隻枯瘦的手推開，摔在床前，跪地不敢動彈。

「陛下容稟，」殿外又至一名內侍，隔著殿門高聲報，「河洛侯連夜趕至都中，有要事求見陛下。」

崔氏，百年世家大族的崔氏。帝王心知什麼時候該動用什麼力量，這時候最需要穩定人心的世家出面。

「傳！」

內侍退去。

很快有腳步聲自殿外傳來，卻似乎不只一人。殿門外的內侍忽然驚慌地尖叫了一聲，又戛然而止。

殿門大開，崔明度走了進來，提著衣擺，恭謹地朝床榻下拜，卻不發一言。

垂帳內的帝王不禁抬眼看去，只看見他身後兩人。

那兩人不是他的隨從，也不是其他官員。

伏廷渾身罩在披風裡，遮掩身上的血跡，掀衣下拜：「臣伏廷，入朝來諫。」

他身後跟著髮髻微亂的李硯，手捏著衣擺，終究提起，也跪了下來。

誰能想到，在所有人的目光都轉向城中時，他們已悄然入了宮。

外面有宮人抖抖索索地在報：「稟陛下，殿門被圍了。」

殿中留著的內侍忙不迭地退出門去，再不敢待。

周遭陷入死寂。

許久，帳內才傳出一聲壓抑的怒斥：「伏廷，你是要反嗎？」

伏廷跪著，上身挺得筆直：「陛下清楚臣的為人，若臣真有心要反，就不會暗中來見陛下。」

帳中的帝王緩緩坐正，喘著粗氣，卻沒有了言語。

他當初也懷疑過伏廷，尤其是在察覺出有股勢力在作祟時。若非顧忌不能妄動功臣，怕反而激得伏廷反目，甚至想當時就將棲遲和孩子召入長安扣住。

可在召見時，伏廷說了陌刀流入突厥一事，他便打消了猜忌，也記起這些年他鎮守北地從無任何僭越舉動，於是最終只問了一句他是否與朝中官員相熟，不過是防著他有結黨營私之嫌，便就此作罷。

然而，如今他卻率軍入了長安。

「那你現在是在做什麼？」帝王蒼老的聲音如風過枯枝，「還有你，河洛侯！朕許你崔氏諸多特權，便是讓你這般帶人進來回報朕的？」

崔明度伏地叩首：「請陛下聽奏，邕王勾結突厥，串聯單于都護府，試圖逼宮奪位，已暗中控制了兩道宮門。而陛下被小人蒙蔽，即將下旨詔封。安北大都護是為剷除逆賊而來，亂局當前，臣只能協助大都護奪回這兩道宮門，橫擋住他處禁軍，只求這片刻工夫，足夠讓陛下耐心聽諫，以匡扶社稷歸於正道。此舉看似兵諫，實際卻是撥亂反正，以清君側。」

帳中又是無聲，良久，帝王再度開口，壓著怒氣：「好個撥亂反正，以清君側，你們有何證據？」

伏廷自懷中摸出幾頁紙，一振展開，呈於雙手之上：「單于都護府可汗之子阿史那啟羅已被臣所俘，這是他的證詞，如若陛下不信，可召其當面對質。」

只不過以他眼下的情形，恐怕暫時無法回答什麼了。

「除去這份證詞，臣還拿到他隊伍中幾位副將的證詞。當晚單于都護府人馬試圖衝入城中協助邕王，所有東城門守軍已親眼所見，至今仍有人馬逃竄在外未被拿回，若陛下依然不信，也可召來守軍詢問。」

他沉著說完，手往前一推。

內侍慌忙接了過來，頭也不敢抬地呈送到床榻前。

帝王枯瘦的手伸出來，接了過去，紙張翻動，他的喘息聲也越來越重，好似被人捏住咽喉一般。

阿史那啟羅說，單于都護府會給突厥提供方便，都是為邕王所迫。

邕王說那是皇長子授意，只要單于都護府照做便是協助皇長子，又聲稱突厥所要的就是戰勝北地，殺了安北大都護，掠奪北地財物，其餘無他。而邕王與安北都護府不和久矣，正好想要安北都護府落敗。

突厥則通過邕王，暗中答應勝北地後就與中原交好，並以和談與兵力兩面支持皇長子登基。一旦皇長子登基，就會擴單于都護府為單于大都護府，所享一切遠超其餘都護府，並做護國功臣論。

然而突厥之前落敗，如今皇長子又身死，單于都護府以為一切已化成空，不想突厥又轉而支持邕王。

邕王輕易被說動，再找上單于都護府，許諾更多好處，又威脅不相助便告發至御前。單于都護府認定在如今情形下，邕王已是必然的帝王人選，於是一條道走到黑，發兵協助⋯⋯

其餘證詞，大同小異。

垂帳一掀，帝王驀地一下扔出紙張，大咳出聲。

一察覺有勢力威脅皇權時，他就刻意疏遠了邕王，是覺得其愚蠢，不堪重用。沒想到何止是愚蠢，寵其多年，竟致使他的胃口漲至這般地步，連外敵也敢引入。他的身邊竟是一群如此沒腦子的廢物！

猛烈的咳嗽使得床帳晃動，帝王一手扯著垂帳，拖著沉重的身軀，手扣在床沿，一句話斷斷續續，似壓在了嗓子裡：「皇子不可能與突厥勾結，不可能⋯⋯」

崔明度抬頭，迅速看了床榻一眼，接話道：「陛下所言極是，皇長子是被邕王陷害，此事與皇長子絕無關聯，皇長子是因胞弟病故太過傷心才致離世。」

伏廷一動也不動，聽在耳中，面色冷肅，沒什麼表情。

帝王似乎復了一些，彷彿以這個理由將自己說服了，喘著氣問：「你們想要如何？」

伏廷赫然開口：「請陛下即刻拿下邕王，決不能立其為儲君。」

帝王望著他衣上若隱若現的血跡，自此才算親眼看到這位自己一手提拔起來的大都護是如何走過來的，是染著血握著刀走過來的，口中又是一頓咳。

外面霍然傳來急切又慌亂的呼喊，宮人們似在奔跑，有人在喊「邕王從東宮殺過來了」，然而很快就被另一陣聲響遮蓋了過去。

伏廷依然跪著，「陛下放心，臣只為暗中入宮而奪下邕王所控的宮門，這裡的兵馬並不多，但制住一個邕王足矣。」

如此，倒真成了清君側。

帝王一陣一陣地咳，如同停不下來一般，不知是在咳邕王的不堪一擊，還是在咳伏廷的部署周密。這幾句說起來輕巧，然而他一身血跡也說明這片刻工夫得來的沒那麼容易。

在咳聲中隱約聽見外面邕王的聲音，竟在喊冤枉，喊著要面聖，但最終這些聲音都離遠了。

帝王悲憤交加，被那一聲一聲的叫喊弄得氣血上湧，待終於停下咳嗽，已是氣力不支，隔著垂帳看著那跪著的三人：「你們思慮足夠周全，竟然還帶了個人來，是知道朕的江山無人可傳了。」

一直沒有作聲的李硯忽地抬起頭，朝帳中看去，那道垂帳被揭開，他終於看見聖人的面貌，髮髻花白，面貌不至於蒼老，卻已是憔悴不堪，一雙眼也露了渾濁之態。

「報上名來。」

李硯下意識看向身旁，伏廷不動聲色地看了他一眼。他清醒了，振作精神，壓下翻湧的心緒，垂眼回：「光王之子，李硯。」

「光王之子，這麼說你的瘟疫已好了。」帝王早已猜到，被伏廷帶來的，還能有誰？無非就是他幾次三番也除不去的光王之子。瘟疫？皆不是省油的燈！

他渾濁的目光轉到崔明度身上：「看來崔氏也是要支持這位做儲君了。」

崔明度伏地再拜：「崔氏追隨陛下多年，更明白陛下一心所念只在皇權，若非思及傳承，陛下也不會挑中邕王。但邕王大逆不道，只會害及陛下一心維護的皇權，他日定會致使生民塗炭。既然如此，陛下何不摒棄前嫌，為皇權著想到底，挑選更適合的人選。」

猝然一聲脆響，帝王拿了案前香爐就砸了過來，銅製的爐鼎一直滾落到李硯身前，香灰翻落，從他衣擺前拖出去很遠的一道。

直至此時，帝王才澈底震怒：「你有什麼資格？」

李硯垂著頭，衣袖裡的兩隻手緊緊握成拳：「沒有資格。」

「那你又憑何做儲君？」

「只因邕王更無資格。」

帝王一手撐在床榻上，劇烈地喘息著。

他大半生都為皇權而搏，為此不惜代價地剷除藩王勢力，不惜遏制邊疆都護府，寧願北地繼續窮困潦倒；也為了皇權，覺得長子平庸，易被操縱，難當大任，唯有么子心智似他，便一心栽培，打算廢長立幼。

所做的一切皆是為了皇權，可到頭來苦心孤詣一場，弄得宗親零落，眾叛親離，卻是為他人鋪了路。

為皇權著想到底，到頭來，終究還是為了皇權。想到此處，他不知該喜還是該悲，竟然突兀地大笑起來。這是他的報應，一定是他的報應！

直至笑聲停下，伏廷仍然端正地跪著：「臣自知有罪，不求脫罪，但求陛下准我擒住突厥主謀，按照他們的計畫，突厥近來必有動作。」

話音剛落，殿門外已出現一名近衛，小聲稟告：「大都護，羅將軍從邊境傳訊過來，突厥有異動。」

帝王枯坐帳中，如同入定，事到如今，聽了他這番話，反倒平靜下來了：「朕依舊要靠愛卿保家衛國啊。」

崔明度忽又再拜：「請陛下定奪。」

天氣陰沉，風冷刺骨。

都護府外，忽然來了一隊人馬，皆是行色匆匆，無比焦急。

秋霜小跑進主屋，迅速拿了披風給棲遲披上，又用棉衣將占兒包裹得嚴嚴實實，送入她懷中：「家主，快，大都護派遣的人來了，要家主馬上出發！」

棲遲伸手抱住占兒，心沉到了底，沉默地坐了一瞬，起身出屋。

到了廊上，曹玉林已經快步迎了上來，對上她的視線，低聲說：「嫂嫂，請隨我走，讓秋霜隨別人走。」

棲遲不知是以何種心情隨她出的門，一路腳步不停，心裡全然是空的。

府門外已安排好馬車，原本圍著都護府的大隊兵馬已經全護衛在馬車兩旁。

棲遲抱著占兒坐進去時，看見曹玉林親自坐在駕車的位置上。

「嫂嫂放心，倘若被官員堵截，我會按照三哥交代的去說，這批人馬是早就安排好的，不管嫂嫂今後到哪裡，他們的任務都是保護妳與占兒。」說話間她已策馬出去，直奔城門。

占兒在車裡不安分地想走動，被棲遲按住了。

聽著動靜，外面還有其他人在領隊，便是回來報信的那隊人。她的心思轉了回來，想起秋霜的話，一手掀開門簾，小聲問了句：「據說是他特地派人回來通知的？」

曹玉林控著馬車，忽然回頭看她一眼，點了下頭，卻有些其他意味：「嫂嫂放心，不會有事的。」

棲遲放下簾子，緩緩坐回去，又揭開窗格簾看了一眼。

領頭的那些人看裝束與北地軍人無異，看神態更是急切得很，比誰都盡心的模樣。

馬車很快出了城，並沒有遇到一點阻礙。

出城沒到十里，前方領隊的人裡，忽然有人提出不必如此多人跟著護送，由他們護送大都護夫人去與大都護會合即可，以免引起人注意。

曹玉林忽然喊停。

馬車一停，占兒隨著晃動撲進棲遲懷裡，外面的人馬也全停了。

「嫂嫂坐穩了。」曹玉林忽然說。

棲遲抱緊占兒：「知道了。」

霍然一陣拔刀聲，外面響起陣陣兵戈廝殺。

留下保護都護府的皆是軍中精銳，一出手，目標直指那群領隊之人。

對方看起來是出自軍中，卻並不嚴謹，又人數不多，被殺了個措手不及，頃刻就落於下風，死得死，傷得傷。

一片哀嚎聲中，曹玉林揭了簾子進來：「沒事了嫂嫂，大概是突厥為幫助邕王而走的一招，破綻百出，註定有來無回。」

出行時就已懷疑是假消息，伏廷臨走交代過，結果會直接通知曹玉林，真出了事不會就這樣安排一批人馬堂而皇之地回來接人，更何況接到路上說的還是去與伏廷會合。

曹玉林看得真切，他們出城時連城門守軍都示警了，不過是放任他們至此才解決罷了。

棲遲點點頭，抱著占兒，嗅到那陣血腥味，不知在長安是否也是這樣的情形。

「回去吧。」她輕輕說。

曹玉林看了看她的神情，出去駕車。

外面的人已迅速清理乾淨道路。

一行人沿原路返回，至城門下，又是一隊人馬快馬加鞭自遠處而來。

棲遲透過飄動的窗格簾看出去，邊角裡能看見道路盡頭馬蹄陣陣，拖出一陣瀰漫的塵煙，直往此處而來。

曹玉林停下馬車。

棲遲提了提神，摟緊占兒，做好了再應對一撥人馬的準備，卻聽外面動靜，似所有人都下了馬，接著就聽外面齊聲高呼：「拜見大都護！」

她怔了怔，占兒已趁機邁著小腿往車外走。

曹玉林掀了簾子，將他抱了過去，又看向棲遲，門簾已垂落。

棲遲突然清醒一般，立即就要出去，忽然聽見外面傳來內侍尖細的聲音，才知還有外人在場，最後傳入伏廷低沉的聲音：「伏廷奉旨，來向郡主報安。」

當朝有律，唯有儲君一脈才可用郡主之稱。

棲遲揭簾的手頓住，抬頭看著簾子，好一會兒才輕聲說：「入車說話。」

伏廷掀了簾子，矮身入車，瞬間就到了她眼前，一身沒來得及清理的血跡，泛青的下巴，眼下帶著連日奔波而至的憔悴，一雙眼看著她。

棲遲傾身將他抱住，忽地退開，揚手就甩了他一巴掌，渾身都在顫，手指也在顫，最終卻又撲上前，更用力地抱住了他。

伏廷咬了咬牙關，她打得並不重，只有他明白其中的意味，終究什麼也說不出，伸手一把將她緊緊攬住。

第三十八章　驅除外敵

李硯落後一步，正被大隊人馬護送著，走在返回北地的路上。

到了此時，他腦中還反反覆覆地回想著那日的情形。

那一日，他們不過在殿中待了三刻不到的工夫。

當別處的禁軍趕來支援被奪的宮門時，忽然得到命令，又悉數撤去。之後安北都護府的人馬也全數退出宮外，如同從未出現過一般。

而寢殿裡，最終，一道明黃的聖旨被崔明度雙手接過，封入繡著金線的錦袋中，收藏起來。

情形已擺在眼前，是要一致對外，還是要在這都城宮廷裡自相消耗。帝王最終選擇的，仍是皇權和江山。

一切似已決斷清楚，只在最後，帝王忽然發話，要李硯單獨留下說話。

伏廷看了他一眼，輕微地點了下頭，示意他鎮定，才退出門去。

李硯跪在那裡，聽見帝王蒼老的聲音問：「想必你過去一直都在惦記著光王爵吧，如今比起當初，可算是一步登天了，你作何所想？」

李硯不知這是考驗還是質問，垂著頭，一副恭謹乖巧的模樣：「回陛下，我自幼長在光王府，從小就知道將來要繼承光王爵，恢復王府榮光，這是我心中所想，確實一直惦記著光王爵。但我從未惦記過帝位，因為這不是我該惦記的東西，是故如今無所想。」

帝王意味不明地笑了一聲：「那你就沒話要與朕說了？」

「有，」李硯以頭點地，安靜了一瞬才道：「我想求陛下賜我丹書鐵券。」

丹書鐵券向來是只賜給功臣的天恩，可以免死。

帝王拉開垂帳看著他：「你倒是夠聰明，還知道求一道護身符，難道是要防著朕解決自己立的儲君？」

「不敢。」李硯恭敬地跪著。

雖然如今帝王鬆口給了他做儲君的機會，但一次次的瀕臨死地，他不得不多一份防範之心。之前提心吊膽、命懸一線，尤其是身邊人為他捲入其中，這種滋味，再不想經歷一遍。

帝王一陣猛咳，喘息陣陣：「當初曾聽邕王世子說過你膽小如鼠，就連遭人欺負也不敢還手，卻原來只是忍著的。」

李硯不說話，默默揪緊衣擺。

當初忍耐是不想給姑姑添麻煩，如今又何嘗不是忍耐。可是忍耐著並不代表忘記了，只不過是因為沒到時候罷了。

他抬起頭，朝床榻那裡看了一眼。

那道蒼老的身影映在他眼裡，如風中殘燭，縱然不甘，仍有光輝，終是抵不過風來急催。

當日，李硯退出寢殿後，伏廷入殿，又請一道聖旨：「接下來勢必會與突厥交手，請聖人派遣儲君於前線督軍。」

帝王咳中夾著冷笑，最終只是擺了擺手，准了這個要求。

誰都看得出來他這是不放心李硯的安危，想以這個理由將李硯帶出長安。

於是李硯得以返回北地。

風颳過臉上，越來越有寒刃割過的麻木感，他掖了掖衣領，收回思緒，往前方看：「進北地了。」

旁邊伏廷的一名近衛及時告訴他：「是，大都護傳訊過來，已與夫人在前方城中等著了。」

李硯往後方看了一眼，後面馬上坐著的是崔明度。他說：「河洛侯不必送了，已入北地地界了。」

崔明度從長安一路伴隨他至洛陽，又自洛陽領了崔氏的隨從護送他至此地，是因為明白如今彼此已是一線共榮的關係，聽了這話只是溫和地笑笑：「既已到了這裡，還是見過大都護和縣……郡主再走吧。」

伏廷自瀚海府接了棲遲後，就趕往與中原交界的豐平城來等候李硯。

城頭上，棲遲站在那裡，衣裙曳地，戴著帷帽，如一株城頭扶柳，隔著帽紗看著遠處。

頭頂日光西移一寸，她才看見遠處浩浩蕩蕩過來的隊伍。

隊伍當中領頭的就是李硯，錦袍加身，似有所感，突然仰起頭朝城頭上看了過來。

棲遲遠遠看他像是瘦了一些，一時百感交集，揭開帽紗，朝他笑了笑。

李硯看見了，也回了一笑，像是要叫她放心，只是不知她有沒有看清。

棲遲看清了，目光轉到他身後，也看清了同來的崔明度，放下帽紗，走下城頭。

伏廷正在下面等著，早已看到城外過來的李硯和崔明度。

原本他們並沒有在此多停留的打算，只打算接了李硯便走，現在看來，必然要停留一下了。

當地的城守正在旁殷切詢問：「大都護，可容下官招待？」

「只一日，明日就走。」他說。

一日已過去大半，實際上也就剩幾個時辰了。城守匆忙領著下屬去辦。

棲遲正好走過來，看著他：「你急著趕回來，是不是因為突厥？」

伏廷點頭，沒有多說，牽了馬，示意她上去。

棲遲看了即將入城的隊伍一眼，踩鐙上了馬。

迎接的人已安排好，她只要知道李硯安然無恙便放心了。

伏廷跟著上去，如來時一樣，擁著她同乘，先行趕往當地官署。

官署後面的院落早已空出來，是特地安排給安北大都護與夫人一行人等入住的。

先是大都護和夫人，接著又是皇儲，城守不得不招待得盡心些，將自己府邸裡得力的僕從婢女打發過來，裡裡外外都是伺候的人。

半個時辰後，李硯入了官署，立即被迎去了前廳，那裡早已備好宴席為他接風洗塵。

伏廷也早一步等在廳中了。

李硯先走到他跟前：「姑父，都中已經安穩，可以放心。」

「嗯。」伏廷離去前就已將能做的都做了，甚至派人協助長安守軍去追捕到那些逃竄的單于都護府人馬，對此他倒是不擔心。至於如何穩定都中那群人，世家出身的崔明度更清楚該如何做。

想到此處，他轉頭看了一眼，剛剛隨李硯進來的崔明度卻已不見了蹤影。

棲遲沒有去宴席上，隨伏廷到了這裡後就一直在後院待著。

傍晚時分，曹玉林將好動的占兒抱去交給乳母，回頭在屋中找到她：「嫂嫂，下面官員的家眷都來了，要恭賀嫂嫂。」

棲遲說：「讓他們恭賀阿硯就好了，我有什麼好恭賀的。」

「嫂嫂如今也升至郡主了，自然值得恭賀。」

話雖如此，曹玉林想起在瀚海府的城門外，那跟隨伏廷過來的宮中內侍當場宣布冊封她為郡主時，沒見她臉上有多欣喜。

當時她從車內和伏廷一同出來，眼眶似乎還是紅的，一隻手藏在袖中，但分明與伏廷的手緊緊纏在一處，別人沒看見，曹玉林離得近，卻是看清楚了。大概對她而言，從未想過自己有什麼是應該得到的。

棲遲有些心不在焉，是因為還在想著伏廷說的話，隨意點了下頭說：「那便去受個賀就回來。」說著理了理鬢髮，出了屋門。

兩個婢女在外等候，一路引著她去後院花廳裡。

廳中竟也備了酒菜，早已坐滿大大小小官員的家眷，一見來人，只不過一道衣香雲鬢的身影，便忙不迭地起身下拜，高呼：「拜見郡主。」

棲遲走至上方案後坐下，請她們起身落座。

眾人恭恭敬敬地又拜了拜，才起身坐下，而後由城守夫人領頭，舉了酒盞向上方遙敬棲遲。

棲遲端了酒盞，飲了一口。

其他人再敬，她又稍稍飲了一些，一盞未乾，便放了下來，只當是受過道賀了。

伏廷早已下了令，不得大肆慶賀，底下官員也都心中有數。畢竟如今還在二位皇子喪期，他們杯盞中所盛的都不是酒水，只是女子所飲的梅汁。

只不過多少有些酒氣在裡面，棲遲不勝酒力，所以只走個過場，只這一盞便不再飲了。

城守夫人道：「夫人飲了一盞已是不易，這梅汁還是有些後勁的，尋個彩頭就好，如此足矣。」

眾人仔細妝點過的臉映在燈火裡，言笑晏晏地說著好話——

「夫人此後定會榮寵加身。」

「聖人慧眼，儲君之位實至名歸。」

棲遲聽了無言，心想她們又如何知道其中的曲折。

片刻後，外面有婢女傳話：「大都護命諸位家眷離去。」

廳中眾人便不再多待，立時起身，乖順地見禮退出門去。

棲遲以為伏廷就在外面，想起身，卻覺出那梅汁的後勁來，抬手揉了揉額角，又坐回案後。

有人推門走了進來，她抬眼看過去，看見逆著燈火朦朧的一道身影，瞇了瞇眼喚：「三郎？」

再看卻又不是他的身形，她當即起了身。

往外走去時，經過他身邊，對方忽然伸手扯住她的衣袖。

棲遲收住腳步，看向他：「河洛侯這是在做什麼？」

來的是崔明度，他的手指一動，似覺得不妥，已有要放開的意思，卻又倏然抓緊，抬起眼看著她，說不出來什麼神情，也猜不透他想要說什麼。

雙方合作，對他崔氏也有利，棲遲不覺得他是因為這個而來的，動了動手腕說：「放手。」

崔明度反倒抓得更緊了些。

棲遲蹙了眉，動手掙扎，後勁又至，太過用力，沒有站穩，腳下踉蹌一步，險些摔倒。

明度另一隻手來扶她，被她推開：「河洛侯自重。」

他一隻手仍牢牢扯著她的衣袖沒放，忽然貼近一步，低聲道：「我是來與郡主道別的。」

「你上次在官驛已與我道過別了。」棲遲偏過頭，與他拉開距離，只有那隻手，始終未能掙脫。

「這是最後一次。」崔明度扯著她袖口，想將話說完，胸中滿腔言語，都已壓抑難言，「已至這一步，我此後再不會多問郡主過得如何了。」

哪怕想問也沒了理由，光王府再不受打壓，他連愧疚這一層也剝去了。

棲遲不太舒服，眉頭沒鬆開過，拉扯著自己的衣袖，試圖往前走：「我過得很好，一直很好，我嫁了這世上最好的男人，這一輩子都會很好，用不著你再過問。」

崔明度被她的話拉回了神一般，手指鬆開了：「是，是我失禮，郡主莫怪。」

但失禮，也只這一次了。今後很難再有交集，他們各有各的路要走了。

崔明度看了眼前的棲遲一眼，轉身自側方開著的耳門離去，腳步輕緩，如同未曾來過。

棲遲脫了力，跌坐在地上，下一瞬，門被一腳踹開。

伏廷長腿闊步地走過來，將她一把拉起來，掃了圈周圍，只有她在。

棲遲嗅到他身上熟悉的氣息便定了心，歪著頭靠在他身上：「三郎。」

伏廷撥過她的臉：「妳沒事？」

她軟軟地應一聲：「嗯。」

伏廷又看了左右一眼，攔腰將她抱起，離開花廳。

穿過廊下時，她已在他懷間不安分起來。廊下無燈，穿行在黑暗裡，靠著他，她便有些肆無忌憚了。

伏廷低頭在她耳邊，氣息漸沉：「只喝這個妳也能醉？」

棲遲並沒有醉，最多有些微醺，手在往他胸前伸，輕輕說：「北地的什麼都烈，想來以後只能在你跟前喝了。」

伏廷被這句話莫名地勾出了情緒，撞入房中，背一靠上門，頭就低了下去，尋到她的唇。

她唇舌裡還有梅汁的味道，些微的酸甜，整個人在他懷裡水一般的柔，忽然熱烈地回應他，纏在他身上，主動去扯他的軍服。

直到此時，伏廷才終於問了句：「他幹什麼了？」

棲遲知道他問的是崔明度，挨著他頸邊，實話實說：「來道別。」

伏廷沒說什麼，料到崔明度也該有分寸，不管他曾經怎麼想的，到了如今都該醒了。

「你走神了。」棲遲小聲說。

伏廷頓時將她托到身上。

燈火裡的人影交疊在一起時，很快就被拂滅了。

棲遲本還想問他為何會突然出現，但沒法開口，怕一開口便洩露出難捱的聲音來。

黑暗裡，伏廷全然掌控著她的起伏。

這一夜不知疲倦，不知糾纏了多少回。

直到第二日早晨，棲遲梳洗完隨伏廷出去時，才覺得有些太過放縱了，臉都有些紅了。

官署外的道上人馬已經安排妥當，即刻就要啟程。

伏廷先行出去安排，邊走邊緊著袖口上的束帶，抬頭正好看見崔明度要離去。

崔明度剛向李硯辭了行，又朝他這裡走了過來，搭著手，也向他辭行：「邕王與單于都護府的事還需問案定罪，我便告辭了，望大都護與郡主此後太平安樂。」

伏廷看了他一眼，回道：「會的。」

崔明度此刻才算澈底釋了懷，過往種種，都壓至心底深處，垂了手，上馬離去。

棲遲出來時，已不見他人影了。

曹玉林抱著占兒出來，此時才有機會與李硯說話，在另一頭站著。

棲遲走到伏廷身邊，看了看他的臉：「你是不是要去邊境了？」

他是因為突厥才急趕回來的，她知道這是免不了的。

伏廷沒否認：「越快越好。」

「那這次可以帶上我了？」她盯著他，「我跟你一起去。」

伏廷與她對視了一眼，短短一瞬就點了頭：「好。」

這次要去的邊境是幽陵郡，羅小義送來的消息稱，是在那裡發現突厥動用兵馬的蹤跡。

路上接連颳大風，常常一颳就是幾個時辰也不停。

棲遲帶著占兒坐在車裡，車中已經擺上炭火，這一方天地是溫暖的。

以督軍名義隨行的李硯一路都隨伏廷騎馬在外，大部兵馬在後，行軍極快。到了此處，他才開口問：「姑父對那阿史那堅可算了解？」

伏廷尚未接話，曹玉林的聲音傳了出來：「他就是個瘋子。」

李硯一時沒了聲音，棲遲在車內不禁凝神聽了下去。

早在當年那一戰後，曹玉林就已對此人查得無比清楚，因為這是她畢生仇敵。

阿史那堅是突厥最好戰的將領，一直試圖攻破北地，目標包括了吞併單于都護府的突厥一脈，北地如僕固部等各大胡部，重新壯大突厥。

近些年他主導吞併周邊一些小部族後，越發氣盛，恐怕已經不安分於只是暗中覬覦中原了。為了激勵將士，他甚至將自己身邊的人全部投入軍中，做探子或是做先鋒，治軍更是鐵血，毫不心慈手軟。

但北地有伏廷在，各部軍民一體，出奇團結，固若金湯一般，屢攻不破。所以為了讓北地有缺口，就必須要除去伏廷。無論是當初古葉城的事，還是如今邕王的事，足見他為此已是不擇手段、不惜代價。

聽到此處，李硯道：「如此說來，這個阿史那堅才是更應該除去的。」

除去一個好戰的，對雙方都是好事。總不可能突厥沒有普通百姓，連年征戰對他們而言未必就能承受得住。打仗打到最後，苦的還是百姓。

曹玉林的聲音被風吹得斷了斷，又接著道：「我曾打聽到突厥人當中有個說法，說阿史那堅將三哥當作他唯一正視的敵手。」

伏廷沒說話，只笑了一聲，聲音混在風裡，比刀刃冷肅。

車內的占兒大約是聽到了，他已學會叫人，叫得還很清楚，如今正當學嘴的時候，冷不丁地從小嘴裡冒出「呼」的一聲，語氣好似模仿伏廷，彷彿連他都瞧不上阿史那堅似的。

窗格簾布頓時被掀開，伏廷看了進來，就見棲遲正靠著視窗邊上看著他，一副早已聽了一路的模樣。

他看看她，又看看占兒，轉頭說：「停下歇會兒。」

隊伍停下，棲遲在占兒身上添了披風，抱著他下了車。

天沉沉然如染墨，風大如號，遠處的雲連著一片微碧的湖，被吹出層層漣漪。

伏廷過來，擋著她身側的風，順手將占兒接了過去。

她手指勾了下他的臂彎，指了指那湖面：「那地方有些眼熟，像不像當初我們從皋蘭州回來時路過的那個冰湖？」

就在那冰湖邊上，他第一次親了她。忽然覺得說起這個湖，就是在說湖邊的事，她眼神不禁往他身上輕輕一滑。

伏廷大概也想到了，嘴邊露了點笑：「只是像，不是那個，路線不一樣。」

他托了下占兒，拉著她挨近自己，示意她往遠處看：「北地多的是這樣的湖，妳看過的還很少。」

棲遲抬頭看他的臉，他的下巴刮過了，乾乾淨淨的顯露在她眼裡：「那等這事過了，你帶我去慢慢看？」

伏廷低下頭看過來，「身為大都護和大都護夫人，未免有些不幹正事。」

「是有些。」

「但也不是不行。」他把話說完了。

棲遲手指撩起耳邊的髮絲，笑了笑，轉過頭，看見李硯和曹玉林都在這邊看著，再看回來時，表情已收斂，挨著他，輕聲問：「會有麻煩嗎？」

剛才在車上聽到那些時，她就想問了。

伏廷抓著占兒的小手，看了看她說：「不用多想，和以往那些作戰都是一樣的。」

他已身經百戰，這不過是其中之一。

棲遲定了定心：「嗯。」

占兒在兩人中間，一張小臉轉著東張西望，精明得很，在父親懷裡時總是很乖，也不亂動，只是習慣性地學著聲，嗯嗯呼呼的。

只有他不識憂愁，無憂無慮。

行軍不過半月，便到達幽陵郡中，所耗時間比他們預計得要短。

幽陵都督府已做好了接待的準備，在紮營處十里外安排好兵馬迎接。土坡荒道上，迎接的人馬齊整無聲，沒有豎旗也沒有聲張。

另一頭，灰撲撲的天際下，游龍般的隊伍遠遠而來。

伏廷在隊伍最前方領隊，剛勒停了馬，前來迎接兵馬中已有人打馬上前來報：「大都護，羅將軍此刻還在前線緊盯著突厥動靜，突厥似有試探之意，本暗藏行蹤，如今已經於邊境線上明目張膽地露了面。」

曹玉林打馬在旁，看向伏廷：「想來三哥的安排是有效的。」

原本以阿史那堅的為人，一旦得知帝王那麼容易就捨棄了邕王，站在江山這邊，必然會選擇退走，再尋機會，這是他一向狡猾謹慎的作戰方式。

但伏廷早有心將他一舉殲滅，所以在派羅小義來之前就吩咐過，不管結果如何，只管散布假消息。此時阿史那堅大概還以為他因為兵諫而被困在長安，一時半刻無法回來，難以全身而退。

伏廷揮退他們，策馬去了馬車旁。

棲遲已經掀開車簾，抬眼看出來。車中炭火已經燒盡，占兒在她懷裡睡得正香。

他說：「我先去與小義會合。」

棲遲點點頭：「好。」想了想，又問他，「你是如何安排的？」

伏廷說得很簡略：「都布置好了，儘量斷了他的退路，才能除了他。」幽陵郡一帶的邊境挨著古葉城，突厥這回還在這裡，必然是打算伺機而動，時機不對便及早退走。

棲遲聽明白了，低聲說：「我來一趟，也該做些什麼的。」

他瞬間會了意：「怎麼，妳要幫我？」

「你忘了我還有支商隊在這壓著嗎？」她是指商隊裡運的那批生鐵所冶的兵器。

若非她聲音實在低，伏廷簡直以為她是在說一件稀鬆平常的事。他看了看左右，壓低聲說：「我以前怎麼不知道妳膽子這麼大。」

「我膽子不大，」棲遲說：「只不過是想幫你。」

伏廷一手搭在窗格上，想了想，身體放低，眼睛看著她：「那就用，我會安排人配合妳調度。」

有這批兵器藏著，的確是得天獨厚的一個優勢，雖然有點冒險，但要抓住如阿史那堅這種蛇一般狡猾的敵手，多個準備也好。

棲遲將臉貼過去，湊在他面前，和他細細規劃。

片刻後，伏廷直起身，抓了馬韁：「我走了。」

棲遲的目光從他袖口上的束帶一直看到他臉上，看入他眼裡，輕聲道：「小心。」

伏廷稍稍沉默，點頭：「妳也是。」說完看了她懷裡窩著睡著的占兒一眼，扯了下韁繩，轉頭離去。

他們沒有說任何多餘的話，也不說多餘的保證，因為那些都不用多說。他的家在這裡，就是他一定會回來的保證。

棲遲看著他的背影領著大軍遠離，眼前的路開始後退，載著她的馬車往另一頭軍營而去，恰好與他背向而行。

她一直沒有放下簾子，直到他軍服筆挺的背影再也看不見，才垂下眼簾。

當日，臨近傍晚，一隊人馬改頭換面，作商隊打扮，護送一輛馬車出了營，直往幽陵郡城中而去。

車中坐著剛在營中待了幾個時辰的棲遲，她換了一身胡衣，戴著帷帽。

曹玉林騎著馬作男裝打扮，在外護送。

車內，她的身旁還坐著李硯。

「你特地跟來，是不是有話要說。」棲遲看著他，姑姪間太瞭解，從他跟上車時起，棲遲便覺得他似是有話要說。

暮光照入，車中昏暗。

李硯穿著寬大的袍子，袖口亦寬大，他低頭，從寬袖中取出扁扁的錦盒，遞過來：「我是想把這個交給姑姑。」

棲遲接過來，打開盒子，只一眼，就抬頭看了過來。

那是丹書鐵券，一分為二，帝王和被賜之臣各留一半，是即使死罪也可免去的庇護。不用問也明白是如何得到的，聖人不會無緣無故給他，必然是他自己開口所求。

「交給我做什麼？」

李硯沉靜地看著她：「姑姑手底下經營著龐大的商事，難保有需要動用的時候，就如入長安時那樣。」

入長安時，棲遲攪亂了商市，但必然會有官員澈查，所以她已將長安城中的幾大商鋪都關了，那不是一筆小損失。

「那又如何，錢財沒了可以再得，只要人還在就不算到最後。」

「是，但天底下富豪雖多，卻沒有像姑姑這般觸及權勢的，雖然姑姑身分隱藏周全，我還是想給姑姑一份保障。」李硯將錦盒往她手中推了推，「這份丹書鐵券，我本就是為姑姑求的。」

聖人以為他是為了自己能活命，其實不然。他暫且沒有危險，除非聖人會有下一個儲君人選。但姑姑不一樣，她的身分永遠是個隱患。以她和姑父的防範，或許外人永不可能發現，但他還是覺得給她一份保障比較穩妥。

這個經商的身分最早是因光王府而開啟的，後來一直為他籌謀，如今他也該為姑姑想一想。讓她可以放心地去做自己想做的事、能做的事。

「姑姑如果不收，我也會想方設法留下，總之，這一定要給妳的。」

棲遲看著他，唇輕啟，緩緩露了笑：「沒想到，如今也到你護我的時候了。」

李硯這才笑起來：「如此才不枉費姑父的教導。」

薄暮的光透過掀動的簾布映在他半張臉上，棲遲隱約覺得當初那個在車中隨她同來北地的孩子已經再也瞧不見了。

馬車趕著落城門前的最後一刻入了城。

自從當初棲遲與古葉城的獨眼訂立了互惠的協議之後，北地就多了不少外來胡商入駐開設的商號。如今的幽陵郡中也不例外，因著距離古葉城不算遠，獨眼的鋪子也在這裡開了好幾家。

夥計小跑著去通知他有客拜訪時，獨眼正在街心的一家鋪子裡對了帳目要返回古葉城，聞言覺得不對勁，像是自己的行蹤被人掌握了一般。

他一面讓夥計去帶人來，一面在邊上的耳房裡往外看。

曹玉林先進鋪中，一行人緊隨其後，個個默不作聲，卻極其整肅威壓，其中一人逕自將店鋪大門關了。

他們身後，緩步走出一個女人，隔著帽紗看不清模樣，唯有身段有些眼熟。

獨眼看看曹玉林，再看看這女人，便知是遇上熟人了。

棲遲迎著他一隻眼的目光入了耳房，攏著手說了句暗語：「拘一把火做。」

獨眼知道她的手筆，「火做」指的就是大宗買賣，必然又是一筆狠賺的，自然求之不得，立即道：「這次拘什麼？」

外面始終很肅穆，沒有一個人出聲。

耳房裡，棲遲很迅速簡潔地將要說的說清楚。

很簡單，讓她帶來的這批人隨獨眼啟程，裝作商隊模樣進入古葉城，隨後就安插在她自己的商隊裡，其餘的事就不用他管了。

這樣，在邊境的後方，古葉城裡，就不動聲色地多了一支藏兵。

哪怕阿史那堅的人來回於邊境線外查探，兵器與人手是分開過去的，無論如何都沒有暴露的可能。

很長時間內，獨眼都在考慮。

他心裡是有數的，實際上棲遲運生鐵、冶兵，皆是在古葉城這三不管地帶做的，他為賺錢多少也參與了，自然知道些眉目，只不過也知道規矩，這些事情必須當作不知道。

此時，他想了又想，才說一句：「傷攢子。」意思是虧心事，多少是有些害怕的。

棲遲說：「放心，這一單，對得起任何人，甚至能叫你古葉城也擺脫以往的威脅。」

獨眼是聰明人，明裡暗裡一番話，又是重利當前，他知道該選哪一頭。何況當初就已選過一回，臨時跳反，兩頭都沒好路走。

終究，他還是握指成拳，伸了出來，答應了。

棲遲還要趕在城門落下前離去，無法多留，即刻便要走人。

獨眼忍到此時，終於忍不住道：「妳一定不是魚形商號家的。」

棲遲停下。的確，她從頭到尾做的這些都不像個普通商人能做的事。既然他自己已把她從魚形商號裡剔除掉了，她還省得去找理由圓了。

「沒錯，我不是，魚形商號的東家就和你一樣，只是在做些有利的買賣罷了。」

獨眼一眼翻白，一副我就知道的表情，自己掩了掩耳房的門，神神祕祕地問：「妳到底是什麼人？」

棲遲想了想，能讓他更放心地去做也好，隔著帽紗，緩緩開口說：「瀚海府，伏李氏。」

她有諸多身分，但如今心裡，就只剩了這一個。

第三十九章　煥然如新

邊境線前，黑雲低垂，冷風過境，起伏連綿的山坡遮擋了視線，四下悄無聲息。

北地大軍分幾支散開，按照地勢蟄伏，一切有條不紊。

伏廷巡視過一遍，扶著腰後的刀走到後方。

羅小義一路跟在他後面，一邊走一邊拿眼瞄他：「三哥可算來了，這些日子我一直在傳你的假消息，都快信以為真，當作你是真出事了。」

伏廷在他面前轉了轉手腕，意思是沒事，在都中雖有交手，不過是落了些皮肉小傷，早已沒什麼要緊的了。他往邊境線盡頭眺望，一道連著天的地平線掩在暮色裡，看起來什麼蹤跡也沒有。

「情形如何？」

「一直是這樣，」羅小義回，「那毒蛇太狡猾了，時常試探，可能是在等待時機。」

阿史那堅前些時日還蠢蠢欲動，大有攻來的跡象，那時候正是邕王篤定了要成為儲君的時候，顯然是想要與其裡應外合，但之後沒多久就有所收斂。大概是邕王與他通了氣，知道情勢不對，他便按兵不動了。

現在則可能是在推測伏廷是不是真的被帝王治了罪困於都中，所以還沒有下一步的動作。

伏廷心裡明白，露了個面便返回，以免打草驚蛇。

剛下了坡地，幽陵都督領著幾個人從遠處馳馬過來，竟似十分匆忙，一跳下馬就來稟告：「大都護，斥候探到阿史那堅領著人正在往後撤，許是得到了風聲，知道您自都中安然無恙地回北地了。」

羅小義頓時急了：「三哥，我去看看，這麼好的機會，再讓他逃了，下一次又不知什麼時候才能逮到他，有這人在，突厥就沒完沒了地挑事兒！」

所有人都是這個念頭，否則伏廷就不會這麼迅速地趕回來了。他招了下手，羅小義立刻上前，貼近他跟前。

伏廷在他耳邊低低吩咐幾句。

羅小義仔細聽完，點點頭，轉身就去牽馬：「放心好了，我去去就回。」

伏廷囑咐：「不要戀戰，探明他動向就回來。」

羅小義抱拳，爬上馬背，帶上一支人馬出發。

幽陵都督也跟著一併去了。

伏廷又朝邊境線那頭看了一眼，兵法說知己知彼百戰不殆，阿史那堅既然把他當作敵手，一定細細鑽研過他的諸多作戰方式，此時是真要退走，還是以退為進，都很難說。

他在心裡詳細地推演了一遍，大到全盤的布局，小到每一支兵馬的排列組合，以及棲遲與他討論過的安排，都已整合清楚，確定沒遺漏什麼，才轉頭往自己的戰馬那兒走。

上馬時，一名近衛來報：「大都護，夫人那邊已經安排好了，古葉城距離此地不遠，最多一日一夜，人手便可以順利運至古葉城，抵達阿史那堅後方。」

伏廷不禁心裡一動，她的速度比他想得還快，大概是特地趕著為他辦好的。這種時候他甚至想感嘆一句自己運氣太好，能有這樣一個女人全心全意地站在他背後。

「告訴她我很快回去，先等小義的消息。」他吩咐完，打馬退去更後方。

這一等，竟足足等了幾個時辰。

天已完全黑了下來，天邊有了月色。

伏廷已經又將四下部署了一遍，忽然覺出不對，轉頭遠遠看了一眼，羅小義竟還沒回來。

他豎手感受一下風向，策馬往另一頭而去，月色裡坐在馬上，仔細聽著順風送來的聲音，隱約有凌亂的馬蹄聲，立時察覺有變。

有人快馬自遠處而來，月色裡飛奔如影，遠遠的就在喚「大都護」。那是幽陵都督的聲音。

伏廷看著他到了跟前，眼睛往他身後一掃，沒有看見羅小義。

不等他發問，幽陵都督便急匆匆地抱拳稟報：「羅將軍與阿史那堅交了手，忽然追著他去了，此時恐怕已經出了邊境線，屬下擔心有失，只得趕回來報！」

伏廷一手按著身下的戰馬，沉了臉，以羅小義的經驗，應當不會出現這樣的失誤才對，必然是有什麼緣由。

「到底怎麼回事？」

幾個時辰前，羅小義和幽陵都督帶著人去追蹤阿史那堅的行蹤時，本一切如常，甚至羅小義自己還叮囑幽陵都督要謹慎，因為阿史那堅本人就是條謹慎的蛇。

阿史那堅在此之前已經悄然越境，而北地這面並未阻撓，反而有誘其深入的意思，以至於他已入了邊境線內的大片無人荒地。如今他卻又帶著人在退，且已退至邊境線附近的一處山坳裡，未免古怪。

羅小義為防有詐，讓幽陵都督領一隊人在後接應，自己率領人馬進去查探。

果然，阿史那堅竟然早已察覺到被追蹤，羅小義一帶人進去就遭遇了伏擊。

然而羅小義也不是泛泛之輩，敏捷地做了應對。雙方藏頭露尾地試探到這時候，終於交手。

山坳中難以施展開，兩方騎兵都無法使用急攻猛衝的戰法，只能貼身近戰，而這種時候伏擊的一方明顯占據優勢。

阿史那堅始終沒露面，唯有夾道兩側的山石之後不斷有突厥兵衝殺出來。天色越來越暗，雙方糾纏如陷入泥沼，都有損傷。

羅小義想起伏廷交代的話，見不占上風，及時後撤，想折返與在後等待的幽陵都督會合。

不想就在此時，一柄彎刀劈到眼前，他立即揮刀格開，凝神一望就是對方一雙陰鷙的眼，生在一張灰白陰沉的臉上。

「伏廷的左膀右臂也不過如此。」阿史那堅用漢話嘲諷他，連聲音都是尖利的。

論戰場對陣叫罵，羅小義還真沒輸過誰，當下「呸」了一聲，揮刀就砍：「夾著尾巴跑的孬種，還有臉說這種話！」

早有突厥兵衝上來替阿史那堅擋了，護著他往後退。

羅小義趁機揮刀再砍時，只聽見阿史那堅的桀桀冷笑：「不知當初那個姓曹的女將軍被我逮走時，你這個孬種又在哪裡？」

刀鋒一頓，羅小義陡然橫馬，瞪著眼看過去：「你說什麼！」

阿史那堅隨著戰局往後退去，人在馬上，臉朝著他，用最冷毒的語調說出讓他難以置信的話。短短幾句，每個字都像是隨著風聲刺入在場北地將士的耳中。

「……想當初，她可真是慘啊！」話音裡夾著笑聲，隨著他帶領的人馬往山坳外退去。

羅小義不知何時起就停在那一處再沒動過，麻木地緊握著手中的刀，周圍的廝殺聲似乎都聽不見了，直到阿史那堅最後一句話說完，已是睚眥欲裂，忽地狠狠一拍馬追了上去。

連後方傳來幽陵都督的追喊也顧不上了，他耳中全是阿史那堅倡狂的笑聲，腦子裡翻湧的全是曹玉林受難的景象，那整整一百八十六人的慘死。他竟從不知道，直到現在，還是從這毒蛇的口中才知道……

「羅將軍！」幽陵都督匆忙領著人追過來，看到他帶著隊伍絕塵追去的背影，不敢貿然去追，連忙叫人留心著動靜，自己帶著其他人趕回去稟報伏廷。

軍營裡，火把熊熊映照。

棲遲剛將鬧騰的占兒安置睡下，囑咐乳母要好生照顧，一出營帳就聽見有馬蹄聲疾馳而來。是往來傳訊的人，這麼晚還往來奔波，必然有事，她特地等了一下。

來人打馬到她面前，果不其然是伏廷的近衛，下馬見禮，三言兩語向她報了邊境線前的情形。

是伏廷特地下令來報知她知曉的。

「什麼？」棲遲聽完就擔心起來。羅小義這時候冒進，萬一出什麼事可要如何是好？

「姑姑。」李硯從另一頭的營帳裡走了過來。他已聽到了，一面走一面在衣袍外繫著披風，「我身負督軍之責，還是該去那裡看一看才是。」

棲遲尚未說話，目光越過他，看到他身後。

曹玉林正站在那裡，臉在忽明忽暗的火光裡沒有任何表情。

「他是瘋了不成！」忽然說了這句，曹玉林轉頭就去營後牽馬。

棲遲看了李硯一眼，提著衣擺跟了上去。

後半夜，伏廷派出去接應的第一批人馬已經返回。

羅小義仍未返回。

回來的人稟報說，他可能真的追著阿史那堅出邊境了。

伏廷當機立斷，上馬點人，宣布備戰。

人馬集結完畢，連夜出發。

沒有火把照明，藉著頭頂月光，一股輕騎如利刃出鞘，沒有片刻停頓，趕向前方。

到那片山坳外時，伏廷收攏隊伍，點了副將出來，分領小股人馬分散去搜尋，命幽陵都督隨時在後接應，一旦有目標可能會直接交戰。

命令剛下完，整隊將動，一馬自後方疾馳而來，月色裡一道黑影，直衝眼前。

伏廷眼力好，早已看見那是曹玉林。

「三哥。」她剛追過來，勒住馬時還在喘氣。

伏廷掃了她擱在身前的手一眼，她說話時韁繩握得太緊，若非風聲太急，甚至能聽見指節的輕響。

曹玉林緩口氣說：「請三哥給我一隊人馬，我可以去接應他。」

伏廷第一句就問：「妳能領兵了？」

曹玉林垂了眼，又很快抬起：「我對阿史那堅比他熟悉。」

伏廷迅速抬頭看了天上的月色一眼，不想再耽誤，揮手遣了兩個副將的人馬給她，握著馬鞭說：「不必勉強。」

話音剛落，他已領著人箭一般穿過山坳而去。

曹玉林依舊緊攥著韁繩，看了跟在自己身邊的人一圈，手心裡忽然多了層汗。

幽陵都督給她送了柄刀過來，順便提醒她：「曹將軍，怎麼還不走，妳不是要去支援羅將軍嗎？」

曹玉林鬆開韁繩，抓住那柄刀，再開口時，臉上依舊沒有任何表情，唯有聲音清晰：「跟我走。」

當初對著那僅剩的一百八十六人，她大概也說過同樣的話。

其他人還未及做出反應，她已領頭馳馬出去，英姿颯爽，一如當年。

邊境線的後方，還有其他人跟著。

棲遲身罩披風，帶著兜帽，從馬背上下來，站在坡地上，時不時朝暗沉的遠方遙望一眼，手指扯了扯披風領口上的繫帶，扯開了，再繫上，反反覆覆好幾次。

伏廷已經調動大部，幽陵都督與軍中諸位副將都已另做排布，這比他原定的安排早，不管是有意還是無意，要除去阿史那堅的行動已開始了。

一行人隨行左右，李硯就在她右前側的坡地上停了馬。

他以督軍身分過來，說到底還是擔心羅小義的安危，停留沒多久，回頭說了句：「姑姑別擔心。」又帶著那些人往前去觀望動靜了。

不知不覺天就亮了。

棲遲在原地來來回回地走動了幾圈，才察覺已經等了這麼久，屈了屈被風吹冷的手指。

忽地一陣聲響順風傳來，似是馬蹄奔騰，又似是混著戰場喊殺聲。她循聲望去，半青半白的天色像是在天際割開了一道豁口，魚肚白的光從豁口裡照出來，有人乘馬而來，看身形和所著的甲冑，似乎正是羅小義。

在他的左右兩側斜後方，各拖著一道塵煙，那是往他那裡接應的人馬，一頭為首的是軍服貼身的伏廷，另一頭的馬上坐著黑衣人影，應當是曹玉林。

棲遲不禁朝著那方向走了幾步。

沒人料到會是以這樣的方式接應到羅小義。

曹玉林在下決心自己出面的那一刻，就已做足迎接壞結果的準備，甚至帶著人到了邊境線外，只差一步就要與突厥騎兵交手，卻在最後接到消息，他自己返回了。

晨光熹微，伏廷的人馬和她的人馬幾乎同時衝到羅小義跟前。

一躍下馬，曹玉林就扔了手裡的刀，手心裡尚有一層未乾的汗水。她走過去拽著羅小義的衣襟，直接把他從馬上扯了下來。

「羅小義，你是不是活膩了？」她揪著羅小義的衣襟，板著臉說了一句，又重重一推，「真活膩了也別壞了三哥的事。」

風吹亂了羅小義的髮髻，他滿面塵灰，身上沾了血跡，後退兩步，看著她，忽的開口，嗓子卻是澀的：「阿嬋，疼嗎？」

曹玉林愣住。

在場士兵默默看著，誰也不明白是怎麼回事。

伏廷看了羅小義一眼。

羅小義誰也沒看，眼裡只有曹玉林，兩隻眼明顯泛紅。

「全軍聽令，」伏廷韁繩一振，肅然地打馬前行，「都跟我走。」

在場士兵，無論原先是跟著誰行動的，此時全都聽令，跟上伏廷離去。

這裡只剩下羅小義和曹玉林。

其實羅小義並沒有冒進，哪怕他的確怒火中燒，恨不得將阿史那堅碎屍萬段，但多年殺敵經驗還在，追出去沒多久就被伏廷交代的話拉回了理智。

阿史那堅一定是探知到他與曹玉林的關係，故意用此來激怒他，想除了伏廷的一支力量。

他強忍著，生生壓下當場追殺他的念頭，在出邊境那一刻假裝醒悟，及時帶人往回撤。

阿史那堅的人馬或許原本真動了撤走的心思，但他們終究還是被他的示弱吸引回來。

羅小義將他引往另一頭的峽谷，才趁機脫身回來，而為了把他再引回頭，已損失了數百人。

他一直忍著，舊愁新恨，都忍著，直到現在親眼看到曹玉林，猶如洪水潰堤，此時能問出來的只有這一句：「阿嬋，疼嗎？」

曹玉林在他面前站著，如同沉默的泥塑，連眼珠都沒有動一下。

羅小義眼眶更紅了，一手握拳堵住嘴，轉過頭去，口中還是難以抑制地洩露一聲嗚咽。

他蹲在馬下，像個做錯事的半大小子，開口全是自責：「是我沒用，什麼都不知道，只想著妳不要我了，都沒想過妳遭受了什麼……」他終於抬起頭，看著曹玉林，「阿嬋，妳實話告訴我，妳的傷真好了嗎？真不疼了嗎？」

他的聲音被風吹得斷斷續續。

曹玉林的眼珠終於動了動，喉嚨裡如同被沙子硌著，很久才發出聲來，已是生生嘶啞了：「傻小義……」

棲遲從那頭收回目光，從剛剛所站的山石旁轉過去，心裡像被什麼堵著，一轉身，眼前是男人結實的胸膛。

隨行的人早已退走，伏廷不知何時站在她身後。

她仰頭看他，從他低頭看來的視線裡看見他眼睛裡的自己，像是已陷在他眼底的那片深淵裡：「沒了一個阿史那堅能讓北地太平嗎？如果能，我只希望永遠也不要再有下一個阿史那堅出來了。」

伏廷扯了下嘴角，是有心安撫她：「這不就是我身為一方大都護的職責嗎？」

棲遲看了他腰後的寬刀一眼，腰側的長劍，知道他很快就要有所動作了，抬起手臂摟住他的脖子。

伏廷身上已被風吹冷了，她將手臂收緊了些，靠過去，鼻尖與他輕輕相抵：「答應我，要好好地回來。」

伏廷凝視著她的雙眼，她之前什麼也沒說，現在終究還是開了口。他的手按在她腰上，彼此在風裡偎依。

「我和占兒都會等著你。」

隊伍集結，伏廷換上鎧甲，跨上馬背，準備出發，正要下令將羅小義叫來，他已經騎著馬自己過來了。

「三哥，」羅小義戴上盔帽，眼眶還紅著沒褪，「阿史那堅的人頭請你留給我。」

當初在榆溪州與之交手時，伏廷讓他記住阿史那堅那張臉，他還不知其意，如今明白了，只恨不得生啖其肉。

伏廷朝他身後看了一眼，沒作聲。

曹玉林自羅小義身後打馬過來，黑衣外多了一層甲冑，她說：「不用，他的命，我自己取。」

羅小義看了看她沒表情的臉，沒了話，此刻彷彿又回到當初與她並肩作戰的歲月。

伏廷發話：「聽我號令行事。」

隊伍開始前行，他轉頭看了一眼。

棲遲坐在馬背上，臉掩在兜帽裡，面朝著他的方向。而後她扯了韁繩，調轉馬頭到一旁同樣坐在馬上的李硯身旁，二人一直看著他們這裡，直至越來越遠，看不清身形。

伏廷轉頭揮手，下令全速進發。

在這支隊伍之前，另一支兵馬被調動，由幽陵都督率領，已前往去包抄阿史那堅。

半道上，安排妥當的幽陵都督等在那裡，順利等到與伏廷的隊伍會合。

隊伍呈倒甲字，推向目的地。

阿史那堅此刻正身處一片峽谷中，此番追返回來，兵馬困乏，必然要休整，但谷中細窄而曲折，不是休整之地。他很快意識到不對，當即退出，只在兩側遊走，追殺羅小義故意留下吸引他的兵馬。

本意是要盡可能的消耗伏廷的兵馬，但陸續所遇都是散兵在奔走，他便又立即改變對策，謹慎地往另一邊退去。

伏廷到時，包圍圈正在緩緩收攏。

忽然有兵來報：「右側翼已與突厥騎兵遭遇。」

他立即抽刀下令：「戰！」

雙方交手，一觸即燃。

一眾將領，按照伏廷的命令，各守一方，協同應對。

羅小義早已在伏廷下令的那一瞬就衝馬入陣。

阿史那堅很快意識到被圍，突厥軍兵分幾路，由他手底下的副將率領，從兩側方向衝擊北地兵馬的包圍圈。

伏廷執刀躍馬，奔上高地，居高臨下地眺望，衝擊的突厥軍突圍艱難，這麼做倒像是有意拖住時間。

塵煙滾滾，廝殺聲亂。如他所料，其中一陣塵煙如被拖拽出來的一道，脫離了廝殺陣中，直往邊境線而去。那是他們在試圖往邊境線外撤退。

他一夾馬腹，衝殺過去。

攔截的兵馬如斜刺而來的鋒刃，試圖撤退的突厥騎兵被這支北地的馬上槍兵阻斷，彎刀難以對陣，頓時就像被泥沼纏上一般，被生生拖住了。

阿史那堅終於露了臉，在突厥隊伍中一閃而過，像個灰白的鬼影，更加奮力地往邊境衝去。北地大軍仍在後一路追截。

直至那片峽谷前，細碎的山石滾落在地，馬匹前行受阻，再無他路。在這不毛之地的一片峽谷，曲折蜿蜒，由兩片石山所夾，要穿過去才能離邊境更近。

可能是有意的追截，將他們逼來這裡。但阿史那堅只能繼續往前，穿越谷中狹道。細窄的谷地將隊伍擠壓，兩側高壁上忽然箭羽飛下，早已埋伏在此的瀚海府弓箭兵險些就要無用武之地了，此時又讓他們得到機會。

一陣即停，因為北地兵馬追了進來，需防著傷到自己人。

儘管如此，阿史那堅還是衝出谷外，卻也受了重創，突厥騎兵至少損失一半。

後方追兵又至，剩餘的兵馬也被拖住，他不得不直面應戰，彎刀揮動，忽被一柄熟悉的長刀從側面挑開，鏗然一聲刀鋒低吟。

之所以熟悉，是因為早已在心裡交手過多次。

刀鋒白刃上，映出男人冷冽的眉目，伏廷握刀在手，盔甲烈烈，正冷冷地看著他。

阿史那堅臉上忽然露出詭異的笑：「伏廷，你以為你能殺得了我嗎？」

「或被殺，或被擒，你只有這兩條路走。」伏廷霍然揮刀。

阿史那堅手中武器震飛，身前卻忽然飛撲過來一個突厥人替他做肉盾。對方中刀濺血，他卻恍若視而不見，只是陰沉地笑著，忽地推開那人，手中多了一截細長的尖錐，直刺伏廷胸口。

這是可破盔甲的利器，他下手無比迅捷純熟，似演練了百遍。就如同突厥女當初的那招鐵鉤傷喉，都是出其不意的殺招。

伏廷以最快的速度側身迴避，仍被刺中肩頭。

阿史那堅卻沒再動彈，灰白的臉如同凝固，陰鷙的眼往下看去，自己胸口已沒入一截刀刃，力破護甲。

伏廷之所以沒有完全避開，就是因為在那一刻已經送出了刀鋒。

霎時間，突厥軍瘋了一般衝過來保護。伏廷抽出刀，斬殺了一人，肩頭也退離了錐尖，血頃刻溢出，濕了肩頭和半臂。

「三哥，有藏兵！」羅小義正從後方趕來這裡。

另一邊有沉重的馬蹄聲踏過大地，混著突厥語的呼號。

阿史那堅一手捂著鮮血淋漓的胸口，邊退邊笑：「我等的就是這一刻，看你是要我的命，還是要你的北地……」話沒說完，他已頭也不回地往邊境線衝去。

所有的突厥兵都在為他脫逃而以命做盾，拼死阻擋後方北地兵馬的追擊。

而另一邊聲音的來源在他們東北向奔進，所襲方向應是幽陵郡。

伏廷只看了一眼，轉頭看向羅小義，抬手往前一揮。

羅小義立即改向，率人朝阿史那堅追去。

伏廷握住刀，策馬調兵，攔向東北向入侵的突厥大軍。

無人荒原，飛沙走石。

遠遠的，終於看見突厥大軍全貌，烏泱泱攜沙帶塵而來，幾乎是過往的數倍兵力，比任何一次都來勢凶猛。

伏廷勒馬停住，覺得阿史那堅已經瘋了，或許這已是突厥傾國之力，只為了攻破北地。

他抽了袖上束帶，草草綁住肩頭，用力紮緊，手上揚刀一振，立馬陣前，領著後方大軍，橫擋在北地之上。

天上飄下細小的雪屑。

戰線的後方，距離軍營不遠的半道上，棲遲勒住馬，默默地在心裡計算時間。

按照計畫，大概獨眼已經回到古葉城了。

李硯跟在她身邊，問：「姑姑打算就在這裡不走了嗎？」

棲遲想了想，點頭：「就在這裡等吧。」

雪屑迷了眼，她伸手拂了下眼睫，往戰線所在的方向望去。

忽地聽見喊殺聲，響亮到彷彿已快到眼前。她心口驀地急跳了一下，升起一股強烈的不安，打馬往前馳了一段，視線中是暗啞的天，下方荒涼的地在雪屑飛舞和塵煙瀰漫中似染了一層紅，如被血浸……

阿史那堅仍在往境外撤退。

他以重軍推入北地東北向，伏廷若選擇繼續以大軍包圍他，就要做好被突厥殺入北地的準備，若要回防北地，就給了他逃離的機會。

果然此時後方追兵減少了，只是始終有一支對他窮追不捨。

阿史那堅回頭看了一眼，認出是羅小義，看來伏廷還真是鐵了心要殺他了。

想到這裡，即使受了重傷，他都要得意地笑起來，只是傷口流血不止，已快無力。他將自己也當顆棋子，這一局，無論如何，都是對突厥有利。至於自己，哪怕死了，也要讓北地淪陷在突厥鐵蹄之下。

邊境線已近在眼前，身邊所剩的兵馬卻已不多。阿史那堅拼著殘餘的一口氣，奮力衝出去。

古葉城不能再走一回，不是不敢，是他不信，鞣鞨人已被中原王朝控制，只能自側面繞行，那裡也有他安排的突厥騎兵，雖人數不多，但足以接應。

羅小義敢追到這裡，在他眼裡看來，已註定是有來無回了。想到此處，他更加得意，一切都在他算計之中。

然而斜後方竟又傳來馬蹄震踏聲，又有另一小隊人馬在往他這裡追來。阿史那堅死死摁著傷處，陰沉地瞥了一眼，沒有看清領頭的是誰，埋頭往前直衝了十數里。

果然有一隊突厥騎兵衝出來接應他。

然而下一瞬，他們所過之地，忽然殺出一批人馬，未著兵甲，只著短打，如同行商的尋常旅人，卻個個拿著嶄新的刀兵，斬向他們的馬和人。他們出現的方向，背後是古葉城。

血漫去路，頃刻死傷大片。退路已絕，阿史那堅連人帶馬被圍住。

羅小義已到了跟前，恨聲道：「你也有今天！」

終於也叫他嚐到被伏擊的滋味。

阿史那堅直到此時仍縮在僅剩的幾個突厥騎兵的護衛下，捂著傷口冷笑：「手下敗將，也有資格叫囂？」

羅小義恨透他這副嘴臉，劈手揚刀地殺了過去，忽地另一道人影已衝入伏擊圈。

曹玉林黑衣隨風翻飛，一言不發策馬殺至，眼中只有那一人一馬，霍然翻身下馬，一刀砍向阿史那堅身下馬腹。

馬吃痛，掀翻背上的人，將他摔落在地。

阿史那堅拖著刀，摁著傷口後退，才看出剛才沒看清的人就是她，一臉不屑地道：「原來是妳，突厥奴。」

羅小義殺意頓起，要衝上去時，看見曹玉林的身影，又生生忍住。

曹玉林緊緊握著刀，走到他跟前，一字一句，面無表情：「去下面炫耀吧。」話音未落，刀已揮下。

人頭滾落。

一百八十六條人命的血債，終究在她手中了結。

殺聲從高轉低，李硯接到報訊，回頭告訴棲遲，那是突厥大軍在往幽陵郡方向猛攻。

幽陵都督和各位副將都帶著人馬分頭攔截，阻斷了各個通道。

棲遲看見遠處有人過來時，立即拍馬過去，斥候在遠遠地大聲喊：「突厥右將軍已死！突厥右將軍已死！」

她一直行馬到能看見兵馬蹤影的坡上，視線裡出現打馬而回的羅小義和曹玉林。他們身後的馬背上是折斷的突厥軍旗和帶血的包裹。

「你們回來了？」她下意識看了他們身後一眼。

只有他們。

羅小義抹了把額上的汗：「嫂嫂放心，我這便去支援三哥。」

棲遲心中一緊，所以伏廷還情形不知。

羅小義領頭，所有兵馬都往那一處集結而去。

遠處忽然一陣劇烈的馬蹄聲，像是被什麼趕著遠去，越來越遠。

明明遠離了，卻又像踏在耳邊，因為實在太沉了，不用親眼所見也能猜出是怎樣龐大的一支兵馬。

棲遲不自覺地也拍馬跟了過去，老遠看見幽陵都督正率人過來，身上已經受傷。

緊跟著又有斥候喊：「突厥撤兵了！」

「大都護何在？」她立即問。

幽陵都督艱難地抱拳回：「大都護獨領一支兵馬守在最重要的關口上了。」

餘音尚在，驀然一聲淒厲的高呼：「三哥！」是羅小義。

棲遲瞬間心頭像被揪住，一夾馬腹就衝了過去。

雪下大了，紛紛揚揚，大風掀開她頭上的兜帽，雪花迎面撲了她一頭一臉。

快馬到了地方，是一條倚山傍坡的山道，混戰的痕跡還在，四處凌亂，屍橫遍地。

羅小義正帶著人馬衝向未及退走的最後一批突厥騎兵。

他們後方，山道上堆積了高高的屍體堆，伏廷一隻手拄著劍立在那裡，另一隻手還牢牢握著刀。

身旁是始終緊隨的幾名近衛。

馬已踏到屍身，分不清是突厥兵的，還是北地將士的，甚至還散落著兩個衣著顯然是突厥將領的屍身。

棲遲下了馬，朝他那裡跑了過去。

伏廷盔帽已除，渾身浴血，一動也不動。

她莫名地心慌，顧不上到處都是屍體和刺鼻的血腥味，一直跑到他跟前。

安北都護府的旗幟還高豎著，被生生插在突厥兵堆積的屍體間，迎著風雪獵獵作響。他身後所擋的方向，是北地的關口，關口之後就是幽陵郡城池所在。

棲遲迎著他的眼：「你怎麼樣？」

伏廷的眼睛忽然動了一下，落在她身上，丟了刀，朝她伸出手來，聲比平常低沉：「扶我一下。」

她一把握住他的手。

剛握住的剎那，伏廷陡然倒了下去。

近衛們連忙上前，棲遲已慌亂地伸手抱住他。

她吃不住重，跟著跪倒在地，手心裡濕漉黏膩，全是他背後的血。

雪花落下，從他的肩到身下的地，片片浸為殷紅。

「三郎。」她用身體支撐著他，顫著聲喚他。

伏廷頭靠在她肩上，沒有聲音。

棲遲轉過臉去看他，只能看見他的側臉，垂下的眼簾上沾了雪屑。

她用力將他抱緊，似已感受不到他身上的熱度，聲越發輕顫：「沒事，三郎，沒事，都結束了，我們勝了……」

「別忘了你還要帶我走遍北地。」

「我和占兒還在等你回來……」

「三郎，聽見了嗎？」

近衛上前來扶，曹玉林帶著人馬趕了過來，李硯緊跟在她身後。

前方驅逐了突厥殘部的羅小義也正返回。

聽見了嗎？北地在你手中守住了，和之前每一次一樣，從頭到尾沒有一寸土地被侵占。

戰事會造就英雄，也會造就瘋子。瘋子已被除去，我的英雄能否回來。

風雪席捲，天地無聲。

只餘棲遲低低的聲音：「三郎，我們可以回家了……」

一個月後，瀚海府。

街頭熙攘，比起過往熱鬧許多。

解九自鋪中完成一筆清算，將帳冊交到秋霜手中。

秋霜拿了，轉頭又恭恭敬敬地送到棲遲手中。

「東家近來又親自經手商事了，這是好事，如今太平了，咱們的買賣也好做了許多。」解九邊笑邊說。

棲遲輕輕拉了下帽紗，只點了點頭，什麼也沒說，轉身出了鋪子。

所謂的家國大義，在權貴手中不過是追名逐利的伎倆，在前線將士眼前卻是真刀真槍的廝殺。而最終，白骨堆砌，都是為了實現遙不可及的太平。

如今剛剛太平，哪怕能有五年、十年，那也是最好的回報了。

出了鋪子，棲遲坐上馬車。

新露帶著占兒正在車裡等著，一見她進來，占兒就穩穩地走了幾步，到她身邊。

棲遲拉著他坐著，朝車外吩咐：「去官署。」

新露說：「家主今日也要替大都護過問政事嗎？」

「去看一看。」她輕聲說。

馬車順道去了官署，到了地方，護送的近衛進了門，不多時就攜帶著八府十四州上呈的奏報走了出來，悉數遞入車中。

有官員走了出來，垂著手，恭謹地送棲遲的馬車回府。

這已是這個月以來的常態，他們已習慣大都護夫人暫時操持著瀚海府的一切。

棲遲幾乎習慣這樣的生活，每日從鋪中到官署，再回都護府。

安北都護府是她的家，安北大都護是她的夫君，她便該替伏廷撐起這一切。

如常回到府中，她拿著奏報走回主屋，一份一份放下後，看向屏風後。

占兒在她身後穩穩地走著，已邁著小腿逕自走進屏風後去了。

棲遲盯著屏風上兩道淺淺的影子，占兒小小的身影後，是躺在那裡的另一道身影。

那日伏廷被近衛們以最快的速度帶離戰場，送回軍營醫治，肩頭被刺的那處深至肩胛骨，胸口腹上也多處受傷，渾身上下幾乎沒有一處好的，連盔甲都破了多處。

軍醫的處置遠遠不夠，甚至說從未見過大都護受這麼重的傷，最終只能以更快的速度趕回瀚海府，招來更多的大夫醫治。

全程他都昏睡著。

無人知道那一日他到底斬殺了多少敵軍，用了多少力氣，流了多少血，只知道突厥退兵後甚至想派人來談和。

這場戰事彼此消耗，終究他們已抵擋不住，萬一北地殺過去，恐怕再也無法支撐下一次戰事，不如求和。

倏然一聲響，棲遲回了神，看見屏風後占兒的身影一下趴到榻邊，提了衣擺便跑了進去。

腳步停住，她的眼神也凝住了。

占兒正站在榻邊，蹬著兩條小腿，朝著榻上咿呀地喚：「阿爹、阿爹！」

榻上的人竟已坐起，一手抓著他的小胳膊，眼中沉沉然一片如深淵翻滾，一旁是被帶倒的水盆。

棲遲思緒乍空，又如潮水湧起，傾身過去，一把抓住他的手：「三郎！」

伏廷似被這聲喚醒了，鬆開占兒，似乎才從戰場上回到現實。

「我回來了？」他嘶啞著聲問。

棲遲抱住他：「是，你回來了！」

無論多少次，她都會等他回來，也知道他一定會回來。

伏廷伸手擁住她，順便將占兒也拉了過來，眼睛看向窗外。似乎是個一切如常的日子，風已微暖，日頭濃烈。

那一天晚上，他尚未能完全下地，卻還是起了身。

棲遲被他拉在身前，吻得凶狠急切。直到她窩在他胸前喘氣，他才停下。

「我如果醒不了怎麼辦？」他忽然問她。

鼻尖瀰漫著藥味，棲遲說：「你一定會醒，因為我會一直等。」

伏廷無言點頭，拖著她的手按在胸口。

這塊地方已屬於她，只要她還在等，他就一定會回來，不管什麼樣的境地。

月光入窗，皎潔如新。

不知是不是錯覺，眼中的北地，北地的一切，似乎已煥然如新。

——《衡門之下》正文完——

番外

【番外一】

兩年後——

冬日，穹窿陰晦，中原始寒。李硯自洛陽出發，趕往長安。

之所以是自洛陽趕去，是因為這兩年來他暗中於各處遊學，並非只待在北地一處。接到長安送來的消息時，他正在洛陽接受名師教誨。

崔氏族人極其盛情，崔明度每次接送都親力親為，臨行前還願意為他提供一支親兵護衛。

然而李硯都婉拒了，他有一支暗衛，是在北地時伏廷讓羅小義為他訓練的，這支暗衛大多挑選自光王府，與他系出同源，同氣連枝，以後會隨他進入宮廷。

一個日夜的連續趕路後，他領著人順利抵達長安。

長安城中繁華如舊，即使在冬日，也照樣有不少外來商旅往來穿梭，大街上店鋪眾多，包含魚形商號在內，也重新在城中開了鋪子。

當初的事已經過去，邕王定罪後被貶為庶人，全家流放千里，大概再也無人記得那當年的一點波瀾了。

沒有絲毫停頓，當晚他便悄然入了宮廷。

帝王寢殿前早已清空侍從，是為了方便給他和聖人單獨說話。

李硯在門口理了理衣襟，拂去衣擺上的風塵，邁步入殿。

燈座只點了幾盞，大殿幽深，半側在明，半側在暗。

他走到龍榻前，見到和初見時相似的場景，只是垂帳已除，四周空蕩，榻上的人無法再坐著，只能仰躺在那裡，鬢髮斑白，比起兩年前蒼老了許多，已是出氣多於進氣。

正是因為收到都中消息說聖人病重，他才會如此迅速地趕了過來。

大概是察覺到了他的到來，帝王緩緩睜開了眼，眼中愈發渾濁，好一會兒才落在他身上。

李硯掀了衣擺，在榻邊下拜。

「朕做得對否？」這是帝王的第一句話。

「不知陛下問的是什麼？」李硯垂著頭，一副恭敬之態。

帝王喘著濃重的粗氣，聲音低如蚊蚋：「朕一心謀權，力求撤藩，力求遏制邊疆，失去兩個兒子，做得可對？」

李硯這才明白，他是在這時候想起過往。

「在其位，謀其政，不能說陛下有錯，只不過……」他語調拖了一些，變了聲後，聲音沉了很多，「只不過陛下無容人之量，才落得如今下場。」

「你說什麼……」榻上的人陡然昂頭，一口氣險些不繼。

李硯知道已冒犯了天威，但還是垂著頭繼續說了下去：「陛下息怒，近來我研讀皇室史籍，曾經明皇也有過撤藩之舉，撤藩後也將失去封地的藩王們圈養在二都之中，但仍有藩王甘心被撤，只因明皇有容人之心，不會無端猜忌。陛下倘若有明皇一半豁達，何至於此。」

「放肆！」帝王撐著要坐起，卻又難以支起胳膊，口中劇烈咳嗽起來。

「當初入都清剿邕王逆賊時，我們會那麼容易就得以入宮，陛下也該知道我不是胡言。」

「你……」帝王憤怒地瞪著眼，枯瘦的手指指著他，「你……你敢說朕失了人心！」

李硯口氣無悲無喜，甚至說得上乖巧：「我不曾說過，陛下切莫動怒，當保重龍體。」

帝王指著他的手指抖索了一下，渾濁的眼珠卻清明了一些，忽然抓著榻沿狠狠道：「你知道了。」

李硯連眼簾也垂著，恭謹地答：「回陛下，我只知道自己該知道的。」

帝王手指抓得更緊，幾乎要摳入其中，骨節凸起來。當初光王的事，他一定知道了！自然，崔氏已經倒向他，便少不了會有這一日。果然能忍，居然一直忍到今日，忍到他如今無力回天之時，才吐露絲毫。

「你想如何？」

李硯緩緩抬起頭，直視著他，那張臉比起兩年前愈發長開，眉目清雋，越來越像當年的光王，「陛下還請好生養病，這不是陛下親手做的，不過是下面的臣子聞君心而動罷了，誰做的，以後我自然會揪出來問罪。」

帝王臉上浮出詭異的潮紅：「那朕呢？」

他的疑心病又犯了，他不信此子如此忍耐會對他毫無仇恨之心。

李硯看起來面色如常，唯有袖中手指緊握，他的確已可以正視這段往事，只因為在北地見識太多的生死和戰事，越發認清肩頭所擔的不只是一樁家仇，還有責任。

但要他全然忘記，也絕無可能，他還記得曾在父王牌位前發過的誓，此生永不會忘。

「陛下的功績會被載入史冊，永為後世傳頌，自然，過失也是。」

過失包括那些見不得光的事，他為撤藩用的手段，被他陰謀除去的光王、其他藩王，甚至是在皇權下送命的兩位皇子。

「你敢！」帝王額頭青筋暴起。

李硯垂首：「我敢。」

迄今為止，只有這兩個字是他說得最為大膽的兩個字，其他時候他始終是恭敬的模樣，似是只是來侍候病重的帝王一般。

帝王臉色數番變化，驀地又是猛咳，陡然一口血溢出來，臉上忽然一片慘白，喉間大口大口地吸氣，仰躺在那裡，似被捆住了手腳一般，再也說不出半個字。

李硯安靜地看著他，拿了帕子給他清理了嘴角。

人如殘燈，終有滅時，到了此時，他才是真的無悲無喜，看著面前的人，不再是高高在上的帝王，不過是一個風燭殘年的老人。

三日後，帝王於睡夢中駕崩。

李硯自那晚後就對往事再沒有提起過半個字，始終隨侍在側。

哪怕沒有情分，甚至有仇，但至少還有君臣之間的本分。他恪守到底，換了輕軟的白袍，如同宮中尋常的侍從，一直送帝王至最後一刻。

更甚至，在帝王恍恍惚惚地睜大了眼將他認錯時，雖然他們之間隔了輩分，還是配合著裝作是他的么子，給了他一點安慰。

崔明度後來在趕來為他安排登基事宜的路上聽說這些消息，還小聲地與身邊人說了句：「我們這位新君，想來還是太善良了。」

北地相距遙遠，即使接到消息就已上路，棲遲和伏廷趕至長安時，登基吉日也已經過了。到了宮中，大典已畢，滿朝文武都已退去，只餘下李硯坐在殿中。

高殿金座，少年龍袍皇冠加身，身姿長高，卻仍清瘦，珠冕遮擋視線，是從未見過的面貌。明明也沒有隔很久，再見已不能再向先前那般隨意。棲遲身上穿著厚重的織錦宮裝，挽著宮髻，看了他好幾眼，才鄭重斂衣下拜。

伏廷站在她身側，難得地著了官服，一同叩見新君。

一名年輕的內侍在旁宣讀了聖旨，當場以新君之名，詔封棲遲為皇姑大長公主。賜地建府，加享采邑，皆是超出過往禮制的規格。

不只如此，內侍宣讀之後，又言明：「大長公主以後可以隨意出入宮中，安北大都護見駕也不必卸兵，可以帶刀入殿。」

凡此種種，無一不是莫高的榮寵。

棲遲聽完便抬起了頭，李硯已經步下高座，朝這裡走來，親手將她和伏廷扶了起來。

剛才刻意拉著距離不過就是為了宣讀這道聖旨罷了。他稱帝後的第一道聖旨，便是這個。

眼見內侍麻利地退了出去，棲遲才如往常般與他說話：「剛剛為帝便這般加恩，豈非要叫我們惶恐了。」

李硯站在她面前，已比她高出一些，扶著她道：「這本就是每個帝王都會做的，也是姑姑應得的。」

棲遲說：「可我還是覺得太重了。」

李硯抬手攔了一下，不想叫她拒絕，轉頭看向伏廷：「姑父，我能有今日，全仰仗您一力扶持，不知您有什麼想要的，盡可以開口。」

單于都護府私通外敵後，已獲罪被革除了都護府，先帝詔令將其轄下數州全部併入安北都護府下，但那算不得是他的封賞，反而是北地更多了一份責任。

伏廷看了看他，忽然掀了衣擺，單膝跪地：「臣別無所求，只求大長公主此後能隨臣永留北地。」

李硯愣了愣：「就這樣？」

棲遲輕輕笑了笑：「所以我才說太重了，用不著賜地建府，我也不打算長留長安，若是來看你，能出入宮廷也就夠了。」

「就這樣。」

說到此處，她忍不住抬了手，本是想和以前每次寬慰他時一樣摸摸他的臉，但他如今已經長大，不太適合，手指最終替他扶了扶龍冠。

「阿硯，以後要好好的，做個好帝王。」終是到了這一步，沒有別的交代，唯有這一句。

離開殿中時，臨近傍晚，長安城正是一天裡最冷的時候，寒風嗚咽，在宮樓飛簷間盤旋。

棲遲自宮殿臺階上緩步而下，慢慢踏上宮道，一路走來細細看過一路的景象，又回望一眼巍巍金殿，轉過頭來時，垂著眼看著腳下的路，默默往前走。

伏廷看了她一眼：「放心，有崔氏在，都中很安穩，待過上兩年，他也就培植起自己的勢力了。」

棲遲搖搖頭：「我只是想起我哥哥。」

不知道如今這樣，算不算完成了哥哥的遺願，如今阿硯身在這深宮之中，又是否是她哥哥希望看到的。

身後忽然傳來腳步聲，似很急促。

「姑姑！」

棲遲聽到喚聲，轉身回頭。

李硯從高階上快步走來，頭上帝冠已除，快步如飛，龍袍翻掀，一路追了過來。

隔了幾步，他停下腳步，忽然衣擺一振，朝她跪了下來。

棲遲怔了怔，下意識要去扶他，又立即反應過來，便要跪下，卻被他攔住了。

李硯抬頭看著她，眼裡微濕：「姑姑可以放下父王的臨終囑託了，我希望姑姑以後與姑父都只過自己的日子，不用再為我擔憂分毫。」

雖然他在殿中答應了姑姑和姑父的請求，但方才在高階之上看著他們背影一路遠離時，想起此後難得一見，終是忍不住追了過來，說了心裡話。

棲遲想笑，心裡卻又無端泛出酸楚：「我早已放下了，所以才要隨你姑父回北地，這條路是你自己選的，你長大了，只能自己走了。」

在那晚，伏廷追來問她時，她便已放下了，後來在光王府又聽伏廷提起那把劍的來歷，才知道她哥哥不僅僅只有重振光王府的遺願，也希望她能嫁得良人，有最樸實的祝福，終究澈底釋懷。

「回去吧，別叫人看見。」她將李硯扶起來，心頭如澀如麻，轉身走向伏廷。

李硯瞬間止住了情緒，目送著他們離去。

他已是帝王，這大概是最後一次在姑姑和姑父跟前如此模樣了。

伏廷握住棲遲的手，朝李硯頷首，帶著她走出去，半道看了她的臉一眼，把她往身邊帶了帶，低聲說：「別忘了自己又要做母親了，怎能動不動就傷懷。」

棲遲不禁看了自己的小腹一眼，其實已經顯懷了，只不過宮裝厚重寬大，誰也沒看出來。

「我沒有傷懷。」她說：「到了如今，夫君是一方大都護，姪子是帝王，又要多一個孩子了，連買賣都多賺了許多，我如意得很，還有什麼好傷懷的？」

伏廷只當沒看見她方才微微泛紅的眼睛，聽著她這話，倒像是高興的。

確實都是值得高興的事，傷懷的都過去了，不會也不該再有了。

【番外二】

就在李硯登基為帝之後的數月，北地微涼的初夏時節裡，棲遲到了臨產的時候。

伏廷趕在算好的日子前就將軍中的事都處理了，趕回都護府中，準備陪她待產。

入了府門，一路走到主屋門前，瞧見一道身著紫錦寬袍的小身影正踮著腳，兩手扒著，往窗戶裡頭望，他走過去，上下看了一眼：「占兒。」

占兒鬆開手，轉過頭來，睜著一雙黑白分明的眼看著他，口齒清晰地喚他：「阿爹，我看阿娘。」

明明到了尋常小孩子最愛說話玩鬧的時候，他卻不是那般鬧騰，眼睛鼻子看起來越來越像伏廷了。

伏廷朝窗戶裡看了一眼，怕吵著屋裡的棲遲，蹲下來，低聲問：「看什麼？」

占兒也機靈地跟著放低聲音：「她們問我，要弟弟還是要妹妹。」

她們指的是新露和秋霜，二人今日一早領著他來棲遲跟前問安時就在廊上問過了。

伏廷「嗯」一聲：「那你是如何說的？」

占兒不懂就問：「弟弟什麼樣，妹妹什麼樣？」他可能以為孩子剛生出來就已有個樣子在那兒了。

伏廷扯了下嘴角說：「弟弟和你我一樣，妹妹和阿娘一樣。」

占兒眼珠靈活地轉動著，霎時間就明白了，點著小腦袋說：「要妹妹。」說完他轉頭邁著長長了許多的小腿噌噌進了屋裡，朗聲喊，「阿娘，要妹妹！」

棲遲坐在榻上，剛飲完一盅溫湯，手裡正拿著本帳冊在翻，聞言頓住手上的動作，莫名其妙地看著他。

占兒說完又自顧自地跑出門去了。

她的眼神一直追著他出了門，緊接著就看到門口出現的伏廷，忍不住問：「你與他說什麼了？」

伏廷挑著門簾進來，將手中馬鞭放在腳邊，邊抽袖上束帶邊看著她說：「不是我教的。」

棲遲微微挑眉，早已聽見窗外的竊竊私語了，這叫沒說什麼？

沒幾日，大都護府的第二個孩子就在府中降生了。

這次沒有戰火紛飛，沒有突厥軍的追殺，棲遲生產得很安穩。

伏廷一直徘徊在房門外，聽到孩子的第一道哭聲立即進了門，連穩婆都嚇了一跳。

羅小義趕來恭賀的時候，已經過去有小半月了。

他像模像樣地提著禮上了門，足足兩份，連帶著將當初占兒的那份也補上了。

入了府門，他還沒見到伏廷，先見到占兒蹲在都護府的後花園裡，拿著一截小棍兒在戳樹根邊的泥巴玩。

羅小義打心眼裡喜歡這小子，只因這小子實在像他三哥，向來不嬌氣，連玩的東西都跟他們這些野孩子小時候玩的一樣，於是先拐過去逗他：「占兒，當哥哥啦，怎麼還在這兒擺飭泥巴呢？」

占兒看到他，鼓了鼓腮：「不要當哥哥了。」

「啊？」羅小義一頭霧水，「為何？」

「沒有妹妹，是個弟弟。」占兒氣呼呼的。

羅小義已經聽說了，他嫂嫂這回又生了個小子，好笑道：「弟弟不也很好嗎？」

「弟弟跟我一樣，有什麼好的，阿爹還要我習武了……」占兒腦袋瓜子轉得快，話也轉得快，奶聲奶氣的，聽著像是更氣了。

小孩子的心思很好猜，羅小義懂的，想來這小子是覺得又來了個跟他一模一樣的小傢伙，如今又小，正被父母全心全意照顧著，他卻到了要練基本功的時候了，這麼一對比，多半是覺得自己受冷落了。

羅小義向來是貼心的，對孩子也不例外，當下就將占兒抱起來，往旁邊的石頭上一放，嘿嘿笑著說：「這你可就想錯了，不管以後你有多少弟弟、妹妹，你可只有一個，你都不知道你父母有多在乎你。」

占兒聽得不大明白，鼓著腮，盯著他。

羅小義貼近了，給他慢慢說了一通。

待到聽完了，占兒眼睛一下變亮，跳下石頭就跑遠了。

羅小義出了花園，將隨的禮交給僕從，正打算去前院等他三哥，沒走多遠就見伏廷已從後方過來了。

他站下來等著，笑瞇瞇地剛要道賀，伏廷到了跟前，劈頭就說：「你跟占兒胡扯什麼了？」

羅小義頓時訕笑：「沒啊，我那不是哄小孩子開心嘛。」

他先前對占兒說：「你當時出生的那個排面可比你弟弟大多啦，咱們正為北地打著仗呢，你一出來，敵人都被嚇跑了，厲不厲害？不然你能叫伏戰嗎？」

「再說你母親可是東躲西藏把你生下來的，你父親那更不得了，以為你出了事，看到你那會兒眼睛都紅了。」

占兒問：「眼睛怎會紅了？」

羅小義：「就是快哭了。」

緊接著占兒就跑去棲遲房中，看到父親在，天真地問了句：「阿爹，生我的時候你哭啦？」

伏廷眉峰一蹙：「什麼？」

占兒打小就知道在他面前乖巧，一見不對就把羅小義賣了：「叔父說的。」

伏廷就直接來找羅小義了。他抬了下腳，作勢要踹。

羅小義嚇得一縮，趕緊保證：「不說了不說了，以後打死我也不說了。」越說訕笑得越厲害。

伏廷沒跟他接著扯，打量了一番他的裝束，見他穿著一身尋常青布衣衫，顯然不是從軍中來的，也不是從自家來的，心中有數：「從曹玉林那裡過來的？」

羅小義乾笑，點點頭。

伏廷又問：「她答應你了？」

羅小義嘆氣，有些惆悵：「三哥別寒磣我了，還沒呢……」

「那你還來做什麼？」伏廷忽然說：「什麼時候能兩個人來一起送禮，你再過來。」

羅小義愣了愣，覺得這不像是他說的話。

果然，伏廷轉頭時加了一句：「你嫂嫂交代的。」說完頭也不回地走了。

羅小義站在原地，無奈地摸了摸鼻子，慢吞吞地出了都護府。

日薄西山時分，瀚海府城中的一家酒廬裡，曹玉林正在櫃檯後坐著看店。沒多久，羅小義提溜著兩只空酒袋鑽進了門。

曹玉林看到他進來，習以為常般掃了一眼，又自顧自地低頭幹自己的事。

那一戰之後，她沒有急著回軍中，反而將當初在牛首鎮中開的那家酒廬搬到瀚海府裡，照樣和往常一樣做著尋常的賣酒生意，偶爾也跟棲遲做一做其他買賣。

羅小義將酒袋放在她櫃檯上，推過去：「我來打酒，幫三哥也打一袋。」

曹玉林古怪地看他一眼：「又不是冬日，三哥哪用隨身帶酒？」

羅小義一下被掐住了由頭，所幸反應快，接著就說：「那不是他剛又添了個小子，正喜氣著嗎？」

「哦。」曹玉林早知道了，還打算找個日子去看看棲遲，想著孩子還小，待到滿月去才好，伸手指了下櫃檯後的大酒缸說，「你自己打就是了。」

反正他也不是頭一回來了，熟得跟在自己家似的。

羅小義走到櫃檯後，揭了酒缸上的封泥，一面舀酒一面拿眼瞄她。

曹玉林坐在那兒道：「酒灑了。」

「咳，」羅小義乾咳一聲，直起腰，乾脆也不打酒了，走近兩步，「阿嬋，妳……妳的傷到底好了沒？」

曹玉林轉過頭，面朝著他，還是那一板一眼的模樣：「好了，你大概不知道，嫂嫂當初為了我的傷還特地找名醫配了好藥來，都是大價錢換來的好東西，如今連那些疤都淡了不少了。」

羅小義直想謝一謝他嫂嫂才好，猶豫一下，口氣小心翼翼地又道：「我是想問，妳心裡的傷好了嗎？」

曹玉林不作聲了。

羅小義瞬間就想搧自己，成天的在她跟前轉悠也開不了口，便是怕惹她難受，但這話他終究是要開口的。

「阿嬋……」他又走近一步，一下就抓到她搭在櫃上的手，「咱倆一塊兒過吧！」

曹玉林眼神凝住，微黑的面龐多了紅暈，語氣都有些慌亂：「說什麼胡話？」

「這不是胡話！」羅小義緊緊抓著她的手，「我知道妳心裡一直不好受，咱倆一塊扛成不成？」

曹玉林被他突來的一出弄得措手不及，這會兒卻也慢慢冷靜下來了：「你都不知我如今是何種模樣了，我身上的傷確實沒那般猙獰了，但也瞧不出個女人樣了。」

「那又如何，咱們軍中出身的哪個身上不帶傷？三哥也渾身是傷，也沒見嚇到嬌滴滴的嫂嫂不是。」

「那不一樣，你沒瞧見，才能說得如此輕巧。」

羅小義看她又是平常那副平淡面孔了，心一橫，伸手就去抱她：「那妳便給我瞧瞧好了，我就不信妳還能嚇著我。」

曹玉林猝不及防被他抱了個滿懷，到底軍中出身，手臂一推就隔住了他，反手又箍住他的頸，倒好似格鬥。

「我怎不知你還會如此無賴呢？」她照著他的臉就抽了一下。

羅小義任由她制著自己，借著被她箍著，臉貼在她面前，將另外半張臉也伸過去：「妳抽吧，只要妳別再說這種話。」

曹玉林愣了愣，才發現他手自那一抱之後就很老實地沒亂伸亂摸，分明就是故意要激她的。她自己可以不在意，在棲遲面前也能泰然自若，但羅小義不一樣，這男人如果要跟她過一輩子，這些就應該讓他知道，她不想讓他後悔。

外面似有客人要進來了，老遠就能聽見說要買酒的笑聲。

曹玉林鬆開手，推他：「有人來了。」

羅小義卻不撒手。

她拿膝頂他，被他避開，又用手肘擊他的胸口，羅小義仍是不撒手，一套格鬥下來，不相上下。曹玉林喘著氣，乾脆將他一扯，扯到櫃檯下面，人往地上一坐，總算不會被人瞧見了。

羅小義仍沒放開她，也是直喘氣：「三哥和嫂嫂都有兩個小子了，咱倆都耗了多久了，阿嬋，人這一輩子多短啊，妳想想要是往後再出一回我中伏擊的事，說不準就沒往後了……」

「你給我閉嘴！」曹玉林忽然吼出了聲。

羅小義吸了吸鼻子，看著她變了的臉色，心裡也不好受：「所以妳想想，咱倆是不是該珍惜眼下？」

曹玉林沉默了一下，酒壚外面是真有人進來了。她小聲說：「你先起開。」

羅小義鐵了心橫到底了：「妳先答應我。」

「無賴！」

「妳先前不是還說我傻嗎？」

「滾！」

「別說滾，阿嬋，永遠別讓我滾，我也不會滾的。」

曹玉林對著他通紅的眼，慢慢閉上了嘴，默默無言。

棲遲聽說這事的時候，是深更半夜的晚上，身體調養得很好，已經出了月子。

伏廷在軍中碰到羅小義，帶回了消息，說是二人好事將至了。

她頗為驚訝地從燈火裡抬起頭：「阿嬋那副脾氣，真不知道小義是如何叫她點頭的。」

伏廷也說：「不知。」

看羅小義守口如瓶的模樣，大概是被曹玉林教訓了，鐵定是不會說的。

棲遲忽地食指掩唇，朝伏廷做了個噤聲的手勢。

屋中燈火通明，床邊的搖籃裡躺著小小的一團，床上還躺著睡著了的占兒。

這小子起初老大不情願的多了個弟弟，結果一陣子相處下來又好了，三不五時來看弟弟一眼，好幾次要伏廷追過來把他帶去練功才肯走，現在大概是累壞了，躺在這裡就睡著了。

伏廷也沒吵他，看了看他，走到搖籃旁，去看裡面的二小子。才這麼點大的二小子，皮膚白白嫩嫩的，大概是隨了棲遲。

他生在了好時候，正當李硯登基稱帝，天下太平，連北地也沒那麼多波折。伏廷給他取了個名字，叫伏念州，取的是永遠念及光州之意。

棲遲忽然挨過來，手搭在他臂彎裡，輕聲說：「其實你也想要個女兒是不是？」那日占兒跑來說那話時，她便猜到了。

伏廷看過去時，看到她滿臉的笑，跟著笑了一下：「原本是這麼想的。」是因為覺得女兒一定會很像她。

「什麼叫原本？」棲遲問。

「這又不可強求，是個小子也沒什麼不好。」伏廷側過身，將她攬在跟前看了一遍，「何況生孩子不是什麼易事，我不想妳總遭罪了。」

棲遲知道他是心疼自己，不禁笑得更深，心想如今連話都說得好聽多了。她靠過去，在他耳邊低低地說話。

床上的占兒睡得正香，搖籃裡的念州也乖巧得很，四下安靜，唯有燈芯上爆出了燈花。

【番外三】

李硯登基之後的數載間，棲遲和伏廷雖然入都看過他幾次，但從未長留，其他時候一直留在北地。在他們看來，遠離皇權是對李硯好，也是對自己好。

儘管不常見面，但彼此間書信往來卻是頻繁的。棲遲經常能收到宮中的來信，李硯至今仍對她無話不談，這點從沒變過。

變的只是身邊的人和事。羅小義和曹玉林成了婚，新露和秋霜也在北地落地生根，皆嫁給北地的軍中將士。

北地一切如舊，時光翩然如梭。

一個驕陽當頭的午後，都護府的廊下跑過一道孩子的身影。

伏家老二伏念州，今年已經長到五歲。太陽晃眼，他提著衣角跑進一間院子。

院子裡有人在練武，端著杆才半人高的木頭長槍，耍得有模有樣的。

念州跑過去，踮著腳喚：「哥，大哥！」

沒人理睬他，他急了就改口喊：「伏戰！」

練武的身影這才停下來：「幹嘛？」

那是八歲的占兒。他每日都要至少練上兩個時辰，這是伏廷定下的規矩，雷打不動。念州比他小些，可以只練一個時辰。剛才他還沒練完，按規矩是不能停的，可硬生生被打斷了。

念州湊過來：「大哥，你幫我個忙好不好？」

占兒比他高出半頭，一聽這話就把槍一扔：「你闖禍啦？」

念州左右看看，晃著身子擠到他跟前，神神祕祕地把事情說了。

占兒聽完就在他後腦勺上拍了一下：「你敢把阿娘的帳冊弄丟了，看她知道了不打斷你的腿！」

念州捂了下腦後，白白淨淨的小臉上一雙眼轉來轉去，也沒見慌，就是有些發愁：「阿娘才沒事呢，可怕的是阿爹啊，若是阿爹要罰我，大哥你可要幫我的嘛，不能找下人幫忙，你幫我去找找啊。」

他最近剛學算數，看到棲遲翻看過帳冊，來了勁頭，趁她不在也翻了翻，哪知就不見了。

「才不幫你，你自己找回來。」占兒低頭去撿木槍。

念州拉下袖口過來給他擦汗，殷勤地討好：「哥哥，大哥，親哥，我找了，沒找到才來找你幫忙的。」

占兒不理他，靈巧地避開了。

「給你我的私錢好不好？」

「阿娘每個人都給了錢，我自己有。」

念州噘了噘嘴，耳中聽到院外傳來的聲音，是他阿爹回來了。他悄悄伸頭朝院門外看，只見他阿爹人高腿長的身影走過了廊下，忽然想起什麼，轉頭就跑出院子去了。

占兒在他身後剛拿槍回頭就不見了他人影，還「哼」了一聲。

伏廷進了後院，沒走幾步，就有道小身影朝他奔了過來。他立時將馬鞭往腰間一塞，張開手去接。

那小人兒穿著一身小襦裙，頭紮雙髻，一路粉球似的跑過來，一頭撲入他懷裡，軟軟糯糯地叫他：「阿爹。」

伏廷手臂穩穩地托著孩子，摸摸她的頭：「在等阿爹嗎？」

「嗯！」雪白的小人兒重重點頭。

伏廷不禁笑了笑，抱著她往前走。

就在念州出生兩年後，棲遲又為他生了個女兒。儘管原先沒有刻意指望，但真就有個女兒到了跟前。

如他所料，女兒像極了棲遲，那張小臉如同從棲遲臉上原樣扒下來一般，簡直一模一樣。

前兩個兒子出生棲遲都沒遭什麼罪，很順利，只這個女兒，折騰了她許久才出來。

當時那塊魚形青玉就在枕下，她生產時疼痛難忍，不知怎麼撈到了手裡，到後來混亂裡險些要弄丟了。

等到穩婆將女兒抱起來，新露才發現那玉已到了孩子身下。穩婆抱起孩子時，恰好是一幅小嬰兒如趴如臥在那玉上的模樣，分外有趣，之後新露便當做奇事說了好幾回。

棲遲於是決定就給女兒取名叫仙玉，連起來可就是伏在仙玉上了。有她萬貫家產的玉，的確也擔得起「仙玉」的稱號。

伏廷後來說，他們的孩子真是名字一個比一個有來歷。

占兒當時在旁邊冷不丁回了句：「還是他的最有來頭……」

自有了女兒之後，伏廷便不想再要孩子了。

雖然三個孩子對於他這樣身處高位的要員來說不算多，但他這輩子也就棲遲一個女人，再不想讓她受苦，三個孩子個個健康可愛，也就夠了。

小仙玉正當伶俐可愛的時候，伏廷抱著她一路到了主屋門口才放下。

挽了婦人髻的新露和秋霜就在門口，他進去找棲遲，小仙玉就交給她們。

仙玉閒不住，跑去廊邊自個兒玩，跑著跑著，柱子後面伸出一隻胳膊把她拉了過去。

念州就在廊柱後面蹲著，抓著妹妹的手：「玉仙兒，幫哥哥個忙。」

仙玉覺得好玩，也蹲了下來，眨眨眼，奶聲奶氣地問：「二哥哥，你怎麼啦？」

念州湊過去把話與她說了。

他覺著帳冊還是能找著的，可是一時半會兒找不到呀，萬一被阿娘發現就糟了，再叫阿爹過問，更不得了。所以還是叫妹妹去撒個嬌，就說帳冊是她弄丟的，阿爹阿娘肯定會自己去找，也不會怪妹妹，誰叫全家都寵她呢。

仙玉卻不幹了，站起來直搖頭：「我不要。」

「二哥哥給妳買好吃的好玩的。」念州知道她喜歡這些。

仙玉歪著頭想了想，還是搖頭：「阿娘會給我買的。」

念州忽然想到什麼：「那我帶妳去見表哥，妳不是最想見表哥了嗎？」

仙玉眼睛果然睜大了：「真的？」

她還太小了，從沒出過瀚海府。棲遲和伏廷去長安時只帶過占兒和念州，她就別提了，沒去過長安，也沒見過那個聖人表哥，可羨慕了。

但她又想到大哥占兒：「我也可以去找大哥哥帶啊，表哥一定喜歡大哥哥，阿娘說表哥沒當聖人的時候，還帶著大哥哥躲過突突鬼呢！」

「什麼突突鬼，叔父說那是突厥狗。」

「哦。」仙玉到底年紀小好哄，被打了個岔就忘了先前的話了，小腦袋又湊了過去，跟哥哥嘰嘰咕咕起來。

雖然兄妹倆像模像樣討論了半天，然而仙玉並沒有派上用場。

當日棲遲發現帳冊的事時，還是占兒把那本帳冊拿了出來。他嘴上寒磣弟弟，到底是做哥哥的，還是回頭找了一番。

結果就在坐榻底下發現了，挨著榻腳，毫不顯眼，封皮上還沾著半塊橘子皮，一看就知道是小仙玉吃剩下的，帳冊一定也是她亂扔的，可她太小了，壓根沒記住有這茬。

仙玉倒是還記得念州的保證，反正帳冊找到了，追著二哥哥的屁股後面要表哥。

一個大團子後面追著個小團子，那畫面著實惹人注意。

棲遲光是在府中進出時就見到好幾回，雖沒說破，其實心裡明鏡似的，都是她身上掉下來的肉，這三個小傢伙在搞什麼鬼一目了然。

念州只能溜，一下變得無比用功，成天的和占兒一起習武識字，就為了躲開妹妹的追問。

占兒就在旁人小鬼大地教訓他：「活該！」

誰知道這話說了還沒兩天，瀚海府忽然城門大開，都護府也正門全通。

他們的表哥竟然真的來了。

新君為帝好幾年，已至弱冠，而後宮還形同虛設，不免叫大臣們焦急，近來這大概就是朝中的頭等大事了。

李硯到了自己的人生關口，便想起家裡人來，被催了一通之後，藉口要巡視邊防，微服出行，回到北地。

棲遲對他的到來絲毫不驚訝，早在信中他就說過這事了。

她立在廳中，看著李硯毫無排場地走了進來，比起當初，他彷彿絲毫沒有變化，連帝王的架子也沒有。

變化只在外表，如今他已是成年身姿，只著一襲月白色圓領袍的便服，一根玉簪束著髮髻，眉眼清俊，一路走近，叫人如覺珠玉在側，像她哥哥，可又不全像，他只是他自己。

一旁新露和秋霜早就等在門邊見過禮了，看著他，臉上都是止不住的笑。

「到我這裡來避風頭的？」棲遲故意說。

「姑姑還是別打趣我了。」李硯嘆息。

棲遲笑了笑：「好吧，我也不說什麼，只要你自己喜歡就好。」

她早聽說了，長安都中傳他們光王府裡出癡情種，當年的光王為了一個王妃便發誓終身不娶，料想如今的聖人也是繼承了父親這點，所以才至今還沒談婚論嫁，一定是沒遇上可心的。別人怎麼說無所謂，棲遲不希望他連自己的家事也做不得主，就算是帝王，想要女人也得是自己真心喜歡的才行。

李硯不好意思說這個，朝她身後看去，看到了那裡站著的小傢伙們，立即喚了一聲：「占兒。」

「表哥。」占兒的確與他親近，馬上喊他，隨即想起母親的交代，又改口見禮，「拜見陛下。」

他穿著一身服帖的胡衣，雖年紀小，一掀衣擺一跪地，絲毫不拖泥帶水，還真有幾分伏廷的氣勢。

李硯笑著拉他起來：「越來越像姑父了，就叫表哥，在這裡沒有什麼陛下。」說著又去看他旁邊的念州，「念州也不許跪。」

念州穿著鴨卵青的細綢袍子，束著髮髻，頗有些小大人的模樣，喚了聲「表哥」。他小時候乖巧，長到幾歲就愛說愛笑，面貌比起占兒更像棲遲多一些，尤其是笑的時候。

李硯轉頭說：「我怎麼覺著念州身上帶著姑姑的影子呢？」

棲遲瞥了念州一眼，好笑道：「你還不知道他平常做的事呢，鬼主意最多，我可比不上他。」

念州馬上嘴甜地說：「阿娘說什麼呀，我們三個加起來也比不上阿娘半個！」

李硯聽到三個才想起還有個小妹妹，特地找了一下，就見占兒從身後把躲躲藏藏的小仙玉拉了出來。

她還不好意思，縮在兩個哥哥身後，只露著一雙大眼睛看著面前的人。

李硯頭一回見她，一見就驚奇道：「原來最像姑姑的人在這兒呢！」說著蹲下來，朝仙玉伸出胳膊，「表哥抱一下？」

仙玉看看棲遲，棲遲沖她點點頭，她這才雀躍起來，露出可算見到表哥的欣喜，邁著小腿到李硯跟前。

李硯將她抱起來，伏廷就進來了。

他一接到棲遲的消息，便從軍中趕了回來。

李硯發現他一點也沒有變，哪怕北地如今已經不再如往常那般困頓，他也照常穿著尋常的軍服，也仍然是北地那個偉岸的支柱。

剛開口喚了一聲「姑父」，又有兩個人跟在伏廷身後進了門，李硯頗為驚喜，當即豎手，意思是不必跪拜。

羅小義和曹玉林也一併來了，身後還跟著個孩子，那是他們的兒子，只比念州小一歲，五官肖似曹玉林，長得眉清目秀的。

李硯難得開玩笑：「想來如今終於可以喚一聲『阿嬋嬸』了。」

曹玉林臉色雖未變，眼神卻有些赧然。

李硯又看向羅小義：「小義叔以往還說想要個我這樣的小子，如今得償所願了。」

「哪裡比得上陛下。」羅小義沖他擠眉弄眼地笑，瞧著還有幾分得意。

難得再見，都護府成了大家的聚集地。

李硯在府上一住數日，羅小義和曹玉林一家也幾乎每日都來。

一回生二回熟，小仙玉迅速與表哥親暱起來，開始抱了她一回，之後就經常要他抱。

晚上廳中設宴，大家相對而坐，她又從伏廷身上爬下來，鑽到李硯跟前。

李硯道：「不愧是曾經帶過占兒的，我還是討小孩子喜歡的。」

仙玉一聽就說：「我喜歡表哥，我要給表哥做皇后！」

李硯一愣，繼而笑出聲來。

別說他，旁邊的棲遲也一愣，伏廷跟著掀眼看了過去。

李硯逗仙玉：「妳可知道做皇后是何意？」

「就是天天跟表哥在一起啊。」仙玉說著瞄瞄念州，那是她二哥哥告訴她的啊，二哥哥說是剛從西席先生那裡學來的，跟聖人一家的就是皇后嘛。

李硯笑得更厲害了：「可是妳才多大呀。」

「三歲啦！」仙玉伸出三根白嫩的手指，一本正經地說，「阿娘說，將來還能請長安聞名的杜娘子來教我彈箜篌呢，我以後厲害了，不能做皇后嗎？」

棲遲已經快忍不住了，若非見李硯存心逗她，都不想再忍笑，直接要把她抱回來了。

李硯卻是很有耐心，摸摸她的小臉：「表哥比妳大十幾歲呢，妳還太小，等妳長大了可就未必還這麼想了，還是等妳長大了再說吧。」

仙玉現在對年齡還沒多大概念，哼哼唧唧的不高興。

伏廷忽然開口：「做了皇后就不能回來見我們了。」

這一下才讓她急了，她看了看伏廷，又看了看棲遲，將占兒和念州都看了一遍，皺著兩條小眉毛糾結，好像還是捨不得阿爹阿娘和兩個哥哥，總算從李硯身上爬了下來：「那……那我先不做皇后了。」

頓時所有人都笑了。

仙玉跑到占兒和念州身邊坐下來，不一會兒，又擠過來一個小身板兒，那是羅小義和曹玉林的兒子羅丞。

「玉仙兒，」羅丞很擔心，感覺遇到了大問題，「妳不能做皇后的，妳做皇后了，那誰跟我玩兒啊？」

兩個哥哥一左一右護寶似的護著仙玉，也都點頭。

占兒：「長安好遠。」

念州：「玉仙兒，二哥哥瞎說的，妳別去了吧。」

被一群孩子鬧騰到入夜才出來，羅小義趁左右不注意，拉著李硯打趣：「三哥家那個寶貝我早就相中了，你可不能仗著做了聖人就搶我們家孩子的媳婦啊。」

李硯哭笑不得：「小義叔怎麼也說起這個來，倒跟孩子一般似的了。」

羅小義正嘿嘿直笑，忽被後面的曹玉林拽了過去。

很快他就被扯到角落裡，曹玉林生怕他觸怒天威，低低罵了他一通：「你怎麼說話的，孩子還這麼小，你就在胡扯，是傻子不成，管那麼多！」

羅小義在那兒忙賠不是：「喝多了喝多了，要不然回去妳給我用頓軍法？」

李硯聽了個大概，只好隔了幾步勸：「無妨，小義叔於我有師恩，阿嬋姨還救過我，不過開個玩笑，又算不得什麼。」

曹玉林這才將羅小義放了。

另一頭，伏廷將睡著的仙玉交給乳母帶下去，和棲遲一起回了房。

「真不知玉仙兒這膽子是隨了誰，」棲遲一邊除釵飾一邊好笑地說：「竟然敢開口就說要做皇后。」

伏廷看過去：「妳說隨了誰？」

她手一頓，聽出他弦外之音，眼角微挑：「隨我嗎？」

他扯開嘴角：「我可沒說。」

棲遲知道他分明就是那個意思，眼一掃而過，輕輕說：「我不也就在你面前大膽些嗎？」

餘音未落，伏廷的手臂已經自後攬了過來，低沉的聲音一下撞入她耳中：「很久沒見識你的大膽了。」

棲遲一回頭，就貼到他身上。

做了三個孩子的母親，她的身體稍稍豐腴了一些，貼在他渾身緊實的身軀前，一入他懷，便軟得如水如綿……

這之後，李硯在都護府裡待了小半月才離去，還是因為政務繁忙，不得不走。

天剛濛濛亮，隊伍已經整裝待發。伏廷讓羅小義帶人護送一程。

臨走之前，李硯藉口私底下與姑姑說話，又賜了一份丹書鐵券給都護府。

棲遲拿到手很詫異，已經有一份了，何須再賜一份。

李硯只說當初那塊是先帝那裡求來的，這才是他給的。他生在光州，長在北地，也算得上是北地男兒，給北地足夠的穩妥，就是給他自己多一個後背倚靠。

棲遲其實明白，他是知道她和伏廷有意遠離皇權，多賜一道讓他們安心罷了。

送李硯出城後，伏廷與棲遲一同回到府上，進門時，他忽而伸手拉住她，指了指門邊停著的馬匹。

棲遲不解：「什麼意思？」

伏廷說：「早先我答應過妳，要帶妳去看看北地各處的，妳忘了？」

她意外：「現在？」

伏廷點頭：「妳看聖人都能抽出空來，妳我還能忙得過他不成？」

這些年不是北地就是商事，還有三個不省心的小傢伙，一拖數載，但他從未忘記自己說過的話，總要履行。

棲遲不禁笑了，又朝府門裡看了看，小聲問：「孩子們怎麼辦？」

「放心好了。」伏廷朝她身後看去。

曹玉林走了過來：「嫂嫂放心去吧，我替妳看著。」

原來是早安排好了。棲遲點了點頭。

當天，他們就從瀚海府出發，與李硯一樣，微服出行。

雖在路上，但還隨時關心著北地從各處收到的消息。

聽說洛陽的河洛侯成婚幾年終於有了後嗣，弄得洛陽城為此慶祝一日，可見其家族昌盛。

再後來，忽地又聽到一個消息，說是年輕的聖人在回宮的路上挑中個女子，要召入宮中。而那女子不是別人，正是僕固部的僕固辛雲。

收到這消息的時候，棲遲和伏廷正好遇上了要趕赴長安的僕固辛雲，彼此都很吃驚。

棲遲吃驚的是這消息，僕固辛雲吃驚的是會遇上他們。

一片青翠的草坡上，旁邊氤氳著一大片湖泊。

伏廷放馬吃草，接受了僕固辛雲的拜見。

棲遲在旁打量著她，幾年過去，當年喜歡穿著一身五彩胡衣的少女已長成了女人，眉眼間異族風情深刻，的確是惹人注意的。莫非這就是阿硯看上她的原因？

猶豫了一下，棲遲還是問了：「妳……和阿硯，是何時有的事？」

僕固辛雲聽完一下抬了頭，臉上神情莫名其妙：「夫人說我們有什麼事？」

棲遲看了她那頭的隊伍一眼：「妳不是要去長安入宮了嗎？」

僕固辛雲看看她，又看看伏廷，這才明白了：「難道大都護與夫人也相信外面的傳言不成？」

棲遲一怔：「傳言？」

連伏廷也看了過來。

僕固辛雲乾脆將事情原委說了。

她這些年一直沒能在部中選出勇士成婚，爺爺僕固京的年紀已經大了。老爺子想找個能替代自己的人做部族首領，就希望她早些選個男人，好接替自己。

然而僕固辛雲始終沒有合心意的人選，便想要自己接替僕固京的位子做首領。

僕固部還沒有過女子做首領的先例，一時鬧得沸沸揚揚的。

她乾脆下了決心，領著人要去瀚海府裡找大都護稟明此事，哪知半道上隊伍裡的族人們又鬧騰起來，各執一詞，很是不快。

她冷著臉在馬上壓著怒氣時，恰好有車馬隊伍經過，錯身而去的馬車忽然停下，她看過去，就見車簾掀開，露出一張熟悉又陌生的臉來。

對方看了她一會兒，說：「好巧，多年不見，竟在此遇上。」

僕固辛雲聽到他說話的語氣才認出來，只因他模樣比起過去變化太多了，過去不過是個少年郎，如今已算得上是個男人了。

好一會兒，她才想起他已是帝王，趕緊下馬跪拜。

隊伍裡的人一聽說是聖駕經過，頓時不吵鬧了，全跪了一地。

李硯詢問起事情緣由，僕固辛雲本不大想說，但據說欺君是死罪，只好還是說了實話。

車中安靜許久，隨後忽聽他說：「既如此，朕許妳入都面聖，以斷妳是否能任一部首領之職。」

僕固辛雲錯愕許久，他已放下車簾離去了。

隨之她便繼續趕去瀚海府，打算將此事一併呈報，哪知只有曹玉林在。

她回到僕固部待了幾日，才決心先去長安，畢竟那是帝命。誰料外面竟傳出這些風言風語，甚至連大都護和夫人都信了。

「原來如此。」棲遲明白了，李硯這是要幫她，有帝王發話，就算是女子要做首領，誰還敢置喙？

想到此處，棲遲又笑了，看了看她說：「做個女首領很了不起，不過以後的事，誰又說得准呢。」

僕固辛雲愣了愣，覺得她話裡有話，仔細一想，卻也沒錯。

以後的事會有何種走向，誰又知道呢。

那日僕固辛雲走時，竟又唱起了以往唱過的那首胡語的歌謠。

天一點一點黑下來，那陣遙遠的歌聲似還迴盪在耳邊。

棲遲坐在湖邊，脫了鞋襪，腳伸在水中晃蕩。

他們還有許多事要做，不能一直在外遊山玩水，不過能有這些時日的空閒也很滿足了。

水面「嘩」的一聲，伏廷自水中出來，露出胸膛。在北地，只在這短暫的夏季裡，人才能暢快地泡在水裡。

棲遲低下頭，眼神從他的胸口看到鎖骨，往上，攀過喉間、下巴、鼻梁，一直看進他雙眼裡：「我一直想問你，那歌裡唱的到底是什麼？」

「妳真想知道？」伏廷說：「那我就告訴妳。」

她抓住話頭：「你果然是知道的。」

他低笑。

我愛的人是天上的雄鷹，是地上的悍軍；是天邊無暇的微雲，是酒後不醒的沉醺……

棲遲心想已經聽不出僕固辛雲將這歌當情歌唱的味道了，可原來歌詞如此直白，全是情意。她說：「這不就是為你寫的嗎？」

「原來我在妳眼裡有這般好。」伏廷故意說。

「不只，」棲遲的手軟軟地搭著他的肩，「在我眼裡，你遠不只這麼好。」

伏廷伸手拉了她一下，按著她的後頸，臉迎上去，堵住她的唇。

他視她也一樣。

這一晚，如若不是還有暗衛守在附近，大概他們還會再「大膽」一回。

後來他們在湖邊披著張毯子，相擁而坐，望著這片他們主宰的土地，漫天倒垂的星河，直至淡去，等待天明。

等到天亮後，新的一天開始的時候，再回去，繼續他們在這片土地上的生活。

——《衡門之下》番外完——

——《衡門之下》全文完——

高寶書版集團
gobooks.com.tw

YE 062
衡門之下【下卷】
作　　者　天如玉
責任編輯　吳培禎
封面設計　張新御
內頁排版　賴姵均
企　　劃　何嘉雯

發 行 人　朱凱蕾
出　　版　英屬維京群島商高寶國際有限公司台灣分公司
　　　　　Global Group Holdings, Ltd.
地　　址　台北市內湖區洲子街88號3樓
網　　址　gobooks.com.tw
電　　話　(02) 27992788
電　　郵　readers@gobooks.com.tw（讀者服務部）
傳　　真　出版部(02) 27990909　行銷部 (02) 27993088
郵政劃撥　19394552
戶　　名　英屬維京群島商高寶國際有限公司台灣分公司
發　　行　英屬維京群島商高寶國際有限公司台灣分公司
初　　版　2023年12月

本著作物《衡門之下》，作者：天如玉，由北京晉江原創網絡科技有限公司授權出版。

國家圖書館出版品預行編目(CIP)資料

衡門之下/天如玉著. -- 初版. -- 臺北市：英屬維京群島商高寶國際有限公司臺灣分公司, 2023.12
冊；　公分. --

ISBN 978-986-506-873-8(上卷：平裝). --
ISBN 978-986-506-874-5(中卷：平裝). --
ISBN 978-986-506-875-2(下卷：平裝). --
ISBN 978-986-506-876-9(全套：平裝)

857.7　　112020663